千面凡夫

关于杰夫的十个奇幻故事

邱 卓 著

北京联合出版公司
Beijing United Publishing Co.,Ltd.

目　录

诱　饵　　　1

一开始我就发现你和他们不太一样，你挺善良的，一般那些善良的早都死了，像你这样的能活下来也是不容易。善良这个东西就是很奇怪，有时候能把人害死，有时候又能救人一命。

开拓者　　　23

这月球啊，就像是一颗大卵子，你们就是那一群精子，拼命地挖啊，凿啊，往里钻啊。可是啊，这家伙壳太硬了，怎么也钻不进去，也生不出个月亮婴儿。

施朗格小姐　　　43

所谓的十万针俱乐部成员，就是打得起那种最新的美颜针，打一针就要十万块钱的人。据说打了这个针，无论男女都如同加了美颜滤镜一样，能变得容颜不老，光彩照人。

前哨站　　　73

我们人类几百年几千年积累起来的知识和文明你几分钟就学会了，但你就像我们地球上的人工智能机器人一样，无法理解我们人类复杂的情感，情感永远无法被模仿，也无法被超越。

记忆银行　　　　95

人在做很多重大决策的时候，其实并不一定经过深思熟虑，无论是选择一份职业还是爱上一个人。有人说是出于直觉或者本能，有人觉得是命运的安排，但事情往往就是这样，一切都在你还没来得及想清楚的时候就已经发生了。

亡　魂　　　　171

银白色的亡魂飘离了老兵的躯体，它回头望了杰夫一眼，飘上了阵地，手上还握着那支上了刺刀的枪。然后，下一个亡魂也飘离了躯体，那是鞋匠，他的亡魂也飘了起来，飘出了战壕。

绿毛海怪　　　　189

每一次，当我觉得已经把这一切都忘掉的时候，那个年轻的水手，当年那个落水后死死抓住拖网的水手，他就在望着我。我一直都在祈祷，你知道吗？不是祈祷他能上天堂，而是祈祷他离我足够远，看不清我的脸，看不清那个割断绳索的人的脸！

心电感应　　　　207

心电感应，杰夫无法忘掉，已经有太多次杰夫想抹掉所有记忆，但都失败了，他无法忘掉那种心电感应的感觉，也无法忘记M小姐。当然，杰夫也完全不再奢望能在公园里遇到M小姐，她消失了，彻底消失了。

救　赎　　　　　263

只有一件事是清楚的，那就是自己没有被释放，没有过上自由的生活，他还在这里。无论牢门是否被锁上，他都永远无法逃离这里。那个被他咬了一口的苹果好像张开了的大嘴，正在狂笑，笑话他痴心妄想。

逃　生　　　　　287

人类有着宇宙中最高级的东西，那就是情感，这种情感永远无法被超越。所以当那个星球上的科技体——请让我这么称呼它们——明白了人类的情感以后，就不会选择杀死人类，而是要与人类融合到一起。

诱　饵

　　一开始我就发现你和他们不太一样，你挺善良的，一般那些善良的早都死了，像你这样的能活下来也是不容易。善良这个东西就是很奇怪，有时候能把人害死，有时候又能救人一命。

当天光开始放亮的时候，杰夫睁开了眼睛。

他一直都是这个幸存者营地里第一个醒来的人。

营地在一处山坳里，山坳四周有山石和树木遮掩，从外面很难发现这里隐藏着这样一小片营地。杰夫轻手轻脚地起来，迈过旁边几个还在熟睡的人，走出了那个用碗口粗原木搭建的庇护所。

早晨的空气里仿佛已经结了霜，虽然还没有正式进入冬季，但气温已经冷得足以让人牙齿打战。杰夫抬头看看灰青色的天空，又环顾了一下四周，发现除了他以外还没有其他人起来，本来应该值班的夜间岗哨也不知道躲到哪个避风的角落里打盹儿去了，树叶在微微地摇动，但没有一点声响。

杰夫轻咳了一声，再往周围望望，然后朝一个草垛走去。

那其实不是草垛，是一个仓促搭建起来的简陋窝棚，还没有一人高，茅草胡乱地靠在石壁上，勉强能挡挡风，原本枯黄的草已经发黑，散发出一股股的霉味。

杰夫弯腰进了窝棚，窝棚最里面倒卧着一个人，穿着一身黑色的衣服，蜷缩着身体，弯曲着胳膊挡住了脸。

"嘿。"杰夫叫了一声，虽然声音很轻，但那人好像还是受到了惊吓，猛地坐起来，把自己抱成一个球，头发披散着，瞪大了眼睛盯着杰夫。

"嘿，是我。"杰夫依旧轻声地说。

那人看清了杰夫的脸，紧绷的身体稍微放松了些，但不知道是因为寒冷还是恐惧，双手依旧紧紧地抱着双腿坐在地上。

这是一张女人的脸，三十几岁的模样，脸很脏，气色也不好，还有几处没有完全愈合的伤痕。

"你说你叫46？好奇怪的名字。不过，嗨，无所谓，也挺好。"杰夫说着也坐到了地上，他在窝棚里直不起腰，蹲着说话非常不舒服。女人没有说话，眼睛低低地看着地面。杰夫伸手从怀里掏出些东西，递到女人面前，是一些类似板栗的坚果。

"给，吃吧。"

女人又抬头看了杰夫一眼，伸手接过坚果，先在手掌心里看了看，然后小心翼翼地剥开外皮，把果肉放进嘴里。

"你脸上的伤？"

女人微微抖动一下身体，又把脸藏回到了膝盖后面。

"摔的。"

此时太阳已经升起，阳光从茅草的缝隙中透进来照在女人脸上，虽然伤已经好得差不多了，但还是能看出眼睛周围一大片青紫的痕迹。

"我看不像是摔的，是被什么人打的吧。"

"是摔的。"

"嗯，算了，没事。"

"我待几天就走。"

"走？打算去哪儿？冬天马上就要来了。"

"往南吧，能暖和些。"

"恐怕你走不到暖和的地方就已经冻死了。就算能走到，南边也不太平，那些有枪的家伙。"杰夫看着女人身上并不厚实的衣服说，"没有给养，没有装备，孤身一人，想要活下来可不大容易。"

"我不是已经走到这儿了？"女人淡淡地说。

"嗯，那好吧，那……我先走了。"

杰夫是在营地周围巡逻的时候发现这个女人的，当时她看上去疲惫虚弱，像是已经走了很远的路。杰夫问女人是从什么地方来的，女人说了一个他从未听说过的地名。杰夫把女人带回了自己所在的那个幸存者营地，虽然营地里剩下的物资已经不多，但首领并没有责怪杰夫，还安排人搭了这个简易的窝棚让女人存身。

杰夫出了窝棚，外面已经能听到有人来回走动的声音和说话声，清晨的阳光照进山坳里，驱散了不少寒气，营地中央的空地上已经有人生起火来，首领正在指挥人整理装备，几个人一边收拾东西一边往嘴里塞进一点吃的。

"杰夫，一会儿你走前面，我们去你说的那个坚果地碰碰运气。"首领看见了杰夫，招呼他过去。

杰夫点头答应着，去拿自己的背包。

"把那个女人也带上，她叫什么来着？"首领问。

"带上她？"

"对，带上她，她能走路吧。"

"走路应该能走，不过，不知道能不能跟上队伍。"杰夫有点质疑首领的决定。

"能走路就带上。"首领说完，就去指挥其他人准备背包、匕首矛和绳子。

"她叫46。"杰夫提高了声音说。

首领挥了一下手，表示听见了。

杰夫一边收拾自己的东西，一边在心里默默地回忆着接下来要行进的路线。

当初杰夫到这个营地的时候，带着那种像板栗一样的坚果，他知道一片坚果地的位置。杰夫曾经带领着这个营地之前的幸存者去过一次那里，带回来不少坚果，挺过了上一个冬天，今年同样也要指望这些东西果腹充饥，度过寒冬。

小队出发了，穿行在一片茅草丛中。茅草很高，高过了人的头顶；茅草丛也很大，一望无际。虽然草已枯黄，但却没有倒伏，都还笔直地伸向天空。

杰夫走在队伍的最前面，手里拿着一把狗腿刀，用刀背拨开茅草，只要能容身通过也就够了。小队安静地前进，没有人说话，只有风吹动茅草发出的沙沙声。小队成员都背着背囊和绳索，背后还插着一支长矛。说是长矛，其实是一根长的木棍，顶端绑着一把双刃匕首，匕首冒出茅草顶端，阳光照射在上面闪闪反光。

46也在行进的队伍里，她的衣服是用粗线把皮子和布缝在一起做成的，前胸那里有一片黑色的痕迹，很像是血污。首领让46背了一只圆滚滚的小铁皮桶走在队伍中间，自己则跟在她后面。

在一处茅草稀疏的地方，杰夫停了下来。

"怎么了？"首领跟了上来。

"我觉得不大对劲儿。"杰夫说。

"哪儿不对劲儿?"

"太安静了。这一路上,没有遇到一只突然蹿出来的动物,天上连只鸟儿都没有。马上就要到冬天了,所有的动物都应该在这个时候储备过冬的粮食,不可能猫在窝里不出来。"杰夫的脸仰得高高的,好像要在空气中闻到什么。

"以往也有过这样的情况吧,可能动物们都往南边迁徙了。"首领说。

"我担心……"

"没什么可担心的,"首领打断了杰夫的话,"还有多远?"

"应该不远了。"

"嗯,那我们在这儿休息一会儿。"

小队队员卸下背包,从里面掏出了一些用木薯粉制作的硬饼子和水壶,就地坐下休息。杰夫拿着两个饼走到46身边,又把水壶递给她。46"咕噜咕噜"地猛灌了几口水,然后用袖子擦了一下嘴,袖子擦过脸颊的地方,留下了一点黑红的印记。杰夫指指46的脸,女人用手抹了抹,嘴角轻轻向上扬了一下。

"我看着像血迹。"杰夫说。

"你看得没错,是血。上一次有个家伙没把我放在眼里,结果赔上了自己的性命。"46轻描淡写地说。

"你杀了他?"杰夫抬眼看着46。

"不然呢?这不就是个你死我活的世界吗?"46啃了一口饼,用力地嚼着,"我虽然是个女人,但我不傻,更不会让人像傻子一

7

样地摆布。"

"没人要摆布你。"杰夫说。

"哼。"46略带轻蔑地笑了一声,"我知道你们要去哪里。"说着,46翻开了手心,手里有一颗早上杰夫给她的那种坚果,"要去找这个对不对?"

杰夫一愣,原来早上她没有把坚果都吃掉,还留下了一颗。

"你听到我跟首领说话了?"

"我不用听你们说话,我知道那个地方,但是我劝你别抱希望了。"

"为什么?"

"这还用问?天底下哪有那么好的事,乖乖地给你留好过冬的粮食等你去取。"46一口接一口地啃着硬饼子,"我也知道你们为什么会带上我。"

46灌了一大口水,把嘴里的饼子吞了下去,眼神显得有些冰冷。

"可能首领觉得每个人都应该靠自己去获得属于他的那份食物吧,毕竟……"杰夫看着不远处正在和其他队员说话的首领,好像是在吩咐什么事情。

"一开始我就发现你和他们不太一样,你挺善良的,一般那些善良的早都死了,像你这样的能活下来也是不容易。善良这个东西就是很奇怪,有时候能把人害死,有时候又能救人一命。"

"我不太明白你的意思。谁要害死谁?"

"你会明白的。"46压低了声音说,"有机会你就逃吧,记住,一定要等到其他人都负重的时候跑，那样他们才追不上你。而我，只能赌一把了。"

"赌一把？赌什么？"

"赌命呗，要不还能是什么？"46伸长了脖子，刚才的饼子好像还卡在喉咙里。

杰夫突然觉得眼前的女人一点儿都不柔弱，反而像一头已经露出了獠牙的野兽。

"杰夫！"首领喊道，"出发吧。"

小队继续行进，又走了差不多一个小时的时间，茅草中零星出现了一种高耸的灌木，这种灌木几乎和树木一样高，只是又细又直，很难攀爬而上。在灌木的顶端，挂着那种类似板栗的坚果。杰夫加快了脚步，几乎是跑步前进，所有人也都跟着跑了起来，大家都明白目的地就在前面。

忽然，在杰夫的前方，一群鸟腾空而起在低空盘旋，一边飞一边叽叽喳喳地叫。小队再一次停下了，所有人都站住不动看着眼前的景象。

这里是一片几乎全部由那种笔直灌木组成的区域，刚才的鸟群就是在这片区域啄食坚果的。但是现在，几乎所有的灌木都已经被折断了，有的是从中间断开，有的则是从根部被按倒，横七竖八歪倒在地上，零散的坚果洒落一地，已经被啃食得一片狼藉，地面上几乎看不到完整的果实。杰夫他们奔行了将近一整天的时间，本来指望这片坚果地能提供过冬的食物，没想到早已被收割完毕。

"这是怎么回事？"首领像是在问杰夫，又像是在自言自语。

9

杰夫没有回答,回头看了一眼46。46低垂着眼睛,让人感觉这幅景象早在意料之中,根本没必要再多看一眼。

小队的其他人都望向首领和杰夫,目前的状况显然无法令人满意。

"搜一搜,看看还能找到多少。"首领说。

小队成员卸下背包,在这里分散开,拿起他们背着的那根匕首矛,默不作声地在灌木林里左劈右砍,砍掉那些顶端还有坚果的枝权。有些已经看不到坚果的灌木也被砍倒了,没有人愿意放弃哪怕一点点获得食物的机会。

鸟群渐渐落在稍远的地方,不再聒噪。

首领没有和其他人一起去寻找坚果,而是找了一块相对开阔的地方,用几块石头围了一个圈,又弄了些断枝和坚果壳扔进石头圈里,燃起了一个小火堆。

杰夫绕着坚果地转了一圈,发现这些灌木折断的样子不像是人类所为,因为折断的方式很粗暴,都是用蛮力掰断的,折痕还很新鲜,肯定是不久前刚刚断的。在一处灌木的断口,杰夫发现了一些棕色的毛发,那毛发又粗又长,杰夫把毛放到鼻子下面闻了闻,有一股腥臭味。

杰夫悄悄走到46身边,把她带到了离其他人稍远的地方。

"你怎么知道这里没有坚果了?"杰夫低声问,手里捏着那一撮刚刚找到的动物毛发。

46盯着那撮毛看了半天。

"跟我想的一样。嗯,你叫什么名字?"46说。

10

"我叫杰夫。"

"杰夫，能把你的狗腿刀留给我吗？"46盯着杰夫的眼睛问道。

"你要刀干什么？"杰夫没想到她会突然提出这样的要求。

"我不会伤害你，不过，也说不准，谁能说得准呢？你不愿意给也无所谓，随便你。"46的样子看起来就仿佛她找杰夫要的并不是一件防身利器，而是一把吃饭的勺子。

杰夫把狗腿刀插在了地上。

"你能告诉我这里到底发生了什么事吗？"

"我不能告诉你，我也没办法告诉你，可能一切都是命。"

46伸手把刀拔起，用袖子擦了擦上面的泥土。

"命，这个世界上最宝贵又最不值钱的东西。"说完，46转过身，把刀小心地藏在了身后的草丛里。

太阳偏西的时候刮起了风，吹得坚果地周围的茅草丛沙沙作响。小队成员这时都聚拢到了首领跟前的火堆旁，大家找了半天也没有多少收获，有的甚至连咬得只剩半个的坚果都捡了回来，也装不满一个背包。所有人的心里都清楚，靠眼前这一点收获是无论如何也熬不过这个冬天的。

46在不远处静静地坐着，没有凑过来。

"杰夫，把铁桶拿来。"

杰夫拎着46一直背着的那个铁皮桶走到火堆旁，首领把铁桶放在了火堆上。

"还有一处坚果地，我知道的，就是更远些，要走四五天，实在不行就去那里。"杰夫看看队员采集回来的坚果，又看看首领说。

"如果到了那里还是这样呢？我们恐怕连走回来的力气都没有了。"首领拨弄着火堆，火苗蹿起，发出噼里啪啦的响声。

杰夫知道，他们只带了一天的口粮出来，如果到了远处的那片坚果地依旧没有找到食物的话，再折返回来，总共就会有八九天没有东西吃，就算加上在这里捡到的这一点可怜的坚果，也有可能会饿死在路上。杰夫没有再说什么，所有人的眼睛都看着蹿动的火苗，仿佛在那里能找到答案。

沉默了好一会儿，首领说："好了，这个办法我们不考虑了。那个女人在哪儿？"

"46，在那边。"杰夫指了指不远处。

首领起身走到了46跟前，其他人也都跟了过来。

"46，这也是没办法的事情，你别怪我们，麻烦你把衣服都脱掉。"首领口气平静地说。

"首领！"杰夫叫出声来，但首领举起手，示意杰夫不要说话。

46抬头看了首领一眼，又把头低下，然后缓缓地解开衣服。

"什么意思？你这是干什么？"杰夫再次喊叫起来。

"我在干什么？兄弟，我在救大家的命。"首领的声音提高了些。

"可是，你这样怎么能救大家的命？糟蹋她一个女人？"

"没人要糟蹋她。"首领的声音不大。

46已经把上衣裤子都脱掉了，身上只剩下单薄的内衣，双手抱住肩膀蹲在地上。此时太阳的光芒已经没有一点温度，风也还在刮。

"杰夫，去把火堆上的铁桶拿来。"首领看着蹲在地上的46说。

杰夫张了张嘴，但没有说话，转身去拿了铁桶回来。

"打开盖子。"首领命令道。

杰夫拧开了铁桶的盖子，一股腥味瞬间涌了上来，桶里应该是某种动物脂肪，经过加热已经熔化成了液体油脂。

"浇在她身上。"

"不行！你这是要干什么？！"杰夫拎着铁桶的手微微有些颤抖。

首领缓缓地从衣服里拔出一支枪来捧在手中，队伍中的其他人也都攥紧了手里的长矛。

"要打死我吗？没有我你们回得去吗？"杰夫看着首领手里的枪。

"当然能回去，呵呵，你以为我会把自己的命交到别人手里？你没注意到，来时的路上我们已经做了标记。"

"你骗我！"

"我骗你干什么，你问他。"首领指指一个队员，那人朝杰夫点了点头。杰夫知道，这个人是走在队伍最后面的一个。

"说实话，天马上就要黑了，回去的路确实不好走，再说我也不想多搭上一条性命。快点儿浇，别让油凉了。"

杰夫拎着桶看向46。

"来，浇吧，我知道我自己的命归谁管。"46仰起头对杰夫说。

首领冲着杰夫扬了扬枪口。

杰夫举起铁桶，朝着46的身体倾倒下去。

热油碰到46身体的那一刻，46发出一声惨叫，不远处的鸟儿再一次惊飞而起，那股浓浓的夹杂着腥味的油脂香气也迅速弥散开来。

"待在这里别动，要是逃跑的话，这一夜肯定会冻死。"首领对着抖个不停的46说，然后让人接过杰夫手里的桶，又捡起46的衣服，走回火堆旁。

杰夫则走到既远离火堆又远离46的地方，独自一人坐了下去。

天色已近黄昏，刚才还是一只巨大红球般的太阳现在已经消失不见了，灌木林里的风虽然稍微小了些，但气温在明显地下降，空气变得冰冷刺骨。

46身上的油脂已经再次凝固，在皮肤外面形成了一层白色的乳膏，她倒在地上抱着身子抖个不停。

其他人都和首领一起坐在火堆旁，杰夫看见他们在匕首矛的顶部缠上了布条，然后伸进铁皮桶里把布条浸满油。

就在这时，鸟群突然飞起，接着是什么东西穿过茅草的声音，杰夫跳了起来，观察着周围的动静。

火堆旁的人连同首领也都站了起来，他们把匕首矛放到火堆上面，霎时间布条燃烧起来，照亮了周围这一小片空地。空地边缘有一个白色的身影，杰夫看出那是46，她也站了起来，双臂张着正在慢慢地往后退。

"怎么了？"杰夫朝46走去。

回答他的不是46，而是一声嚎叫。杰夫定睛一看，只见一头硕大的棕熊正面对着46，张着血盆大口，口水不断地从嘴里滴下来。杰夫一下子惊呆在了原地。

46还在慢慢地向后退，而熊明显没有打算放过她的意思，摇晃着脑袋步步紧逼。46突然弯腰，从草丛里抓起了杰夫留给她的

14

狗腿刀，照着熊的鼻子劈砍过去。这头熊虽然看上去很笨重，但却异常灵活，头一偏就避开了刀锋，反过头来一口咬住了46的胳膊，然后拼命地摇晃脑袋。46的身子被拽了起来，双脚离开了地面，像提线木偶一般身体扭成了S形，拨浪鼓一样地来回摇摆，站在不远处的杰夫几乎已经听见了她骨头断裂的声音。

这时其他人都冲了上来，用带火的长矛刺向大熊。大熊看见这些跳动的火焰朝自己扑来，松了口，46摔落在地上没了动静。

队员们围住大熊，几支长柄火矛朝它身上猛戳。被刺痛的熊狂躁起来，两只爪子不停地拍打刺过来的长矛，时不时朝前突奔几步，妄图一口咬死刺它的人，但肋下又被刺中，只得回身把刺在它身体里的匕首打掉。虽然熊的身上已经有了十几处刀伤，但威力丝毫不减，已经有队员被熊爪扫到，裹着身子的皮衣被撕开，能看见鲜血冒了出来。

熊的身体也已经被自己的血染红了，棕熊变成了红熊，变得更加骇人。转眼间熊腿又被刺中，红熊大吼一声直立起来。

如果是面对其他对手，这一招式一定能吓退敌人，但这一次它却失算了，两支长矛同时刺中了它的胸部和腹部，红熊趴下的时候把两支匕首矛都压断了。但这一压，也让它自己的胸腹处割开了两道长长的伤口。

熊没有管自己的伤，一跃而起追击那两个刺伤它的人。两人没有了武器，挥舞着断了的矛倒退着后撤，其他人则跟在熊后面追着刺。眼看熊就要将其中一人扑倒，只听"砰砰"两声响，熊的身体瞬间失去了平衡栽倒下去。不远处的首领端着手枪，对着熊的脑袋。

熊不动了，队员们慢慢靠前，红熊突然用尽最后的力气发出一声长啸，这声音不是怒吼，更像是哀号，凄厉之声响彻整个茅草田。队员们被吓了一跳，都后退几步呆立在那里。队长收起手里的枪，抽出一把匕首走了过来，俯下身子朝着大熊的脖颈死命一插，一股鲜血喷了出来。

这次大熊彻底死了。

除了首领以外所有人都瘫坐在地上，浑身大汗淋漓，心脏狂跳不止。受了伤的队员还在惊恐之中，忘了擦干伤口的血迹。

只有杰夫没有参加刚才的人熊大战，他一直都傻傻地站在旁边，好像被人施了某种僵硬咒动弹不得，这会儿才稍微回过神来，走到了46身边。46躺在地上一动不动，呼吸沉重，轻轻地呻吟着，她的胳膊被咬得血肉模糊，身上还有几处抓伤。杰夫脱下自己的外衣给她盖上，又找来背包，从里面拿出了一些药粉和布条，帮她包扎胳膊上的伤口。46咬着牙紧紧闭起双眼，努力不发出一点声音。

"别歇着了，抓紧时间，我可不想在这儿过夜。"首领喊道。

队员们再次靠近大熊，合力把它翻了个肚皮朝上。一名队员捡起刚才被打断的匕首矛，割开熊皮。就连受伤的队员也围了上来，一起动手分割熊肉，这情景好像一群正在开饭的鬣狗，每个人都在奋力撕咬属于自己的那份食物。

没过多久，分割工作就接近尾声了。大块儿的肉连同之前采集的少量坚果一起被塞进每个人的背包里，地上剩下的是一些碎肉，还有散发着臭味的肠胃内脏和泛着红白相间光芒的骨头。有几只胆大的鸟已经落在了地上，瞅准机会就蹿过来叼走一块肉。队员们背起背包，每个人的肩膀都被勒出了凹痕。

杰夫处理好 46 的胳膊，走了过来。

"带上你那份肉吧。"首领一边捆扎着熊皮一边对杰夫说。

"我要带上她。"杰夫看看地上的碎肉和内脏，指指还躺在不远处的 46 说。

"我要是你就死了这条心。背几十斤的熊肉回去能过冬，你背一百多斤的人回去能干什么？"首领把熊皮绑紧，头也不抬地说。

"可她是个活生生的人啊，总不能就这样把她扔在这里。"

"她本来就属于这里。"首领抬头望向 46，眼神里充满了厌恶，"这就是她存在的唯一意义。行了，现在她的使命已经完成了，让她自生自灭吧，我们也该撤了。再说，你背着她走不了多远的，也没法给我们带路，想想你自己存在的意义，别逼我再掏出枪来。"

杰夫站在那里愣了一愣，又走回到 46 身边，把狗腿刀放在她身边，又抱了一些茅草盖在她身上，从远处看就像一个小草堆，然后弯下腰在 46 的耳边轻轻地说："别死，等着我回来救你。"

熄灭掉火堆，小队出发了。太阳光早就没有了，好在月亮升起，茅草田里泛着白光，像有一层薄雪覆盖在茅草上面。小队还是由杰夫带路，杰夫没有带一点熊肉，甚至连自己的背包都没有带，空身走在最前面。

一队人安静而迅速地消失在茅草丛中。

一大群鸟儿马上占领了刚才的战场，争先恐后地啄食着那些被丢弃的残渣。就算从远处传来几声动物低吼，也没能惊扰到这些大快朵颐的鸟儿。渐渐地，听不到坚果地的任何声音了，空气中的血腥味也淡了很多，风吹打在杰夫的脸上，冰冷异常。

杰夫走得很快，能听出后面的人在尽力地跟上，每个人都在沉重地喘息。

从早上到现在大家几乎一直都没有像样地休息过，这会儿身上又多了几十斤重的负担，所有人的体力都消耗得差不多了。但杰夫没有慢下来，反而越走越快，已经和身后的队员拉开了一段距离，他在茅草丛中使劲儿踩出足迹。

突然，杰夫停住脚步听了听动静，然后转身往回跑。

"记住，一定要等到其他人都负重的时候跑，那样他们才追不上你。"

杰夫的耳边回荡着46的这句话。

跑出一小段距离以后，杰夫尽量不留痕迹地拐向了另一个方向，随即趴在了地上。片刻之后，小队的人跟了上来，杰夫能明显地听到粗重的呼吸声，隐约还有几句咒骂声，小队沿着杰夫刚才踩出的足迹走了过去。等到小队走远些，杰夫慢慢爬起，以最快的速度跑了起来。他知道，用不了多久小队就会发现失去了他留下的足迹，当然也会立即明白杰夫是存心想要甩掉他们。

跑出去很远一段距离，杰夫才敢停下来，急促地喘息着，还不敢发出太大声音。这时好像听到有人在喊自己的名字，但声音很远，他们已经不可能追上自己了。这一段跑得太着急，杰夫觉得眼前有点发黑，"哇"的一声吐了出来，缓了缓心神之后，杰夫发现自己所处的位置非常陌生。

"不能等到天亮，那样46肯定冻死了。"杰夫抬头看看头顶上的夜空，好在夜空晴朗，能靠星星的方位辨明方向。大概到了午夜时分，杰夫兜了一个大圈，才终于又回到了坚果地。

"46，46！"杰夫叫道，但没有听见回应。杰夫跑到那一小堆茅草跟前，看见茅草已经翻开，没有了46的影子。放在她身旁的狗腿刀也不见了。杰夫在坚果地里来回转了好几圈也没有发现46，几小时前熄灭的火堆尚存一丝余温，火堆旁边没有46的衣服，只有已经空了的铁皮桶还歪在那里。

难道46被其他动物吃掉了？杰夫发现那头熊的骨头还在，但内脏却几乎全不见了，鸟不可能在这么短的时间里吃得如此干净。再继续寻找，杰夫看见朝着营地方向的茅草被杂乱地踩踏倒了，而且不止一组足迹，至少有五六个人或者是大型动物，茅草上还有些零星的血迹，杰夫没办法想清楚这里到底发生了什么，就跟着杂乱的足迹追了下去。

跟出一段距离，杰夫在倒伏的茅草上发现了一些那头熊的内脏碎块，再走出一段又发现一些，好像是有人故意留下这些碎块作为标记，而那些足迹明显是跟着这些标记在往前走的。

虽然已经异常疲惫，但杰夫一刻也不敢停留，就这么一直追着痕迹往前走。到了破晓时分，已经能看见营地所在的山丘，足迹也变得更加清楚，直直地朝营地的方向而去。

就在杰夫打算进入营地的时候，听见了恐怖的嚎叫声。

是熊，而且是好几头熊的声音，同时还伴随有人类的惨叫。

惨叫声就是从山坳里的营地传出来的。

杰夫找了一处山石躲了起来。没过多久，杰夫听见了沉重的脚步声，壮着胆子探出头看去，只见几头熊各叼着一具人类的躯体正在往山下走，熊嘴里拖着的人有的还有知觉，发出令人毛骨悚然的哭号。几头熊很快跑远了，地上留下了一条条长长的血迹。

等到一切都安静下来以后，杰夫才蹑手蹑脚地走进营地。队员们装熊肉的背包都扔在地上，肉还没有来得及拿出来。房子里没有人，空地上也没有生火，地上到处都是血，首领的手枪浸在了血泊里，整个营地声息皆无。

突然，杰夫听到一点动静，是从之前46待的那个茅草窝棚里传来的，声音很微弱，好像有什么东西藏在里面。杰夫抓起地上的一支长矛，慢慢走到了窝棚旁边，用长矛使劲一挑，窝棚塌散下来。窝棚里的确藏着一个东西！杰夫仔细一看，吓得大叫一声连连后退，他看见那里还卧着一头熊！

杰夫端着长矛站在那里，不知道该不该马上逃跑，因为他知道，如果熊要追你，无论如何你也跑不过熊的。

那头熊慢慢直立起来，转过了身子。

"46！是你！"杰夫又大叫一声。原来那不是一头熊，是披着熊皮的46。

46脱下熊皮朝杰夫走了过来，一只胳膊用布带吊在脖子上。

"你跑得还真快，遇到熊了吗？"46脸色苍白，说话有气无力。

"遇到了，我看见了，它们叼着人跑了。"想到刚才的场景，杰夫说话的时候身体还在不停地哆嗦。"熊怎么会追到营地里来？"杰夫问道。

"我领它们来的。"46缓缓地说。

"你？你领它们来了营地？它们把人都咬死了？"杰夫瞪大了眼睛。

"是的，熊咬死了那些分了熊肉的人，你们的首领甚至都没来得及开枪。正是拜他所赐，这就是我存在的意义，充当一个诱饵。但他没有想到，我可以当他的诱饵，也可以当熊的。"

"可是，这未免也……你怎么认识回来的路？熊又怎么会跟着你走？"

"这还得多亏了你们的首领，是他留下了回来的标记啊。熊嘛，就简单多了，你回来的路上没看见那些臭烘烘的内脏吗？熊跟回来了，你也跟上来了。生存，谁不是为了生存？首领和他的队员是，你我是，熊也是。"

"可是，这……这有点太残忍了。"杰夫低声说。

"他让你往我身上倒热油的时候不残忍吗？熊咬我的时候不残忍吗？我只是做了我该做的事，我听了你的话，没有倒在那片坚果地里等死。"

杰夫一时无言以对。

"如果我没有回去救你，那我肯定也会被熊咬死。"杰夫悠悠地说。

"善良救了你一命。"

"那是什么救了你呢，46？"

"我现在不叫46，熊叼走了五个人，你可以叫我51了。"

开拓者

　　这月球啊，就像是一颗大卵子，你们就是那一群精子，拼命地挖啊，凿啊，往里钻啊。可是啊，这家伙壳太硬了，怎么也钻不进去，也生不出个月亮婴儿。

当杰夫迷迷糊糊醒来的时候，飞船已经冲出了大气层。

有人告诉过杰夫飞船正在以多快的速度飞向月球，但他没记住，反正无论飞多快对杰夫来说也并没有什么区别。

经过刚才的一阵剧烈晃动以后，现在飞船变得非常平稳，比公园里两棵树之间吊床的摇摆还要轻微许多。杰夫再次闭上了眼睛，虽然这种半躺半坐的姿势不是很舒服，但特别适合继续做上一个发财梦，因为这远比躺在家里那张旧床上做梦真实得多。

在得知有人招收人去月球工作这个消息的时候，杰夫就知道这次机会是属于他的。虽然身高只有一米七多一点，但杰夫的肌肉可一点都不少，当初要不是因为家里硬逼着他去读书，可能这时候杰夫已经是一名获得金牌的轻量级举重运动员了。

杰夫也曾经报名去参军，以他的身体素质，即便不能被空军录取，进入潜艇部队也肯定不成问题。但这个计划也没有成功，他在体能测试的前夜还在酒吧里开怀畅饮，导致第二天没跑出多远就哇哇大吐起来，立刻被赶出了测试场，他可能成了有史以来最快被淘汰的一位。

后来杰夫在建筑工地上找到了工作，虽然勉强能养家糊口，但他总觉得这样的工作对不起自己的一身肌肉，这样的收入也对不起可爱的妻子。

杰夫和妻子是在一家牛排馆认识的。那天杰夫吃掉两份牛排以后还有点意犹未尽，牛排不但鲜嫩多汁，而且还配有独家秘方——一种混杂了欧芹和罗勒的奶油酱。每次杰夫赚到点额外收入就肯定会来这里大吃一顿，在他狼吞虎咽的时候根本不可能注意到坐在自己斜对面的那个年轻姑娘，她的大部分牛肉还静静地躺在盘子里。

就在杰夫眼睛看着窗外，盘算着口袋里的钱还够不够再点一份的时候，姑娘端着盘子坐到了他的面前。

"这里的厨师很凶的，如果我没有吃完，恐怕下次我的牛排会煎得像木头一样硬。"姑娘说着把盘子推到了杰夫的面前，"如果你不嫌弃的话……"姑娘说这句话的时候并没有看杰夫，而是手里摆弄着眼前的餐巾。

"想让我帮你吃掉也可以，能不能请你把奶油酱也拿过来。"杰夫笑眯眯地说。

就这样，姑娘成了杰夫的妻子。

后来妻子说，那天从杰夫一开始吃肉就注意到他了，毕竟谁能抗拒欣赏一个帅气健壮的小伙子风卷残云般干掉两份牛排的盛况？以至于杰夫的两份牛排都已经吃完，她眼前的那份还没怎么动，所以赶紧吃掉一点就鼓足勇气走过来了。

有时候爱情就是这么奇妙，敢想敢干的姑娘成就了这份姻缘。

飞船在月球表面降落的时候，杰夫觉得整个身体都不是自己的了。这艘飞船光是运载的乘客就有几十个人，再加上大量的设备物资，所以留给他们的空间非常有限，航行期间所有人都只能待在自己的座位上，根本没有额外活动的空间。

每位乘客都对这种未经大量时间训练就进行的星际旅行感到不适，这一路上没有人发疯已经算是奇迹了。但毕竟大家都是为了发财而来的，与那种攒足了钱去外国度假的心理需求舒适度完全不同，此时每个人心里也都很清楚，月亮上的"美好"生活才刚刚开始。

三个人一组，六个人一班，二十四个人一队，另外有一名队长。每班工作十二个小时，对，你没听错，是十二个小时，两班一倒。

在月球表面，人权啊法律啊这些都可以稍微往旁边放一放，倒不是没有规矩，只是和地球表面的规矩不那么一样而已。

来到这里工作的人，早已默认了可能遇到的一切，没有人抱怨，也没有人质疑，原因只有一个——钱。在这里工作一个月可能抵得上地球上好几年的收入，大家都是出于这个目的来的，杰夫也是。在这里，赚钱是最强烈的信念，也是最大的动力。

他们所在的这个区域是一处刚刚探明的矿脉，这里月矿储量丰富，但初期开采难度大，因为工作面狭窄，自动化机械很难到达有矿石的地方，因此就需要人工，确切地说，是靠手里的鹤嘴锄来完成的——一个人系上安全绳，降落到陨石坑边缘半悬空的地方，一锄一锄地凿下去，那黑色的月矿就露出头来。工人把凿下来的矿石放到身背后的篮子里，再沿着矿脉的走向敲下一块地方，那个样子很像在地底偷挖钻石的精灵一族。然而这一切都是穿着笨重的宇航服完成的，相当于一个人在胖了三倍的情况下去干这种悬空的体力工作，任谁都不会感到轻松愉快。

在十二个小时的工作时间里，吃饭也是在宇航服里面完成的，想吃煎牛排配奶油酱那自然是不可能的，只能从一个吸管里吸食一种叫作营养膏的东西。营养膏吃起来就像是用水调开碾碎了的压缩饼干，杰夫真心怀疑这玩意儿就是这么做的，据说是由一家知名的食品公司专门供给，杰夫一直管那个公司叫呕吐物公司。

就算你爱吃它也不能吃得太饱，毕竟宇航服里能承受排泄物的重量和体积也是有限的。对，你没听错，排泄也在宇航服内。否则呢？在月球表面给你建造一座公共厕所不成？再装上白瓷亮釉的抽水马桶？工作期间少吃少拉是原则，任何人都知道，在屁股后面挂一兜子屎会严重影响工作时候的心情，况且宇航服还是各个班次大家轮流共用的。

每班十二小时的工作会让大部分人感到身心疲惫，但杰夫不同。他好像一个上满了弦的铁皮青蛙，可以一直精力无限地工作，甚至隔不了几天，他还会来一次超级工作日，也就是连续干上二十四个小时。这主要是因为另一个班次的小组中有一位大叔，他总会声称自己身体不舒服要求休息，杰夫就会顶他的班连轴转。

大叔也不白让杰夫顶班，会经常把自己的食物分给杰夫吃。据大叔说，未来会在月球上建立农场，能在一个大玻璃罩子里面种植各种蔬菜，还可以养鸡养猪甚至养牛。杰夫立刻想到要在玻璃罩子里面种植欧芹和罗勒，这样，一份像样的牛排配欧芹罗勒奶油酱就大功告成了——杰夫对这一壮举还真是满怀期待。

大叔是上一批来到月球的开拓者，与当时负责勘探这片矿脉的科学家一起到达，是这个采矿队伍中年纪最大的一个，比队长的年纪还大，所以小伙子们都管他叫大叔。在为数不多的休息日里，大叔也会给大家讲自己曾经的冒险经历。

28

"当时我下到一个洞穴里，跟我同组的人都还在后面，我等不及他们就独自往洞穴的深处走。地下有溪水，溪水的流动速度还挺快，肯定是流向某个地下暗河的，我就沿着溪水走，你能看到涨水时在洞壁上留下的那些冲刷的痕迹，就好像一把梳子刮过的黄油。越往里走越黑，已经完全没有洞口照下来的光了，我的头灯只能照亮眼前的一小片地方。我发现在洞壁上有一些斑点，那些斑点肯定是某种植物死了以后留下的痕迹，很难想象在一片完全黑暗的世界里会有植物曾经生存过，但那些植物又到哪里去了呢？脚下的溪水越来越深，我有点害怕了，队友还没有跟上来。我大声叫他们，却只在洞里传来微弱的回音，水已经没到我的膝盖，我不敢再往前走了。就在我低头看脚下的时候，看到有几条东西围着我……"

一般讲到这样的地方大叔都会停下来，喝上一口水，再往嘴里塞一点压缩饼干的渣渣，好像是痛饮了美酒再稍微来上那么一点下酒菜。其实大叔平时都不怎么吃东西，不知道他过去是什么模样，反正现在整个人都瘦得像一只大号的猴子。大家等不及他磨磨叽叽，就会催促大叔赶快接着讲。

"你们知道，我这个人是胆子很大的，但那一刻也吓得快尿裤子了。那东西是白色的，有两条纠缠在一起，像虫子，可是仔细看那不是虫子，因为每一条上面都有四条腿，四条腿的白色虫子在我大腿边上翻滚缠绕。我猜这些虫子都是瞎子，看不见东西，所以要靠触碰同类才知道自己的位置，就这么你挨着我，我挨着你。肯定是有一条虫子挨着我的腿了，以为我是他们的老大，所以就都靠了过来，挤在一起，那感觉就跟在一口装满蛆的棺材里面一样。你们明白了吧，能被装在现在这个棺材里，是有多么幸福。"

大家都管这个所谓的基地叫棺材，也确实，这个生存舱是用首批登陆月球的飞船改造的，当初住四五个人的舱现在要住二十几个人，虽然经过改造，把那些用不到的设备都扔了出去，但内部空间也还是过于狭小，所以大家只能你挨着我，我挨着你，只有轮班休息的时候，才有机会平躺着睡觉。

"那虫子咬你了吗？"一个小伙子问。

"不咬。"大叔得意地一甩头，"其实那是一种叫蝶螈的动物，不咬人，因为没有光才是白色的，它们能一年不吃东西，十年交配一次。"

"我要是看见了这玩意儿，我也能一年不吃东西，可让我十年不交配可不行。"一个小伙子说。

"动物才叫交配，你是不是傻。"旁边的人说道。

大叔刚想继续讲这个故事，队长来安排下一组上工的人了。大叔听完队长排班，嘴里又开始念叨着："这月球啊，就像是一颗大卵子，你们就是那一群精子，拼命地挖啊，凿啊，往里钻啊。可是啊，这家伙壳太硬了，怎么也钻不进去，也生不出个月亮婴儿。"

"行了精子们，别当懒虫，该干活儿了。杰夫，你还是组长，今天带几个人去稍远一点的那个地方。"队长瞥了一眼大叔，没再说别的。

杰夫默默地准备着装备，一句话也没有说。

杰夫来月球主要也是因为"婴儿"的缘故。

结婚以后，杰夫的妻子一直没有生育，检查以后发现，她的生殖系统有点问题，如果想治好，需要移植一种人造子宫。但这个东西价格不菲，肯定不是一个建筑工人能承受得了的，所以当知道了来月球工作能有如此高报酬的时候，杰夫下定决心一定要赢得这次机会。

他先是戒了酒，然后拼命锻炼，把自己的身体调整到最佳状态。测试前夜杰夫真想到酒吧大喝一场，但终究还是忍住了。所幸各项体检都合格，连他最担心的体重也是刚好没有突破要求的上限。杰夫快乐地登船上路了，在月亮上赚到的每一分钱，都让杰夫太太积攒起来，去做那个移植手术。

唯一令人遗憾的是，这里与地球的联系非常不方便，可以说几乎没有联系，只能在圣诞节的时候有一次视频通话的机会，这也没办法，毕竟相隔几十万公里，不可能像同在地球上一样。

今天开采月矿的地方是一个新的挖掘点，杰夫小组搬运设备在月球表面行进着。干燥、荒凉、寒冷，每走一步，寂静的月球表面都会留下他们清晰的足迹。因为没有云彩，所以太阳的光芒便毫无遮拦地洒下来，让周围明亮得有些不真实，仿佛一切都是在一个巨大探照灯下进行的。尘埃飞起以后似乎需要悬停片刻才缓缓落下，没有风将它们吹散，它们只是换了一个位置重新躺下，下一次搅动可能是几十万年以后的事情了。

新采矿点的位置不好，他们到达的时候看到了勘探者留下的标记。这里有一处凹陷，固定安全绳的设备费了很大力气才安装好，杰夫开始垂吊下去。

矿脉很窄且深，杰夫敲击着岩石表面，想找到一处合适的地方深入。碎石一点点地掉落，他已经凿出来了一个能容下身子的缝隙。杰夫又使劲挤了挤往缝隙里面看，这个采矿点好像并不是之前那个矿脉的延伸，难不成这半天都白凿了？

又凿了一阵，就在杰夫想着要不要放弃的时候，头灯照射的缝隙里面突然闪过一点反光。

杰夫知道那不是他要找的黑色月矿，但那是什么呢？于是又往里开凿了一通，终于鹤嘴锄能碰到那反光的东西了，杰夫用力地砸下去，从整块岩石上掉下来一小块，好像是一大块晶体上面的一个角，掉落在刚才碎石堆积的一个小平台上。杰夫用鹤嘴锄小心地把那块晶体拉向自己，抓起来对着光看——这块晶体石头很像一块白水晶，内部还有些杂质，断面晶莹，其他地方有些污浊。杰夫把这块晶体矿石收起来，吊绳拉紧升了上去。

开采出来的月矿堆积在基地附近的一个存放点，杰夫向队长汇报自己找到一种新晶体的事情。队长派人给杰夫送来了一个小盒子，盒子里面有黑色的海绵，杰夫把那块鸽子蛋大小的晶体矿石放了进去，回到了"棺材"基地。

杰夫回来的时候，大叔还在铺位上躺着，他前面的小桌子上摆着他今天的口粮，看样子是基本没怎么吃。在基地，每个人每天的食物是有定量的，不可能无限量供应，毕竟从地球运过来哪怕一颗豌豆的费用都比一颗金豆子还要昂贵得多。

杰夫选择先去洗澡，他觉得身上已经臭得不行了。

洗澡的地方就像一个直立起来的自动洗车机，细密的水雾喷到人身上，大概只有两秒钟就停了，还没等水雾在皮肤表面凝成水珠，泡沫喷雾就来了，人完全不用动弹，当然也没有能让你动弹的空间，一圈高密度海绵伸出来，在你身体的每一个角落涂抹一番。当你刚刚开始稍微适应了那种非人类触摸的奇异感觉时，又是一层水雾喷下，然后就进入风干环节，身上仅存的一点水汽立刻消失了。那些水汽其实并没有真正消失，而是进入了水资源循环系统以备再次利用，杰夫的洗澡大业也就此完成。

立式洗澡桶打开，杰夫穿上连体工作服，赶紧去领自己的那份食物。这时大叔已经从铺位上起来了，指指自己的那份吃食，又指指杰夫说："归你了。"

大叔已经很瘦了，可还是不怎么吃东西，杰夫已经不止一次把大叔的那份吃掉。虽然那食物的味道和煎牛排相距十万八千里，但毕竟吃下去就不会饿啊。在月球这一年多的时间，杰夫的体重居然还长了一些，身体越发强壮。上次圣诞节和杰夫太太进行短暂的视频通话时，杰夫太太还夸赞杰夫状态很棒，更让杰夫感到欣慰的是，杰夫太太找到了一份健身房的工作，她再也不是那个连半份牛排都吃不下去的娇小女子，为了迎接未来的手术，她同样也要让自己的身体保持足够的健壮。

接下来这杳无音讯的一年实在难熬，杰夫只能把精力尽可能地消耗到工作上。可能只有在某个交接班的间隙，杰夫仰望苍穹，望着夜空中那颗硕大的蓝色星球时，心里会激起一丝涟漪。

不过，圣诞节马上要来了，杰夫希望自己的一切辛苦没有白费。

"杰夫，你知道吗……"视频通话的那个屏幕实在不怎么样，而且画面还断断续续的，两人的对话总是不能合拍，双方又不愿意浪费宝贵的时间等对方说话的信号全部传完以后再接着说，就这么互相说着自己最想要说给对方的话。但是，当杰夫听到太太说完后面的话以后，他已经什么都说不出来了。

"你不在的时候，我做了一个决定，我不打算等你回来以后再去做手术，那样又要等很长一段时间恢复。你知道吗？我已经把手术做完了，我做完了，我一个人做的！亲爱的，我厉害吧！你知道吗？手术很成功，我的手术很成功，完全成功！杰夫，完全成功！"

直到通话结束，杰夫除了不停地说"好"这个字以外，确实没有说出别的话。回到"棺材"基地以后他还有点魂不守舍。大叔照例躺在铺位上，他是全基地唯一一个在圣诞节不需要跟任何人通话的人。

"我想回家。"杰夫呆坐了半天以后冒出了这么一句话。

"哦，是吗，真稀奇啊，我估计那个夜里偷偷抹眼泪的小子他就不想回家了呢。"大叔调侃着杰夫。

在这个地方待上几年，谁又能不想回家呢，即便是能赚到钱，即便是没有人把这句想回家的话说出来。

"不，我要回家。"杰夫认真地说。

"我说小子，别跟太太通话一次就受不住了。"大叔一屁股从铺位上坐了起来，险些碰到头。

"不，我不是受不住了，我要回家，我在这里的任务已经完成了。"杰夫没有再和大叔多说什么，起身去找队长。

队长在单独的一个房间，说是房间其实就是大一圈的平躺汽油桶。队长看了一眼推门而入的杰夫，没说话，拿起一个瓶子倒了一杯水递给他。杰夫接过杯子一口气喝光了水，眼睛瞪着队长。

"怎么，想回家了？"队长的消息倒是灵通，"这不奇怪，隔不了多久就会有个小伙子冒冒失失地跑到我这里来吵着要回家，最后呢，还不是都回去老老实实地干活儿。想想吧孩子，能来这里一趟多么不容易，这是难得的一次让你下半辈子能过上好生活的机会。"

"不，我的好生活已经来了，我要回去。"

"那好吧，如你所愿。"队长撇撇嘴说道，看上去不像是在开玩笑。

"真的吗？我能走？"杰夫有点难以置信。

"当然，虽然这是在月亮上，但也不能强人所难是不是。你可以跟下一趟运月矿的飞船回去。"

"太好了，谢谢你队长。"杰夫一时不知道该说什么好。

"只是有一样，跟着运月矿的飞船提前离开可不是免费的啊，那是要买船票的。"队长轻描淡写地说。

"哦,行,可是我赚到的钱都给了我太太,在这里我没有钱。另外,要多少钱呢？"杰夫显然没有想到这一点，回去还需花钱买船票。

"钱可以从你往后的工资里面扣除，这个没问题，只是这船票的价格嘛，你想啊，多载你一名乘客，那就要少装载相应重量的月矿，你自己算算，你的这一身肉得值多少钱。"队长平心静气地陈述着事实，而且听上去确实有道理。

"那我再工作一万年也不够船票钱啊。"杰夫愣了几秒钟以后说。

"告诉我，你为什么这么急切地要回去？是因为你妻子的手术

35

成功了？我不清楚是什么样的手术。"队长站在杰夫的对面问道。

杰夫知道，队长或者月球上的其他管理者，还有地球上的人都会监听他和妻子的视频通话，这一点并不稀奇。杰夫犹豫了一下以后把实情告诉了队长，队长听完点点头。

"嗯，跟我想的差不多，你知道，铁了心要回去的人不止你一个，你铺位上的大叔就是，可是他已经等到现在了也没有走成。"

"他为什么要走？"杰夫问。

"他是个冒险家，不是想赚钱的矿工，他到了月球以后第一个月就后悔了，本来以为是他这辈子最值得吹嘘的探险故事，没想到要在这里做苦工。大概两年前他就不怎么正经吃饭了，就是想让自己的体重轻一点，好让提前回去的船票钱尽可能便宜些。"

"再轻也赚不够啊。"杰夫绝望地说。

杰夫说得没错，在地球上以克拉计量的月矿，一个大活人怎么能比。

"是这样，毕竟你已经在这里工作了两年多，你知道，工作满三年就可以免费回去了，如果一定要提前回去，那么当然上飞船时的体重越轻越好。你在这里继续工作到月矿飞船来的那个时候，大概三个月以后吧，这段时间的工资就够买你的船票了，但最多只能有五十公斤体重，否则就要等六个月以后的飞船了。你自己再想想，何苦呢。"队长的眼睛看向别处，沉默了一会儿。

"好，三个月，五十公斤。"说完杰夫转身出去了。

回到"棺材"舱房，杰夫看着大叔用细胳膊撑着脑袋斜看着自己。

"你早就知道了，早就知道有船票这件事？"杰夫盯着大叔问道。

"知道啊。我来这儿三年多了，一直都知道。本来我已经到了可以免费回去的时间了，但是我因为挨饿，工作量不够，所以还是走不了。唉，想想也真是可悲，当初拼了命要来，然后又拼了命要走，结果饿也挨了，苦也受了，结果还是走不了。现在我认命了，就这样吧。"

"那你为什么不告诉我？"杰夫想起一直在吃大叔给他的食物，心里有点不是滋味。

"告诉你？我怕你活不到要走的那一天！按你的脾气，你能把自己活生生给饿死！"大叔的眼神瞬间有点狰狞。

"那你现在既然已经不想回去了，为什么还不吃饭呢？你的体重已经不到五十公斤了吧。"

"我节食的时间太长了，现在属于厌食症。"大叔说完，躺倒在铺位上，闭上了眼睛。

接下来的三个月可能是杰夫这辈子最难熬的三个月。"棺材"基地里已经有两个人不好好吃东西了。当然，食物也不会浪费，总会有吃不饱的小伙子乐于把他们留下的食物消灭掉。而杰夫，每天只吃之前三分之一的量，在宇航服里，不到马上要饿晕倒的地步，绝不吸食一口管子里的那种流质食物，杰夫的体重也确实以肉眼可见的速度掉了下去。

终于，来运输月矿的飞船降落了，正在装运矿石。杰夫下工后直接跑进了更衣室，把自己脱得一丝不挂，又尽力挤干了膀胱里最后一点尿液，站到了精确到克的体重秤上。

"50.2千克。"队长报出了数字。

杰夫难以掩饰满脸的沮丧，马上就到登船的时间了，如果错过，那至少还要再等三个月。从秤上下来，杰夫第一次感觉眼睛湿乎乎的。

"去吃顿饱饭吧孩子，我刚才看错了，刚好五十公斤。"

队长说完，头也不回地走了。

杰夫快速穿好衣服，跑到食物领取处，把领到的一切东西都往嘴里塞。回到"棺材"基地，他和大叔共用的那个铺位是空的，大叔不见了。大叔最近身体已经很虚弱了，不可能去上工。杰夫顾不得吃完嘴里的东西，再一次跑到了队长的房间里。

"队长，你知道大叔去哪儿了吗？"杰夫含混不清地问道。

"他去世了。"

"啊！你说什么？他去世了？什么时候的事？他，他是饿死的？"

"他本来这次能和你一起回去的，可惜。"队长背过身子说。

"我想见见他。"杰夫愣了半晌以后说。

"没必要了。"

"能不能把他带回去，他的遗体，或者，他的骨灰。"杰夫有点哽咽。

"他会留在这里。"队长不带任何感情地说道。

"这不公平！为了那些冰冷的石头，连一个人最后的遗骸都不能带回故土，这不公平！"杰夫的声音近乎吼叫。

"公平？把他留在这里最公平！你知道送一个人上月球是多么复杂和昂贵的事情吗？怎么可能想来就来想走就走？你是第一个，

在你之前没有一个人提前回去过。在这里，只要是从地球运过来的东西，无论多么微小都无比宝贵，就连一泡屎都是无比珍贵的，更何况一具尸体。他会被生物降解，变成可利用的资源，永远都会为人类做贡献。他在临终之前已经签下了遗体捐献协议，他说他有过那么多次冒险，这一次才是最有价值的一次！"队长以同样近乎怒吼的口吻说道。

"说得轻巧，那你自己就没想过要回去吗？"杰夫还有点不肯认输。

"我？从来的那一天我就没想过要回去，我们是第一批开拓者、建立基地的人和负责勘探的科学家。我们跟你们不一样，我们都是自愿来的，而且来时就知道，永远不会再回地球。"

杰夫降落在地球上的时候发生了昏厥，被送进了医院，医生的诊断结果是营养不良。他一苏醒过来就吵着要出院回家。车在家门口停下，杰夫深深吸了一口气按响门铃，但是没有人回应，又按了几下，还是没有人开门。

杰夫按了指纹锁，门开了，家里一切如常，但没有人。

杰夫看见桌子上放着一张纸，上面写着：

亲爱的杰夫：

我不确定你是否能看到这封信，以防万一我还是写了，说不定这会儿我们已经见面了。你知道吗？月球开拓者计划已经在招募女性工作者了，我报名了。你知道吗？就在前两天，我被录取了！你敢相信吗，我们就要在月亮上见面了，这是一件多么浪漫的事情啊，这样我们说不定可以在月亮上生宝宝了！另外，这三个月你没有汇钱来，我不知道你出了什么事，我知道你在那里也用不到钱，但钱不是主要的，主要是我没有办法联系到你。我很担心你，我实在无法等到圣诞节了，那样的话我会疯的，真的会疯掉的，所以我决定去找你。亲爱的，月亮上见！

　　　　　　　　　　　　　　　　　　爱你的，麦琪

　　杰夫轻轻把纸放回了桌子上，转身走进厨房。他在橱柜里找出了一瓶威士忌，倒了半杯在玻璃杯里，又拉开冰箱的门。

　　冰箱已经断电，没有冰块，冰箱里是空的，什么都没有。

　　杰夫关上冰箱，拿着酒杯在沙发上坐下，端着酒杯半天，看着酒液在杯子里晃动却一口也没有喝。

　　坐了不知道多久，门铃响了，杰夫费了半天劲才站起身，打开门，门口站着两个陌生的男人。两个人都穿着笔挺的西装，表情严肃，其中一个人手里拎着一个手提箱。

　　"你好，你是杰夫先生吧，我们有事情要问你。"其中一个人说道。

　　没等杰夫开口，两个人就一前一后地进了屋子，环顾了一圈以后把箱子放在桌子上，打开箱子，从里面取出了一个盒子。

　　杰夫认识这个盒子。

　　"和你一起回来的矿石里面，有一块特殊的矿石，据说是你找到的，并且放在了这个盒子里，但是我们打开盒子以后发现里面是空的，你知道是怎么回事吗？"

杰夫看着那个铺着黑色海绵的盒子，伸手在里面摸了一下，确实什么都没有，是空的。

"我们仔细检查过了，连碎屑都没有。"其中一个人说。

杰夫转回身，坐回到沙发里，直愣愣地看着这两个陌生人，然后低头看了看一口没喝的酒。突然，杰夫猛地站起身，尽量让自己用最平静的语气说道："这块矿石值不值我妻子回地球的船票？"

"你妻子也在月球上？"那人问道。

杰夫把太太的信递给了那个人，然后说："我要让她回来。"

"如果你能帮我们找回矿石，我保证让她搭下一班飞船回来。"

"好，一言为定。我告诉你们，矿石没有丢，还在盒子里。"

两个人对杰夫的这个说法感到非常迷惑，因为事实很明显，根本不需要再看。

"不可能，盒子里什么都没有。"

"不，盒子里有。盒子里有水，但是蒸发掉了。现在我敢确信，那块矿石是一块冰。"

已经年老的杰夫和太太在那家牛排馆吃牛排。杰夫再也吃不下两份牛排了，他们的儿子倒是一刻不停地在吃。

杰夫听见新闻上说，自从人类在月球上发现了固态水资源就开始着手建立农场，现在已经能养牛了，相信到圣诞节的时候，月球上的开拓者们就能吃上牛排了。

"服务生！"杰夫喊道，"给我一杯威士忌，要加冰。"

41

施朗格小姐

所谓的十万针俱乐部成员，就是打得起那种最新的美颜针，打一针就要十万块钱的人。据说打了这个针，无论男女都如同加了美颜滤镜一样，能变得容颜不老，光彩照人。

杰夫醒了，其实他只是稍微打了个盹儿。

窗外，美颜针的广告牌竖立在大厦最高处，不时地变幻着裸眼3D的效果：一张年老色衰的女人脸一下子就变得美艳无双，好像添加了某种能让人瞬间变美的滤镜一般。神奇的变化一遍一遍地重现，让人无法忽略它的存在。

杰夫公寓的落地长窗正对着广告牌，浅黄色的柚木地板倒映出灯光和月光混杂在一起的模糊光晕。高层公寓的好处就是能将整个城市尽收眼底，同时也远离了那些车流人流发出的浑浊噪声。伴随着高楼难以觉察到的轻微摇晃，还会让人产生一种莫名其妙的迷幻感。

杰夫看了一眼睡在自己身边的施朗格小姐，她精致的五官，婴儿一样的皮肤，丝绸般顺滑的头发，都让人感觉那是一种令人窒息的美。无论你来自哪个国家，受过什么样的教育，或者有着怎样的人生经历，当你看到施朗格小姐的时候，一定会说上一句："嚯，真漂亮！"施朗格小姐的美可以说是一种公认的美，就像画上的美人一样令人难以置信。

杰夫忍不住在施小姐的脸上亲了一下，仰面躺下，又闭上了眼睛，脑海中还在回味今晚那一阵狂风暴雨般的撕扯和撞击。整个房间里还弥漫着只有两人同时到达高潮以后才会出现的奇特味道，如同一种最原始的致幻剂，能让人立刻迷醉其中。

施小姐慢慢睁开了眼睛，其实她一直都没有睡着，只是在等待那被顶到云端的感觉缓缓降落，魂魄才回到躯体之内。

"我得走了。"虽然施小姐嘴上这么说，但明显身体并不想这样做。

"不许走。"杰夫一翻身，再次压在施小姐的身上。

"乖，听话。"施小姐看着杰夫的脸。那是一张英俊年轻的脸，在如此近的距离看他，都发现不了一点皱纹，很难想象一张男人的脸会有如此紧致的皮肤，刚才的运动让他的脸上微微出汗，现在泛着一层亮光。

"搬来和我一起住吧，好不好？"杰夫在施小姐的耳边轻轻地说，嘴唇几乎碰到了她的耳垂。施小姐浑身一紧，好像被人触碰到了心里最敏感的开关，让她感觉这句话比任何一次的翻云覆雨都让人心动不已。她像个考拉一样，双臂双腿把杰夫的身体紧紧缠住。

"现在还不行，亲爱的。"施小姐的声音有些颤抖。

"为什么不行？"杰夫看着眼前这张永远保持着迷人微笑的脸。

"我还没有准备好。再说，你可能也还不了解我。"施小姐扭过头去，手脚松开了杰夫。

"嗯，好吧。"杰夫躺回了原来的位置，不再说话。

"你别生气，我不是不爱你，只是……我最大的希望就是能和你在一起，一直在一起。"

"是吗？我没有觉得你不爱我，我只是觉得，你有点猜不透。"杰夫侧过身子，用手臂撑着头说道。

"这个世界上最蠢的事就是去猜女人的心。"施小姐一边说,一边起身穿衣服。

"这么晚了还是要走吗?每次都不会留下来过夜,你是灰姑娘吗?午夜的钟声敲响,就要变回原形?"

"嗯,得走了,我的王子。我得回去换衣服什么的,你知道,那些女人的事。明天你干什么去?"

"明天?可能去健身房,然后和几个朋友谈谈生意。"杰夫慵懒地说。

"嗯,你忙吧,过几天我再来找你。"

施小姐知道,杰夫所谓的生意,无非就是约上几个人一起去赌场。虽然是赌场的常客,但杰夫还算有节制,并不豪赌,因此施小姐也犯不上干涉他,能开心就好。

"谈生意总要有点本钱不是?"施小姐穿好外衣,从包里拿出一沓钱放在了桌上。

"你最知道疼人了,灰姑娘。"杰夫看着桌上的钱,笑嘻嘻地说。

最难熬的盛夏已经过去,午夜的城市略显清冷。施小姐风衣扣子都没系,想让凉意尽可能多地铺满身体。幸亏出来得及时,刚好赶上了夜班公交车,否则要再等一个小时才会有下一班。

杰夫不知道施小姐租住的地方是在老城区的边缘,那里是一片已经有好几十年历史的红砖楼,可能是一处已经被时代遗忘的区域,多少年来样貌都没有发生过什么改变。施小姐的高跟鞋踩在方砖石路上,在静夜里咔嗒咔嗒声特别明显。可能是走路的声音惊醒了一个蜷缩在街角的流浪汉，他缓缓地抬起头看着这位晚归的摩登小姐。

施小姐从包里抽出一张纸币，递到了流浪汉的面前。

"谢谢您，我亲爱的小姐，您真是世上最好的人。"流浪汉伸手接过钱，感激地说道。

施朗格小姐工作的金融公司也在一栋高层大厦里，每天早上九点钟以前，股票市场、债券市场和期货市场都还没有开盘，这段时间可能是公司里最轻松的一段时间。

施朗格小姐穿了一件无袖豆青色连衣裙，明黄色的高跟鞋，走起路来尽显婀娜。每次路过茶水间，那里正在喝咖啡聊天的男同事看见施朗格小姐都会热情地打招呼，等她走过之后总会神秘地把声音放低，然后再放纵地大笑几声。施朗格小姐对这些早就不在意，自己背后的窃窃私语从来就没有少过，毕竟一个年轻漂亮的女生总能成为男人们说不尽的话题。但今天却与平日不同，老板办公室的门紧闭着，百叶窗也拉上了，看样子是有重要的客人，并且今天公司里一直有不绝于耳的低语声。直到施小姐路过人力资源部办公室门口时，才明白了大家都在嘀咕什么。

"多年的从业经验比不上一张漂亮脸蛋儿吗？！我还能不知道他们是怎么想的，为什么要把我搞走，公司高层都处心积虑地赚黑钱，都不晓得自己有后院起火的一天！"一个女人的愤怒吼声从人力办公室里传来，听声音是施小姐的顶头上司——公司的财务副总监。

"如果不是我，公司早就乱套了！没有人遵守财务制度，从上到下！要不是我一直在守着最后的底线，哼哼，你们谁都想不到会发生什么。现在可倒好，居然把我调岗了，我明白这是要给谁腾地方。行啊，可以啊，就让那些漂亮脸蛋儿来干吧，但愿她们的脑子能有她们的胸脯一半大！我告诉你，老娘我还不伺候了，你们等着瞧吧！"

"公司不是辞退您，只是换一个地方，其实到交易所做业务也很好的……"人力资源主管的声音怯怯的。

"放屁！谁不知道那是骗人钱的勾当，别惹我把所有难听的话都说出来，那样谁的脸上都不好看。算了，我也不跟你废话了，办自动离职，我今天就走！"副总监摔门出来，差点与施小姐撞到了一起。

"副总监……"

"姑娘，听我一句良言忠告，靠漂亮脸蛋儿能赚到钱这不假，但你记住，这样的钱一定会离你而去，就像美貌一样，最终都会离开，所以，不要当那个出卖青春的蠢货！"副总监的话一字一句铿锵有力。

"副总监，我……"

副总监没等着听施小姐解释什么，就朝自己的办公室走去。

施小姐默默地去茶水间给自己倒了一杯黑咖啡，有一点咖啡液溅到了台面上，施小姐撕了一张厨房纸小心地擦干净。

今天的事情一点预兆都没有，财务副总监资历很老，在公司里谁都跟她客客气气的，就是她脾气太臭，没什么人和她交朋友。施小姐与对方的关系还算融洽，主要也是因为她是个随和的人，从来不跟对方计较什么，工作上也能勉强让这位挑剔苛刻的上司满意。

49

"哟，施小姐早啊。"一个其他部门的男同事走进茶水间。

"您早。"

"是不是应该恭喜你啊，施小姐。"那人在咖啡机上操作了几下。

"恭喜我什么？"

"你们上司不是刚刚被调离了吗，还是辞职了，这个缺儿空出来一定是施小姐你的了吧。我觉得也是，就应该让你当这个副总监，生得这么漂亮的一副好皮囊，不好好利用岂不可惜了，以后还指望施小姐多关照啊。"咖啡机的喷嘴喷射出热气来，那人把奶缸放到喷嘴下面打出了一缸奶泡，一些牛奶溅到了咖啡机周围。

"你胡说些什么！"施小姐一步跨到咖啡机前，那人手里的奶泡有半杯都洒在了地上。

"嘿嘿，我这一片好意呢，当我没说，当我没说行了吧。"那人扔下奶缸走了。

"公司里这样的人最讨厌了，每天就知道捕风捉影唯恐天下不乱。不过，如果副总监的位置空出来，那会是谁来补呢？会是我吗？副总监的收入确实要高很多呢。"施小姐站在咖啡机旁边寻思着。

"嘀"的一声，施小姐的手机上收到一条信息：

> 亲爱的 ×小姐，您对我们的产品还满意吗？我听人说，您现在在天使酒吧后面接客，生意火爆得不得了，肯定大赚特赚了吧，您选择我们的产品多么明智。我最近手头不太宽裕，您方便借我几个钱用吗？这对您来说不过小事一桩。

"滚开，不要来烦我！"施小姐发送出一条回复。

"施小姐。"

施朗格小姐抬头一看，是一个女同事走进茶水间，随即让开了咖啡机的位置。

"施小姐你没事吧。"

"没事没事，我没事。"施小姐赶忙说。

"我是说你的胳膊。"女同事指指施朗格小姐的胳膊。

施小姐低头一看，自己的胳膊上有一块暗黄色的斑块，应该是刚才不小心碰到了咖啡机上的蒸汽喷嘴，施小姐马上用手捂住了那块印记。

"没事没事，沾上一点奶泡。"

"嘀"的一声，手机又收到了信息，但施小姐没有拿起来看，伸手扯了更多的厨房纸，擦了一下胳膊，又把咖啡机旁溅出的牛奶渍也擦了，然后蹲在地上擦刚才那人洒出的奶泡。

"施小姐您不用擦，等下我去看看保洁大姐在不在。"女同事看见地上的奶泡，踮着脚尖往后退。

"没事，她白天不在。"施小姐几下就把地擦干净，把纸扔进了垃圾桶里，冲女同事笑一下闪身出了茶水间。

施小姐没有回自己的工位，而是直接进了卫生间。卫生间里没有其他人，她打开水龙头使劲搓洗着胳膊，但并没有什么效果，那暗黄色没有褪去。这时，施小姐听见了马桶间里有冲水的声音，赶紧抽了几张纸巾把胳膊上的水擦干。

"嗨。"施小姐打了声招呼，从马桶间里出来的是老板的秘书皮

51

格小姐。

"嗨。"皮格小姐一边打招呼一边从包里拿出一个粉盒给自己补妆。

施朗格小姐用纸巾捂住了胳膊，后退一步准备离开。

"胳膊怎么了？"女同事从镜子里看着施小姐问道。

"哦，没事，最近这个胳膊总是有点酸麻，可能是被空调吹得有点着凉。"

"你啊，才不是什么着凉，我知道，我以前也跟你一样。"

施朗格小姐没有继续往外走，看着镜子里的皮格小姐。听说皮格小姐差不多和财务副总监同时来的公司，怎么也应该有四十多岁了，但看上去很年轻，皮肤白皙，几乎没有什么眼袋、鱼尾纹。

"你这就是饿的！不好好吃饭是吧，心脏不舒服吧，胳膊就是会麻！你看你那小腰，身体早晚会垮的！"皮格小姐扑完粉，把粉盒放在洗手台上，用十个手指梳理着自己的头发，但头发不太听话，总是奋力地回到之前的形状。

"嗯嗯，可能是的。你这个粉的颜色真不错，我能看看吗？"

"随便看，你试试，我也觉得不错。我这个脸啊，你知道，到这个岁数还能不卡粉，也不知道是脸好还是粉好，哈哈哈哈。"

"都好。当然，主要还是你的皮肤好。"施小姐打开粉盒，用粉扑用力地蘸了蘸里面的粉，然后把粉盒放了回去。

"哈哈哈，你可真会说话。哎，必须得保养啊，女人没了这张脸可不行。"

"你保养得真好，是吃了什么补品吗？"

"吃补品可没有这个效果，你还年轻，不用为这个事情操心，到了我这个年纪就不一样了，唉，必须得花大价钱了。你知道十万针俱乐部吗？"皮格小姐说到这个的时候，眉毛眼睛都在乱动。

"听说过一点儿，你打了那个针？"施朗格小姐知道，所谓的十万针俱乐部成员，就是打得起那种最新的美颜针，打一针就要十万块钱的人。据说打了这个针，无论男女都如同加了美颜滤镜一样，能变得容颜不老，光彩照人。

"三个月打一次，就是我现在这样的效果。"皮格小姐神神秘秘地朝施小姐挤了挤眼睛，放弃了摆弄自己的头发，把粉盒放回包里，扭动着腰肢走了出去。施朗格小姐在镜子前愣了几秒钟，盯着自己的脸看了看，然后摊开手掌，她的手心里是刚才皮格小姐粉盒里的那块粉扑。

施小姐用粉扑把胳膊上的印记仔细涂抹了一遍，这次的效果好多了，已经看不出来一点暗黄色的痕迹。

金融大厦每天五点钟下班，一般老板和不少同事都要加会儿班，处理一些与托管资金客户有关的业务。但施小姐是从来不加班的，每次都是一到五点钟就匆匆离开，仿佛多一分钟也不愿意待在这个地方，公司里没有人在下班以后见过施小姐，她就像人间蒸发了一样。

六点钟的时候，老板还在自己的办公室里盯着电脑屏幕看，保洁大姐已经在打扫他的办公室了。

这时老板办公室的门口出现了一个男人，看西装的品质和脚上的皮鞋就能判断出不是一般客户。老板赶忙从座位上站起身，满脸笑容地迎了上去，拉住客人的手在宽大的沙发上坐下，然后递上名贵的雪茄，又给自己和客人各倒了一杯酒。

"就等着你来了，快说，事情进展如何？"老板半探着身子问道。

客人没说话，抬头看了一眼正在擦桌子的保洁大姐。老板笑笑，冲着那保洁大姐用很刻意的声音说："大姐，不用擦了，出去吧。"但保洁大姐毫无反应，继续认真地擦着桌子。

"她是聋哑人。我们公司特地请聋哑人来做保洁，否则还要天天防备隔墙有耳。"

"哈哈，您高明。"客人笑了，从嘴里喷出了一口烟。"事情是这样的，现在市面上最有炒作潜力的就是那个高科技医药公司，你知道的，已经快一年了，没有人超越得了。"

"就是那个十万针俱乐部？我知道，那个美颜针现在太火爆了，他们公司的股价已经快涨到天上去了。"

"功效确实有，但是现在的问题是，根据我掌握到的信息，市场上并不完全了解这种药的副作用。"

"有副作用？什么样的副作用？很严重吗？"

"这个副作用之前我们也怀疑过，主要是没有实际证据。但今天我刚刚通过他们公司内部渠道得到了证实，这也是他们最近才发现的，现在严格保密。这个副作用一时半会儿显现不出来，因为是在停药之后才会出现，就是如果到期不继续打针的话，人就会迅速地衰老。几天之内吧，尤其是在脸上，衰老痕迹会非常明显。只是现在能打得起这个针的人都是有钱人，都有实力定期打，所以还没有出现太多这种情况，偶尔一两例也可以用个体差异来掩盖过去。这个信息我可是花了大价钱才搞到的，而且拿到了实验报告。"

"是这样啊，这还真有点儿麻烦。不瞒你说，作为金融公司，我们会重仓持有这类公司的股票，一旦这个消息外泄，股价必然暴跌，如果到时候没有应对措施的话那损失就大了。"

"所以我才来找你，让你提前能有个准备。当然了，我自己的钱一直放在你们公司托管，也要保证我自己的资金安全啊。"

"那当然，这个你放心，客户的托管资金绝对安全。看样子，这只股票需要好好操作一下子了，这个负面新闻对于这家公司来讲可能是灾难，但对于我们做金融资本的人来说，可能恰恰是一个千载难逢的好机会。这样，你把这个副作用的相关证据发给我，手里有这样的爆炸性消息，我们就有办法借着这个机会大赚一笔，可以肯定地说，让你的账户里多出来百分之五十应该不成问题，一定让你的消息得到超值回报。"

"动作要快，我估计这个消息捂不了多久就会爆出来。"

"马上就可以着手操作。"

两人还在谈着，哑巴大姐已经打扫完房间，把纸篓和碎纸机里的垃圾清理干净，推着清洁车出去了。公司楼道里铺着厚厚的地毯，清洁车推到了男厕所门口的时候都没有发出任何声响。哑巴大姐用刚才擦老板桌子的抹布继续擦男厕所的洗手台。里面小便池那里，两个男人一边撒尿一边在说话。

"走吧，喝酒去，还去离十字街不远的那个酒吧。"

"你不是想喝酒，你是想着十字街上的那些小娘们儿呢吧。"

"你还别说，那天我还真遇到一个，你猜怎么着，长得特别像咱们公司的一个人！"

"真的吗？咱们公司的人？去站街？"

"不是站街的，在天使酒吧后面有一个地方，也是别人带我去的。那天我喝多了被叫去的，他们把我领到了酒吧后面的一个暗门里，我瞥见了一个人，也许是我眼花了，但真的是太像了。"

"快说，别卖关子了，到底是啥情况。"两人走出男洗手间，站到洗手台前洗手，看了哑巴大姐一眼接着说。

"就是那个暗门后面有接客的，明白吧，其中的一个妓女我觉得像……像施小姐。"

"施小姐？不会吧，施朗格小姐？长得特别漂亮的那个？会去干这个？暗娼？"

"我不是说就是她，只是长得太像了，说是她双胞胎的姐妹我肯定信。"

"说起来，我确实从没在下班后见过她，也挺奇怪的，别是真干这个了吧。"

"我也不敢信，要是真的，那可是公司的大新闻了，花多少钱我都乐意跟她干一回。"

"我就知道你小子一直都憋着坏呢。"两人洗完手，出了洗手间。

哑巴大姐面无表情地把刚才溅出来的水渍仔仔细细地擦干净，擦得非常用力。

晚餐很丰盛，有新鲜的舌头鱼、海虾，还有各种贝类，配了蒜香烤面包和鱼子酱。杰夫总能找到很棒的餐厅，环境优雅，食物也都异乎寻常地美味。施小姐坐在杰夫对面，小口品尝着盘中的佳肴。

"平时你怎么总那么忙？想约你出来太难了，下班以后也不行。你们这个破公司也太压榨人了吧，每天都要加班。还有就是每次你都吃这么少？"杰夫今天的兴致很高，已经喝掉了大半瓶白葡萄酒。

"嗯，我饭量小。"每道菜施小姐都剩下了一大半。

"你要多吃一点，这样有助于身体健康，酒也可以喝一些，会软化你的心脑血管。"

施朗格小姐点点头，抿了一口葡萄酒。显然，她对食物的兴趣远远小于盯着杰夫那张年轻的脸。杰夫的眼窝很深，显得鼻梁更加挺直，下颌棱角分明，嘴唇稍厚但唇线很流畅，让人有狠狠亲上一口的冲动。

"有个人想请我去工作几天，就几天。"杰夫把酒瓶里剩下的酒倒进了两人的杯子。

"真的吗？那挺好的。"施朗格小姐的回答显得有些言不由衷。

"可我不想去，我不太喜欢这种方式。你知道，我更喜欢独来独往。我是说，不喜欢一大堆人在一起，闹哄哄的那种。而且工作以后也会占用我很多时间，这样就不自由了，我本来计划着去旅行，对，去找个林间小屋，大山里的那种，最好附近还能有个湖。我们在小屋住下，安安静静的，没有人来打扰。外面下着大雪，我们把壁炉烧得热热的，就我们两个人，想干什么就干什么。哈哈，你觉得怎么样？"杰夫满脸兴奋地看着施小姐。

"那当然好。但我现在还没有什么可用的假期，如果我能升职，嗯，那也要等上一段时间。你不想去工作就别去，等我一段时间，我还需要一点时间，可能到那时就可以了。"施小姐说话的声音很小。

"或者我们就去海边，热带的海滨小城，有白色沙滩的那种。空气里都是甜腻的味道，那里有酸甜的冰镇饮料，满街都是半裸的男女，欢声笑语的；海鲜餐馆一家挨着一家，根本不用费力地去选择。而且你知道吗？听说那里还会有出租女友的事，只要花上一点钱，就能租到一名当地女子做女朋友！听上去是不是很棒！"

"凭你这张脸，我想你不需要花钱。"施小姐的这句话已经有了酸甜饮料的味道。

"哈哈哈，你放心，我有你，怎么可能会去租女友？我是觉得那海滩有一种热辣辣的感觉，而且是天然的，并不是人为制造出来的。你如果去了，一定会把那里的人都惊呆的，肯定会说天下怎么能有这么漂亮的姑娘！我就会说，我这个女友是货真价实的，可不是租的！"杰夫举起酒杯和施朗格小姐碰了一下，一饮而尽，施小姐也喝光了杯子里的酒。

"今天我有一个惊喜给你。"杰夫兴高采烈地说。

"惊喜？是什么呀？"

杰夫伸直胳膊放在餐桌上，在杰夫胳膊的内侧有一行文身，那是施朗格小姐的名字。

施朗格小姐紧紧抓住杰夫的胳膊，半天没有松开。

回到高层公寓，杰夫又开了一瓶香槟，金色的酒液在细高的水晶玻璃杯里欢快地翻腾，可能是因为刚才杰夫提到的那些浪漫场景让施小姐心驰神往，破天荒地一口气喝掉了整杯酒。

"欧洲的老古堡，你怕不怕？其实也没什么可怕的，有人说夜里能听到古堡里有冤魂的哭泣声，我觉得那一定是为了吸引游客而编造的噱头。年久失修的老房子就像人老了一样，四处漏风，你说是不是？其实有些老街小巷子还是值得逛一逛的，那里积累着上百年的烟火气，我真想有一天离开这样的大都市，这里科技感太强，所有的东西都是用那些你根本不知道的人造材料搞出来的，你说对不对？想不想和我一起，在那样的琥珀色黄昏，在那样的窄巷子里，看着华灯初上人来人往，最后在午夜时分把你变成我的灰姑娘？"

施小姐没有回答，她不敢回答，她从来没有去过杰夫提到的那些地方，那样诱人的日子她甚至没有想象过。她曾经生活过的那些街区，那些醉鬼和流浪汉，那些在垃圾堆里翻找食物的流浪动物，还有无时无刻不在怒吼、谩骂、抱怨的邻居们……这些，怎么能对杰夫讲呢？

施小姐的眼睛看着手里的酒杯，现在能做的只有一件事，那就是拼命忍住不让自己的眼泪流下来。

杰夫看着沉默的施小姐，没有继续说话，而是吻了上来。嘴唇压住施小姐，嘴里的香槟也流进了施小姐的嘴里。施小姐身子一歪，酒洒到了胸脯上，杰夫俯下身子，把头埋在施小姐的胸前，吮吸着流进乳沟里的金色液体。

可能是酒精的缘故，施小姐愈发尽力地迎合着杰夫的撞击，身体像开了锅的水一般沸腾起来。

施小姐只觉得自己现在不是在高层公寓，她就在杰夫说的那个林间小屋里，熊熊的炉火燃烧着让人燥热难耐。但就在这时，她的内心深处冒出一种让人不寒而栗的恐惧感，就好像一座火山即刻就要喷发的时候，激情突然被什么东西打断了一样，那画面异常恐怖：

在热浪的炙烤下，自己的皮肤全变成了被咖啡机烫伤后难看的暗黄色，并且正在慢慢地融化、瘫软、起皱，最后像蜡油一样一点一点地流淌下来。而自己的对面，是杰夫惊恐万状的脸，那张脸不再英俊，失去了硬朗的线条，扭曲变形，无比凶恶丑陋。

施小姐一下子惊醒了，发现自己睡着了，这是之前从未有过的。看了一眼时间，已经到了凌晨三点，杰夫在身边均匀地呼吸，轻轻地打着鼾。施小姐慌忙坐起，胡乱地往身上套衣服，手碰到自己身体的时候，那里的皮肤一阵阵地刺痛。

施小姐轻手轻脚出门的时候，杰夫没有醒，还在沉沉地睡着。

她没有忘记在桌子上留下一些钱。

夜风有点凉了，施小姐浑身上下的刺痛感也越来越明显。等了许久，夜班公交车终于来了，车上没有其他乘客，但施小姐没有坐下，而是站在车厢里抓住扶手，一路摇晃到了家。

旧公寓楼里到处都黑洞洞的，只有门厅处亮着一盏昏黄的灯。施小姐从门厅信箱里拿了信，走到自己的公寓门口，费力地扭开门锁进了屋。

公寓房间很小，客厅、厨房和餐厅全在一个屋子里，卧室只是靠墙的一张小床，用一道布帘子隔挡了一下。可能唯一值得庆幸的是这间公寓有一个独立的浴室。

施小姐甩掉高跟鞋，把信件扔在餐桌上，冲进了浴室。

在浴室里，施小姐用最快的速度把衣服全脱掉，但没有打开淋浴头，而是两只手在自己头发中间摸索着，头发被分开了，在头皮中间的地方有一条不易察觉的接口。施小姐的手指抓住接口处，稍微用力，头皮连带头发就从脑袋中央被撕开了！

然后是整张脸的皮，那是一层颇有弹性的人造材料，再往下是身体的皮。施朗格小姐在撕扯下这层皮肤的时候，嘴里不停地发出嘶嘶的呻吟声，这层人造皮肤有些地方已经与她的真皮肤粘连在了一起，扒掉它时不停地有血珠渗出来。全身的皮都被剥了下来，这一层人造皮肤，现在没有了人体的支撑，瘫堆在卫生间的地板上。

施朗格小姐身上布满了星星点点的血迹，好像一条刚刚被人强制蜕皮的蛇。

过了挺长时间，她才从浴室里出来，穿了一件淡粉色的浴袍，头上包着浴巾，几块医用纱布覆盖住了脸上的伤口，看不出本来的容貌。

施小姐拉开冰箱门拿了一罐啤酒，又拿出一盘半成品食物放进了微波炉里，然后坐到桌子前面，用纱布一点一点地蘸干手背上的血迹。不知道是因为冷还是疼，施小姐的身体一直在微微地抖。又过了好一阵，颤抖不那么明显了，施小姐才开始翻看桌子上的信件，信有厚厚的一沓，大部分是各种广告。施小姐一封一封地拆看，不肯错过每一封——免费食物发放券、化妆品打折信息、假发促销、社区外语培训、手语培训、账单……

终于，她看到了一封来自银行的信，信封上的金色标志很耀眼，信封用的纸也比之前那些厚实很多，上面还带有浅浅的暗印花纹。施小姐把其他的信件都扔下，拿起啤酒喝了一大口，然后小心翼翼地拆开了信封。信的内容很简单，恭喜施朗格小姐获得某家海外银行的开户资格，信的落款处有一个漂亮的手写签名。

施小姐把信按在脸上好一会儿都没有拿开。

微波炉"叮"地响了一声，但施小姐没有管食物，打开手机，看着上面收到的信息：

> 亲爱的×小姐，首先非常抱歉啊，我发现是我搞错了，天使酒吧后面的那个人不是您。我去找过了，发现那其实是个非常不要脸的娘们儿，绝对不像您这么彬彬有礼。因为选购我们皮肤产品的客户我们都有记录，想找到您也不是什么太难的事情，您放心，我一定能找到您，期待与您再次见面。
>
> 另外上次说想找您借一点资金的事情您考虑得怎么样了？我知道您是个非常慷慨的人，只要两万块就能让您的生活安享平静，难道还不够划算吗？

虽然身体一直在持续地刺痛，但施小姐在公司没有表现出任何异样，依然还是一身清爽的装束，还是飘逸的长发以及美丽的容颜，与过去并没有什么不同之处。当然，没有人知道施小姐这美丽面孔之下的真实样子，大家都忙忙碌碌的，喝着上班后的第一杯咖啡，给客户打第一个电话，也有人坐在电脑前发呆。施小姐在自己的工位前坐下，考虑要不要也先喝上一杯咖啡，或者干点什么，不知道是什么原因让她今天有点莫名的烦躁和心不在焉。

"施小姐，老板叫你去一下。"有人在招呼施小姐。

"来了。"施小姐站起身朝老板办公室走去。

"施小姐，老板在财务副总监的办公室等你。"

"哦哦，好的，谢谢你。"施小姐感觉自己的心一下子飞了起来，心里在不停地对自己念叨，慢点走，慢点走，别跑！尽管这样，脚步还是不由自主地加快了，要不是裙子挡住腿，两只脚可能已经同时离开了地面。

施小姐在副总监办公室的门口站了一下，稍微定了定神才敲响房门。

"进来。"是老板的声音。

施小姐推开门，看见老板斜靠在副总监办公桌外侧，而在副总监的椅子上坐着一个人，是皮格小姐。

"这张椅子真软，这老女人太会享受了。"皮格小姐一边抬手招呼施小姐进来，一边自言自语地说着。施小姐觉得人造皮肤下自己的身体冰凉冰凉的。

接下来的谈话没有太多实际意义，无非就是老板交代施小姐要支持皮格小姐的工作，说皮格小姐只是暂时代理财务副总监这个职位一段时间，对这部分业务还不是很熟悉，让施小姐多承担一些，原来的财务副总监突然离职搞得公司管理层很被动之类的话。施小姐除了"嗯嗯""是是"的什么都没说。最后老板说让施小姐好好工作，假以时日一定会委以重任，施小姐站在那里客客气气地表达了感谢，并让老板放心，自己和皮格小姐一直都是好姐妹，恭喜恭喜。

"回头你把这间办公室好好布置一下，现在看上去死气沉沉的。"老板对皮格小姐说。

"必须彻底打扫打扫，要不总是觉得有股晦气，谁知道这两天那个哑巴保洁大姐还请病假了。"皮格小姐一边看着桌子上的电脑屏幕一边说,"唉,这操作权限还没有改吗?还是原来的?"

"给你这个,用这个修改权限。"老板把一张卡片放在桌子上。

"行了,你出去吧。"老板对施朗格小姐说。

"是,老板。"施朗格小姐倒退了两步转身出去的时候,瞥见皮格小姐漫不经心地把那张卡片扔进了抽屉里。

一上午,施小姐都有点魂不守舍。副总监办公室的门开开关关的,不同的人在进进出出,那扇门每开关一次,施小姐的心就咯噔一下。手机在桌子上振动起来,又让施小姐的心猛跳了几下。电话是杰夫打来的。

"你在干吗?"杰夫的语气似乎和平时有点不一样。

"我在上班啊。"

"你能抽一点时间吗?我这里有点事,我需要……需要用一点钱。"

"用钱?"

"对,本来不想找你的。昨天,其实就只差一点了,所以我就想去玩上一会儿,哪怕少赢一点儿也就够了,往常也都没问题的,可是昨天手气不好。你也知道,人不可能一直都有好运气,可是昨天手气太坏了,从来没有这么坏过,就一直输,一直输,一直干到早上,把本钱都输光了。嗯,就这样,中了邪一样的。"

"我现在真没时间,过几天我找你好吗?你再详细跟我说要干什么用。现在我得挂了。"

"我挺着急的,今天必须拿到钱,其实昨天已经过时间了,要不然我也不会去赌场。"

"你借了高利贷吗？要还钱？还多少？"

"不是高利贷，要用十万。"

"这么多？到底什么事非要这么急？"

"这个我不想说，我能不说吗？你先把钱借给我，就十万，我保证不会拿去赌，我是真要用，等我工作有钱了就还你。"

"我不是不想给你，多少钱我都乐意给你，只是你要等我，现在还不行，等等我好吗？我真得挂了，回头再打给你。"

杰夫没再坚持，挂断了电话。

到了中午，施小姐从公司里溜出来，找了一家安静的咖啡馆坐着，要了一块咖啡馆里最甜的点心，一口一口地吃光了。施小姐反复翻看着自己的手机，看着自己与杰夫的聊天记录，从开始聊天那天起一直都没有删除过，还有与人皮贩子的聊天记录，自己也没再回复那个家伙的消息。

晚上的办公室有点瘆人，白天各种说话声、空调出风口的风声、电脑运行的声音，还有鞋底在地毯上的摩擦声，这时都已经隐去，但这些看不见的噪声仿佛被吸进了屋顶，吸进了墙壁，吸进了所有的家具物品中，等到了晚上，一点一点释放出来，听上去就好像有人在不停地低声叹息。

财务副总监办公室的门被扭开了，哑巴大姐推着清洁车走了进去。她走到办公桌前，并没有开始打扫，而是拉开抽屉，从里面拿出了那张用于修改权限的卡片。卡片被放在了读卡器上，电脑开始发出"咔咔"的声音，电脑屏幕上，鼠标在移动点击，字符在输入，哑巴大姐正在授权调用客户资金的管理员权限。

办公室的门把手"咔嗒"一声，门开了，门外站着公司老板。老板看了看清洁车，走到办公桌的后面，看见哑巴大姐正趴在地上认真地擦着那张软椅子的腿。

老板轻轻在哑巴大姐肩膀上拍了一下，哑巴大姐好像吓了一跳的样子哆嗦了一下。老板示意哑巴大姐跟他走，大姐把抹布放在清洁车上跟着老板出去了，只是老板并没有注意到那张修改权限的卡片还放在读卡器上。

老板办公室里，之前那位尊贵的客人坐在沙发上抽着雪茄烟。老板冲哑巴大姐指指办公桌旁的碎纸机，碎纸机的红灯亮了，说明里面的碎纸满了，碎纸机旁还放着几页没有碎完的文件。

老板给客人添了些酒，自己端着杯子靠着办公桌和客人聊着天。

"你知道了吧，我已经任命皮格小姐当了财务副总监。"

"您真是人尽其才，资源一点都不会浪费。"

"万一出点什么事情，总要有人出头顶着不是吗？"

"我猜你就是这么盘算的，你也真舍得？"

"咱们都在一条船上，说不好什么时候就会遇到风浪，不提前准备好可以丢掉的配重怎么行，你说是不是？"

哑巴大姐把碎纸倒进了垃圾袋，碎纸机发出了重新启动的声音。老板摆摆手，让哑巴大姐出去了。哑巴大姐推着清洁车出了老板办公室，一边走一边打开了装碎纸的垃圾袋，从里面拿出一页完整的文件塞进了衣服里。

"说！这到底是怎么回事？！你为什么在没有通知我的情况下

就把消息提前散布出去了！今天一早，所有的媒体都在转发这条消息。完了，股票狂泻，根本抛不掉，我几乎全部的身家都砸在这只股票上了！这回全完蛋了！"

"真的不是我泄露的！我也重仓啊！我也损失惨重啊！"

现在整个公司的办公区就像是一场音乐会现场。没有人说话，所有人都装作若无其事地听着老板办公室里的男声二重奏。有人紧紧地盯着自己的电脑屏幕，屏幕上的那家公司的股票正在向下伸出一条长长的直线。

施朗格小姐也坐在自己的工位上，一直按动鼠标在操作着什么。

"你肯定是做空了，这样消息一出你就可以大赚一笔，别以为我不明白！但你不想让我分一杯羹，你这样做也太缺德了！"客人还在怒吼。

"你可以来看，给你看我所有的账户，你看我有没有做空！"老板也气急败坏地嚷嚷着，完全没有了之前喝酒抽雪茄时的风度。

"那你为什么提前散布出去消息？！知道这件事的只有你我二人！"

"就不会是他们公司内部泄露出去的？"

"不可能，我知道他们，每个人都持有大量公司股票，股价这样跳楼式的下跌对他们没有任何好处，只有投机做空的人才能从中获利！"

"老板！"办公室门口站着公司网络安全的负责人。

"什么事？！"老板没好气地喊了一声。

"老板，刚才检测到公司内部有人调动客户托管资金，本来这也属于正常操作范围，但我觉得还是要跟您通报一下，因为获利资金流向了一个未知的海外账户。"

"什么？公司内部？咱们公司内部？谁？谁操作的？"

"看权限是皮格小姐。"

"皮格小姐！把她叫来！"

不一会儿，皮格小姐来了。

"你调动了客户托管资金？还获利了？还把获利资金转移了？怎么回事？你到底干了什么？"老板的声音几乎整栋大楼都能听得到。

"我没有啊，我什么都没干。"皮格小姐一脸的无辜。

"你说，怎么回事？"老板转过脸问网络安全的负责人。

"皮格小姐，是在您的安全权限下调动的资金，那张权限卡只有您有权使用。"负责人回答道。

"权限卡，我今天上班来的时候看见那张卡放在了读卡器上，我没有操作过，不信您可以来看我的电脑。"

"不是你操作的，那会是谁？"

"刚才的那个操作，显示是在施朗格小姐的电脑上完成的。"

"施朗格小姐？把她叫来！"

但此时施朗格小姐的工位上空空的，没有人。

"通知保安，把办公区域封锁，不能让施朗格离开公司，快去！"

公司里彻底乱了，人们像一团苍蝇一样发出嗡嗡嗡的声音。与此同时，哑巴大姐推着清洁车从货梯出口出来，然后从清洁车里拿出了一个沉甸甸的垃圾袋拎在手里，快步走出了办公大楼。

在大楼的拐角处，坐着一个乞丐。哑巴大姐走过他时从口袋里掏出了一张纸币，放在那个人面前的纸杯里。

乞丐抓起纸币，看见面额，顿时满面堆欢地说："谢谢您女士，您真如圣母般仁慈慷慨！"

"今天是我最美好的一天，希望你也是。"哑巴大姐开口说道。

哑巴大姐掏出钥匙打开了施朗格小姐的公寓，进门以后掏出手机发了一条信息：

两小时以后在十字街的天使酒吧见面，有急事。

收件人是杰夫。

哑巴大姐把手机放在桌上，拎着垃圾袋走进了浴室，大约过了二十分钟，穿着内衣的施朗格小姐从浴室里出来，走到衣橱前，挑选了一件最漂亮的裙子。

"你怎么成了这个样子？"施朗格小姐瞪大了眼睛看着杰夫说。天使酒吧刚开门，还没有什么人。前几天还英俊潇洒的杰夫现在完全变成了另外一副模样——头发花白了，脸上的皮肤松弛，都是皱纹，眼角和嘴角都在下垂，仿佛一下子老了十岁甚至二十岁。

"先说你找我什么事吧，为什么选这个地方？"

"嗯，这里，安全一点儿。先不说这个，我想咱俩一起走。"施小姐低声说着，眼睛还在不住打量杰夫的面孔。

酒吧老板也已经往他们这里看了好几次。

"一起走？去哪里？"

"去哪里都行，就去你说的那些地方，林中小屋、海滨小城，还有古堡什么的都行，我听你的。只是在我们动身之前，我有件事要跟你坦白，你也不要太惊讶，也不要怪我，你要知道，这都是为了我们两个人好，为了我们一直向往的生活。"

"哦，是吗？什么事？"

"其实我一直都想告诉你，但是太难开口了，每次我都想说的，但我都没有做到，因为时机不对，你不可能接受的。但今天可以了，我成功了，我可以告诉你了。"

"那你说吧。"杰夫显得出奇地冷静。

"我需要先变成另外一个人，当然还是我自己，就是容貌变了，可能没有现在漂亮，你别嫌弃，也没有现在显得这么年轻，会显得老一点，会老一点。总之就是，嗯，你可能会认不出我，好像我是一个陌生人，但真的是我，那才是真的我。你不用着急，很快我就会去打那个美颜针，十万针，用不了多久，就会变得漂亮，比现在更漂亮，更年轻。"

"那我需要做什么？"

"你什么都不用做，你只需要做一件事，就是重新爱上我。"

"恐怕我做不到。"杰夫断然说道。

"什么？你说什么？为什么做不到？"

"你看看这个。"杰夫从口袋里掏出了几张照片扔在桌上。施小姐拿起照片一看，照片上是一个穿着暴露的妖艳女人，一看就是一名妓女，只是这名妓女长得和施小姐一模一样。

"不不不，这不是我！不是！"施小姐有点歇斯底里。

"我怎么知道这是不是你，照片是一个家伙给我的，他想用这些照片来要挟我，找我要钱。"

"这个人真不是我，我发誓。这个其实和我刚才跟你说的是一件事，但现在没办法详细给你解释，没有太多时间了，我们必须尽快离开这里。"施小姐的眼睛里已经泛起了泪花。

"就算这个人不是你，那你是不是在干跟她一样的勾当。"能听得出来，杰夫在压抑着怒火。

"不不，绝对没有，我不是那样的人，请你相信我。我干成了一件大事，我现在有钱了，好多钱，足够以后咱们两人用，再也不用为钱发愁了。你说吧,你要用多少？十万是吗？我现在就能给你。"

"不用了。你不是妓女，但你是骗子，给我照片的人告诉我了，他卖给你的是什么东西。"杰夫咬牙切齿地说。

"我不是骗子，我没有骗你，我真没有存心想骗你。我们认识的时候我已经是这样了，就是我现在的样子。那时我就在谋划着干一件大事，现在我真的干成了，我没有用脸蛋，用身材，我用的是脑子！"

"哈哈，用脑子，你的脑子还真是好使！你还敢说没有骗我，谁知道你那张画皮之下藏着多么令人恶心的一张面孔。现在我才明白，为什么你总是不过夜，为什么不肯搬来和我一起住，为什么午夜一过你就要走，我还傻乎乎地以为你要装什么灰姑娘。还有，为什么你从来不提你的过去，不提你的工作，这么长时间你一直在拼命地掩饰什么？你不累吗？这些我都可以不怪你，但在我最需要你帮助的时候，你拒绝了我，我才成了今天这个样子！"

71

"你用钱是……是为了打针？"施小姐看着杰夫苍老的脸。

"现在已经晚了，没用了，我问过了，错过时间就完蛋了，我完蛋了你知道吗？只怪我自己，只怪我自己瞎了眼。我当时还想，我变成了这个样子，你一定会离开我的，我还在害怕你会离开我！但是现在，我怎么能相信一个穿着画皮的骗子！一切都过去了，我自作自受，你也是！"

杰夫站起身走了，留下施朗格小姐坐在那里一动不动。

"小姐，考虑来我这里工作吗？"酒吧老板走过来问道。

"离我远点儿！"施朗格小姐恶狠狠地说，起身走进了酒吧的卫生间。片刻之后，哑巴大姐从卫生间里走出来，离开了酒吧，在卫生间的地上扔着一套还带着体温的人造皮肤。

几年过去了，一个风姿绰约的中年女人走过街角，看见那里蹲坐着一个满头白发、身体佝偻的老乞丐。中年女人掏出一张大额纸币放到了他手中的纸杯里。

"谢谢您，女士，您真是太善良了。"

"不用客气。今天又是美好的一天，不是吗？"中年女人说完，继续往前走。

"等等，你是谁？我记得你的声音！你是，灰姑娘？"

中年女人一下子站住了，但没有回头，呆立了几秒钟后继续朝前走，而且走得飞快，胳膊都摆动起来，衣袖下面，隐约可见在胳膊的内侧文着一个名字——杰夫。

前哨站

我们人类几百年几千年积累起来的知识和文明你几分钟就学会了，但你就像我们地球上的人工智能机器人一样，无法理解我们人类复杂的情感，情感永远无法被模仿，也无法被超越。

老杰夫醒了，费力地睁开双眼，使劲儿盯着墙上的时钟看了半天，然后又把眼睛闭上了。

其实根本不需要看他也知道现在是什么时间，这么多年来每天总是在同一时间醒来，看一眼时钟或许只是对它表达一下尊重。

老杰夫觉得自己越来越看不清楚时钟上面的指针了，到了这个岁数眼睛老花是不可避免的。其实，在刚过五十岁的时候老杰夫就已经觉察到自己的视力不如从前了，只是最近一段时间，他发现并不完全是老花眼的问题。时钟有时会在他的注视下慢慢呈现出一种透明的趋势，同时这个圆形的时钟变成了下坠的椭圆形，好像塑料被加热以后变软了，有点像达利画作里的样子。老杰夫只能再次闭上眼睛，把眼前出现的幻觉归咎为自己还处在半梦半醒之间。但即便闭上眼睛也不可能再次睡着了，他也就慢慢地坐起来，眼睛也不再直视时钟，那种神情像极了一个做了错事的孩子不敢去看母亲的眼睛。

这个由着陆舱改建的前哨站面积不大，也没有区分工作区和生活区，好在这里只有老杰夫一个人，他已经独自在这个前哨站生活了很多年，因此即便蒙上眼睛也不会误碰到任何东西。老杰夫慢吞吞地下了床，那个七十厘米宽的小床立刻自动缩回到墙壁里。在小床旁边，自动食物供应机的灯亮起，一阵乱七八糟的声响停止以后，一坨黏稠的饭团落到了餐盘里，看起来是用干燥的豆子以及小颗粒的冻干蔬菜和脱水碎肉蒸煮后制成的，与这一坨饭同时出现的还有一杯半温的咖啡。

几十年来，每天的第一餐饭肯定是这个，永远不会有惊喜。

老杰夫在那盘灰绿色豆子饭和咖啡前面站了很久才把它们端到控制台上。其实按照操作规程，是不允许把食物和饮料放在控制台上的，但是管他呢，六十岁以后老杰夫就不再理会那所谓的操作规程了。

仅凭肌肉记忆老杰夫就打开了所有的监控系统，监控摄像头正在进行常规扫视，画面缓缓移动。这个星球上红褐色的石头奇形怪状，最令人厌恶的是一些呈现出层叠形状的岩石，杰夫管它们叫牛屎——它们确实很像一头牛的排泄物，而且这头牛还有些消化不良。

这种牛屎岩石的大小很不一样，有的有桌面大小，有的却如同棋子一般，而远处那个红褐色大如山丘的，也是这种玩意儿。

老杰夫操作了几下控制台上的按钮，各种指示灯忽明忽暗闪烁了一阵，提示氧气含量正常、电力正常、温度正常。控制台一侧的自动应答机"咔咔咔"地响了一通，老杰夫知道是地球发来的例行信息，但他并没有着急去看，因为每天接收到的都是在太空中传送了十年之久才到达这里的信息，而且信息中那种冰冷的口气总让人感觉非常不舒服，老杰夫严重怀疑给他发送信息的已经替换成了人工智能机器人，地球肯定觉得没有必要再为了远在 Y 星的他浪费宝贵的人力资源。

老杰夫端起咖啡准备喝一口，却发现咖啡杯跟睡醒时看见的时钟一样，也在慢慢变得透明，能透过杯子看到黑褐色的咖啡液体。

"毛球，是不是你干的？"老杰夫问道。

从控制台上的一小堆软布里滚出来一个水晶球，但仔细看，却不似水晶那般坚硬，更像是一团水被困在了一个气泡里，是一个水晶泡泡。

"毛球，这个给你吃吧。"老杰夫放下咖啡，把那盘豆子饭推到了水晶泡泡跟前。

水晶泡泡往后退了一下，对这盘黏腻腻的东西表现出明显的排斥。老杰夫打开了控制台下面的一个盒子，从里面拿出一小块粉色的晶体放在自己面前，那个水晶泡泡马上凑了过来，就在它要把粉色晶体吞掉的时候，老杰夫一把把粉色晶体抓了回来攥在手里。水晶泡泡扑了空，泡泡里呈现出一种愤怒的红色。

老杰夫在手里摩挲着粉色晶体，站起来走到设备柜那里。

"这个不能给你吃，这么多年我也没发现几块，我给你找点别的啊，别着急。"老杰夫从一台设备上拔下一个小零件，那个设备立刻发出了不正常的"咔嗒"声，随即停止了运转，控制台上的一个警示灯也亮了起来。

老杰夫好像早就预料到会有这样的情况发生，没有管那个停摆的设备，拿着零件往回走。走过自动应答机时，拿起它刚才吐出的纸条看了一眼，上面写着祝他百岁生日快乐。

"呸，你才一百岁了呢！航行中休眠的三十年也能算进我的年龄吗？"老杰夫把纸条揉成一团扔在地上，把刚才拆下来的零件放在水晶泡泡跟前，水晶泡泡一下子就把那个零件吞了进去，愤怒的

77

红色开始慢慢消退，泡泡不再动弹，贪婪地享受着那颗美味的零件。

老杰夫拿起一块长方形的金属板，这块板子明显也是从某台设备的外壳上拆卸下来的，他把金属板铺在腿上，手拿一把小刀在上面仔细地刻画着。可以看见，金属板上已经刻出了地球的模样，还有另一个球形物体，很像一颗表面斑驳的星球。

老杰夫开始在金属板的下方刻上一些字。

"我要不要把你也刻在上面啊？"老杰夫一边刻一边说，但那个水晶泡泡并没有什么回应，还在专心致志地消化刚才那枚零件。

老杰夫认认真真地把最下面一行字刻完，举起来看了看，然后缓缓放下。

控制台上的警示红灯亮得有些迷幻，产生出的光晕如水中涟漪一般层层扩散，各种仪表上的指针也在轻轻抖动，但这些都像慢放的电影镜头，在指针的运动轨迹上留下了残影。眼前的一切好像都被某种透明的物质弥漫而过，那些本来肉眼根本无法看见的射线、那些传输信息的脉冲信号，甚至是时间流逝过的痕迹，都变得清晰可见。金属控制台正在变成一块超大号的软糖，失去了金属光泽，变得柔软透明。

"你又来了，你想把这里变得都和你一样吗？好吧，咱们出去走走吧，我要把这个放到外面去。"老杰夫说着站了起来，找了一根长棍，把金属板固定在了长棍子的顶端，好像一面迎风招展的旗帜。

水晶泡泡在控制台上滚动起来，在它挪开的地方留下了一颗红褐色的小颗粒，那形状很像一摊迷你牛屎。水晶泡泡轻轻滚落到地上，那些流动的光影消失了，控制台上的一切又都恢复了原状。

"Y星前哨站即将关闭。"老杰夫给地球发送了一条简短的信息。

"快点儿毛球，我可没有太多时间等你。"换好了宇航服，老杰夫用脚扫了扫那些从自动应答机里吐出来的纸带，打开了前哨站的门。

Y星表面依然如他最初到来时那样荒凉寂静，红褐色的岩石高低错落，但整个地表相对平坦，没有多少起伏，举目眺望能看到很远的地方。

以往老杰夫每天都要从前哨站里出来巡视一圈，这是例行的工作：先绕着前哨站走一圈，看看周围有没有什么异常；然后再来到他修整出来的那片被称为降落点的平台，看看有没有新冒出来的牛屎岩石，如果有就把它们清除掉；然后再走到平台的边缘地带，探索那些他还未曾到达过的区域，翻翻这里看看那里，希望能找到那种粉色的晶体。

但今天他的行进路线有点变化，老杰夫径直朝前哨站与降落平台之间的地方走去，水晶泡泡在后面不急不缓地跟着他。走到那里，能看到岩石上有一个小洞，老杰夫把金属板旗帜插进那个小洞里，又使劲儿往下按了按，确保它不会倒下来。

这个小洞是杰夫凿出来的，在他刚刚抵达Y星的第一年。

老杰夫回头朝前哨站的方向望了望，仿佛看到一架航空器正在着陆，那是四十年前的他自己，正在降落。

按照生理年龄，杰夫降落的那一年已经六十岁了，但整个三十年的航程都是在休眠舱里度过的，所以杰夫自行减掉了这段时间，认定自己在降落的时候是一个刚满三十岁的年轻人。地球曾经派出过无人探测器到达这个星球，并且在这里发现了那种粉色的晶体。经过分析，人类科学家认为这种晶体里蕴含着巨大的能量，如果能运回地球加以利用，那人类将永远摆脱资源匮乏的困扰。因此杰夫作为 Y 星前哨站的首位建立者，被派到这座红褐色的星球上来了。只是当杰夫成功降落以后，并没有找到之前的无人探测器，理论上它应该就在杰夫的降落地点附近。

刚刚落地的杰夫有太多的事情要做：竖起太阳能板，调试氧气制造机、水资源循环利用设备，还要探索周边的环境。在最初的那段时间里，杰夫的日子过得非常充实，每天都在固定时间醒来，查看各种设备的运行情况，以最快的速度消灭掉他的豆子饭和苦咖啡，换好宇航服到外面工作。他在离前哨站不远的地方，在一块岩石上凿出了一个小洞。还好这里的岩石并不特别坚硬，杰夫没有费多大的力气就把小洞凿了出来，然后插上了一面代表地球的旗帜，算是宣示地球人在这颗星球上的主权。

在到达 Y 星的第十年，杰夫的应答机收到了第一条来自地球的信息，地球告诉杰夫，在他收到这条信息的时候，更大规模的载人飞船已经准备启程，如果一切顺利，预计在三十年后抵达 Y 星，要求杰夫做好迎接飞船的准备工作，并且尽可能找到更多的粉色晶体。

读完这条消息以后，杰夫激动得无法入睡，这孤独漫长的岁月终于出现了曙光。此后，应答机每天都收到一条来自地球的消息，诸如人类平均年龄已经高达一百二十岁，但人口数量却一直在减少；地球上最后一个独立国家也消失了，大家都变成了地球联盟的一员，等等。虽然这些消息都来自十年前，但也成了杰夫每天最开心的一件事，他每天也会给地球回复信息，都是各种环境监测数据和自己的工作进程，毕竟在这里没有那么多新闻发生。

然而，就在杰夫已经习惯了这种孤独、寂寥、沉闷生活的时候，遇到了一件称得上特大新闻的事情。

那天杰夫照例在前哨站周围巡视一圈，但总觉得视野里光秃秃的少了点什么，又仔细搜索了几遍，才最终确认是有东西不见了——旗帜不见了，他亲手竖起来的那面代表地球、代表人类的旗帜不见了！

杰夫快步走到他竖起旗帜的地方，岩石上他凿出的小洞还在，但旗子没有了，旗杆也没有了。

杰夫顿时感觉后背发凉。

这怎么可能，这座星球上没有大气，所以连风都没有，自然不会把旗帜吹跑。除了自己以外也没有其他人，甚至没有移动的物体，那旗子会到哪里去了呢？杰夫甚至开始怀疑是不是自己把它弄了回去，再或者，难道是自己梦游了？他赶紧回去查看监控拍摄的画面，但监控摄像头是来回往复拍摄的，旗子在摄像头折返回来时就消失了，没有留下任何痕迹。杰夫又反复观看之前的拍摄画面，也没有发现什么异常。

杰夫写下了一条信息：

在 Y 星竖立的旗帜消失，原因不明。

但是，杰夫把已经打好的字又删掉了，因为他知道，信息一来一回要等二十年的时间，在这二十年中，还不一定会发生什么，而且一旦地球知道这里发生了不寻常的事情，很有可能派人来这里的计划就会发生变化，这是自己最不希望看到的。

杰夫决定再等一等，看看有没有更多的发现，然后再决定是否告知地球。

不久之后杰夫又搞了第二面旗帜，还插在原来的位置，然后连续几天把摄像头固定拍摄那个位置，那几天他甚至都没有出去巡逻，只要自己醒着就盯着监控画面看，生怕错过什么。但几天过去了，什么也没有发生，旗帜还好好地待在那里。

几个月过去了，杰夫恢复了日常巡视，就在他几乎已经忘了丢旗子这件事情的时候，偶然发现在旗帜附近有一个亮闪闪的东西。杰夫壮着胆子走了过去，但那个亮闪闪的东西一晃就不见了。杰夫怀疑是那种粉色晶体反射出的光，于是绕着那里走了好几圈，又用小锤凿了附近的岩石，也没有发现粉色晶体。

但杰夫确信自己没有看错，一定有什么东西在那里。

在 Y 星地表观测到某种可移动发光物体，具体不详。

杰夫写下了这样一条信息，但是依旧没有发送出去。

第二天，杰夫把监控摄像头调到了昨天的那个位置，就坐在监控前面等，结果那个亮闪闪的东西真的又出现了，而且还在一点点地移动。杰夫穿好宇航服跑出了前哨站，一直朝那个地方跑去。等杰夫跑到的时候，那个东西没有消失，杰夫看见它就躲在一块岩石后面，是一个圆滚滚的像水晶球一样的东西。

"你好。"杰夫对着那个圆球说，那个水晶泡泡没有任何反应。

杰夫蹑手蹑脚地靠近了一点，慢慢伸出手，想要触碰一下它，但就在要碰到它的一瞬间，水晶泡泡一下子消失了，就像变魔术一般，在杰夫眼前消失了。难道它能这么快地移动吗？就这么凭空消失，一点痕迹都没有？在一番搜索之后，杰夫发现那个岩石后面有一道裂缝，水晶泡泡应该就是顺着那道裂缝消失的。杰夫又等了很久，那个水晶泡泡还是没有再次出现。

杰夫心有不甘地回到了前哨站，再次考虑是否把这一发现告知地球。但这个想法让他有点烦躁，既然无法及时收到反馈，那告知地球又有多大的意义呢？自己接下来的任何行为都有可能是错误甚至是危险的，都需要独自承担一切后果。杰夫最后决定还是要再次找到并观察那个东西，如果能对它有更多的了解，说不定就知道接下来该如何处理了。而就在杰夫准备出去再次寻找那个泡泡的时候，赫然发现那个水晶泡泡就待在前哨站里的地面上！

"我的老天，你是怎么进来的！"杰夫吓得着实不轻。

那个水晶泡泡很安静，一动也不动。

这算什么？外来物种入侵？会不会有生物污染？它有没有攻击性？关键是，现在还完全不知道它是什么，又是怎么进到前哨站里面来的。杰夫站在那里傻愣了半天，无数想法在脑子里翻滚。

"管他呢，已然这样了。"

杰夫最后放弃了所有不好的念头，一步一步地靠近这个水晶泡

83

泡,蹲下身子用手指轻轻地戳了一下它。水晶泡泡软软的,没有反应。杰夫咬了咬牙,大着胆子用两只手把它捧了起来。水晶泡泡是无色透明的,表面光滑,不冷不热,也感受不到它有任何的运动。杰夫找了一些软布,把它放在上面。

"我就叫你毛球好不好?在地球上,宠物一般都是毛茸茸的。"

水晶泡泡的内部忽然变化出一些颜色来,如晚霞映照下的云层,又像是某种稀有鸟类艳丽的羽毛有着丰富渐变的颜色,一层压一层,反射出不停变化的光彩。

"你喜欢这个称呼?你能听懂我的话?你有思维?你是个生命体?智慧生命体?"杰夫发出了一连串的疑问。水晶泡泡里的颜色还在不断地变幻,仿佛是一阵风吹散了五彩的浓烟。同时,它还在软布上一左一右地来回摇摆,立刻让人联想到一脸幸福的样子。

　　空降一师正在接近目标星球,请Y星前哨站准备降落平台。

杰夫收到的这条信息不是来自地球,而是来自即将要抵达 Y 星的人类宇宙飞船。

准备降落平台,准备降落平台!杰夫在前哨站里走来走去,嘴里不停地念叨着这句话,就像一个等待圣诞老人的孩子接到了打扫烟囱的任务一样。虽然一直都在盼望着来自地球的飞船早日到达,但这漫漫旅途不知道中间会出现多少难以预料的事情,而现在收到了这条信息,说明自己在这颗荒凉星球上孤独的日子终于要结束了。

"毛球，我们开始吧！"杰夫马不停蹄地工作了起来。

接下来的日子，杰夫几乎把全部精力都放在了建设这片平台上。

直到看不见任何一处凸起的地方，甚至平台的边缘还刻上了由圆点和短线组成的标志线，这是摩斯密码，表达的意思是一个不断重复的词——"降落"。

杰夫有点怨恨地球为什么不早点通知他修建降落平台的事情，毕竟这么多年自己在这里都没什么事情可做，如果能早一点知道，说不定能修建起一座小型机场来。但后来想想也就释然了，因为他知道，即将登陆的宇宙飞船上的空降兵也一直都处在休眠状态，就跟当初自己到达这里时一样，说实话，谁也无法知道飞船是否真的能顺利抵达。好在杰夫选择建设降落平台的地方本身就比较平整，只需要清除掉一些零星的牛屎岩石就可以了。

"不要在那里蹦来蹦去的，小心我把你裹到岩石堆里扔出去。"

毛球一直在清理出来的岩石上上上下下地跳着，好像一个掉在地上反复弹起的乒乓球。但杰夫发现，毛球的跳动与乒乓球不同，那是一种有规律的时快时慢的节奏。

"你是在跳踢踏舞吗？你知道，在地球上舞蹈是一门伟大的艺术，从原始社会开始就有了舞蹈，最初人们跳舞是用来传达某种信息的。"

毛球又跳动了几下，然后停住了。

"毛球，你再跳一次。"

毛球又跳了一遍，跟刚才跳动的节奏完全一样。

"再来一次。"

这一次，杰夫记下了毛球跳动的节奏是："嗒嘀嗒嗒嘀嘀嘀嘀。"

"嗒嘀嗒嗒嘀嘀嘀嘀。"杰夫在心里默念着。

"毛球！你……你真的是智慧生物吗？"

"嗒嘀嗒嗒嘀嘀嘀嘀。"毛球又跳动了一遍。

杰夫的心一下子抽紧了，倒退了一步，手里攥紧了敲击岩石用的锤子。

"你……你什么时候学会的？还是你一直就会？我怎么就没想到呢，你会用这样的方法和我交流！你会伤害我吗？"

"嗒嘀嗒嗒嗒。"

"不会！"杰夫惊呼一声。

如果把毛球蹦跶的频率转化成 0 和 1 的话，就是一组 10110000 的数字，而这组数字对应的摩斯密码是"Y=1011/E=0/S=000"，也就是"是"；而它蹦跶的另一组数字是 10111，对应下来就是"N=10/O=111"，"不会"！

"你是不是在我弄那些降落符号的时候学会的？"杰夫盯着毛球问道，但是这一次毛球没有蹦跶，而是待在原地来回滚动。

"空降一师呼叫前哨站，完毕。"

"你们终于来了，完毕。"

四十年间，前哨站里的对讲机第一次发出了声音，杰夫都有点怀疑自己是不是出现了幻听。

"空降飞船已离开原有轨道，进入降落程序，预计两小时后到达指定位置。完毕。"

"老天保佑你们带了正经的食物，还有足够的咖啡，完毕。"

"请清理降落区域。前哨站，我们带了豆子饭和速溶咖啡，完毕。"

"祝你们降落在牛屎上，完毕。"

"空降一师向您致敬，完毕。"

杰夫放下对讲机，眼睛盯着监视器里的空降平台，感觉脑子里一片空白，半天才回过神来。

终于来了，这帮家伙终于来了。

杰夫站了起来，但根本想不起来自己要干什么，随即又坐下，眼睛不知道该看什么，手也不知道该放在哪里。毛球则在软布上静静地待着，只是内部出现了一些之前从未出现过的奇幻颜色。

杰夫想，要不是因为这些年来一直在跟毛球说话，自己恐怕早就丧失了语言能力，变成了一个老哑巴，一个在他们看来已经将近一百岁的老哑巴。估计他们也早有准备，准备好来给我收尸也说不准。杰夫用枯瘦的手摸了摸自己早就白了的胡须。

"毛球，你说我是不是该打扮一下啊，让我显得没那么老。对了，毛球，我怎么把这件事给忘了。毛球，不能让他们发现你，我得把你藏起来。他们要是发现你了，肯定要把你抢走，在你身上做实验，用火烧你，用水淹你，说不定还会从你身上抠下一块来拿去化验，看看你到底是什么做的。毛球，我得把你藏起来，你懂吗？"

毛球的颜色变成从未有过的难看。杰夫找了一个工具箱，把里面的工具一股脑儿全倒在了地上，然后连同软布一起，把水晶泡泡放进了工具箱里，盖好了盖子。

监视器画面里的一切还是那么平静，仿佛根本没有什么飞行了三十年的东西即将到来，对讲机里也没有声音，所有的仪表也都和杰夫到来时一样工作着。杰夫坐在那里，一遍一遍地告诉自己飞船即将到达这件事不是幻觉，不是自己想象出来的，真的有自己的同类马上就要到来。

"毛球，求求你，别闹啊，让他们发现你就完了，否则我只能把你丢出去！"杰夫叫起来——因为装毛球的那个工具箱正在慢慢变得透明。

"不许吃那个工具箱！"杰夫再次大叫一声。

"空降飞船已到达指定区域上空，将在十分钟后完成降落，完毕。"对讲机里再次传来声音。

"前哨站收到。完毕。"

杰夫把监控摄像头调到空降平台的方向，然后按下控制台上的一个按钮，空降平台四周的标志线上亮起了一盏一盏的红灯，那也是杰夫安装的，类似飞机跑道上的指示灯。

此时的前哨站里出奇地安静，只有一些仪表发出不易觉察的摩擦声，墙上的电子时钟本来不会发出任何声音，但现在好像也在嘀嗒作响。杰夫盯着监视器里空无一物的降落平台，看到地面上一些细小的颗粒好像在微微地颤动。

渐渐地，颤动越来越明显，就连在前哨站里面也感觉到了，各种物品之间开始发出轻微的撞击声，杰夫觉得自己的眼睛和手都在止不住地抖动。当监视摄像头摇到那面旗帜的时候，能看见旗子也像有风吹过一样，几乎要飘扬起来。再回到空降平台，一架巨大的航空器正在平稳地落下，喷出的气体把周围的一切都搞得模糊起来。杰夫觉得整个地面也随之开始震动，震动的强度之大超乎想象。设备柜上的东西哐当一声掉到了地上，接着掉下来的是金属餐盘和装着毛球的工具箱，前哨站整体在颤动中倾斜，像是一辆过山车正在通过那一段环形轨道。杰夫从椅子上摔了下来，趴在了一堆乱七八糟的工具中间。

好在震动持续的时间并不长，仿佛在一瞬间，一切又都恢复了平静。杰夫挣扎着扶着控制台的边缘爬了起来，向监视器看过去。

但杰夫立刻觉得被什么东西扼住了喉咙，无法呼吸。

因为监视器里，降落平台上空空如也，什么东西都没有。

可是刚刚明明看见那架航空器已经降落，它怎么会凭空消失？

"前哨站呼叫空降一师，完毕。"杰夫抓起对讲机喊道。

"前哨站呼叫空降一师，完毕。"

"前哨站呼叫空降一师，回答我啊，混蛋！"杰夫的声音有些绝望，他无法再在前哨站里多待一秒钟，扔下对讲机穿上了宇航服。

杰夫站在空降平台上，与十年以来的每一天一样，他都是站在这里，但今天却又完全不一样。

空降平台以及周围的一切都显得那么空旷，当然还是不会有风，也没有任何声响。

突然杰夫发现了什么，是地面上的一条裂缝！平台这里他已经来过无数次了，就

上的旗帜也消失了。

"毛球，我们回去吧。"老杰夫离开降落平台，只是走得非常缓慢。

"毛球，我其实能猜到一些，我只是不愿意相信这是真的。"老杰夫一边走一边幽幽地说。

"就像当初的那面旗子一样，是不是？我后来发现了，那些石头，那些红褐色的石头，就像你拉出来的石头一样。"毛球跟在老杰夫的后面，也以非常缓慢的速度向前滚动着。"是你的兄弟把我的旗子吃掉了吧。"

"不过，你们做得也没错，我不应该怪你们，谁要是把旗子插到我家的院子里，恐怕我也会不高兴。"

毛球变化出灰黑的颜色，在内部翻腾。

"我懂，我懂你的意思。"老杰夫接着说，"毛球，在地球上，我这样的人会被称作不速之客，就是不请自来的客人。但是将来如果有一天你能到地球上，我会邀请你到我家去做客，给你准备一桌丰盛的晚餐，然后我们坐到壁炉前，请你喝上一杯正经的咖啡。"

毛球变幻出亮丽的颜色。

老杰夫在平台上走着，一遍一遍地看着那条横亘在平台中央长长的裂缝，就是这条裂缝，让老杰夫的希望如飘浮在空中的肥皂泡一样爆裂了。

"毛球，我知道，你的兄弟们不光吞掉了我的旗子，还吞掉了来自地球的空降一师对不对？"

毛球一下子滚到了老杰夫的前面，挡住了老杰夫的去路。

毛球一下子膨胀了起来，体积扩大了好多倍，甚至跟整个前哨站一样大小。在毛球的内部不断翻滚着乌云和沙尘的混合物，想要冲破毛球的束缚扑到老杰夫的身上。

老杰夫不由得后退好几步，仰望着这个巨大的球体。

这时，让老杰夫感到不寒而栗的是，自己的意识好像被什么东西入侵了一样，有些不受自己的控制，像一台中了病毒的电脑，不断有各种各样的弹窗出现，自己关掉一个又会冒出好几个。老杰夫明白，这些入侵的意识都来自眼前这个巨大的外星怪物。

"毛球，停下。毛球，你不能这样，你要把我也吞掉吗？好啊，那来吧，反正我也没打算继续活下去。"

其实老杰夫根本没有发出任何声音，只是闭上了眼睛，他在自己的头脑中大喊：

"我没有把你当成实验品，现在好了，你可以拿我做实验了，我告诉你，我怕火烧，怕水淹，没吃没喝很快就会死去，我身体里大部分物质是水。怎么样，你还想要知道什么？人类就是这么脆弱和渺小！人类比不了你们，你们多厉害啊，你们能吞噬一切！把一切都变成牛屎！这样你们就胜利了吗？你们静悄悄地赢得了和人类的战争？现在可以把我也吞掉了吧，我这个前哨站是就没用了对

毛球果不再理会毛球，一个大制前哨站走去，但它神么一休挡在了老杰夫的面前。

"怎么了？为什么挡住我，我要回到我的前哨站去，然后待在

那里再也不出来了。你不用跟我回去了，这里才是你的世界。我的世界已经毁掉了，我已经一百岁了，等不到地球再派一艘船来，嗯，我估计他们很可能也不会再派飞船来了，我已经待够了，到此为止吧。"

老杰夫一步跨过毛球，继续朝前哨站走，但没走几步就停下了，因为在老杰夫的眼前，他的前哨站正在一点一点地变得透明，像正在被一头无形的巨兽贪婪地啃食。

"原来那里早就不是我的前哨站了。"

毛球在岩石上快速滑动起来，但不是沿着一条直线滑动，好像是在画着什么。没过一会儿，老杰夫看出来了，毛球确实在地面上勾勒出来一幅图案，是一个人站在那里，手里抱着一个像头盔一样的东西。

"我拿着我的头盔干什么？你的意思是让我摘掉头盔？在这里吗？在前哨站外面摘掉头盔？你不知道那样我会立刻死去吗？"

毛球停在那里一动不动，仿佛在等待老杰夫做出选择。

"我本来想死在前哨站里的。"老杰夫说，"既然这样，好吧，我答应你，这样也挺好，反正我也回不了家了。"

老杰夫说完，双手卡住了自己的头盔。就在这时，毛球跳上老杰夫的肩膀，就在老杰夫扭动头盔的一瞬间，毛球把老杰夫的头盔的缝隙包裹住了，然后整个包裹住了老杰夫的头。

老杰夫的眼前出现了一幅郁郁葱葱、生机盎然的画面，与地球上一样，同样是一个由无数生命体构成的世界。画面在不停地闪动，那些奇异物种从诞生到消亡，这个 Y 星世界在演化更迭。

"你是在告诉我，你们这座星球的历史与文明。"老杰夫喃喃自语。

老杰夫眼前的画面还在继续，如同一部倍速播放的电影：文明诞生，科技进步，逐渐成为一个高阶文明的世界，最后画面定格在一个光明的球体上，就像毛球一样。

老杰夫看着这个透明的球体，隐约中，仿佛听见一个声音在对自己说话：

"宇宙中有无数的智慧生命，有的以物质的形态出现，有的则以意识的形态存在，文明达到高阶以后，这两者就会融合在一起，如同这座星球一样，最后升华成最简单最纯粹的样子。现在，你可以加入我们了，你将彻底摆脱你的低等文明层级，感受高阶智慧的魅力，并获得永生。"

"在我之前，也有其他星球的智慧生命到访过这里吧，是不是也建立过前哨站，但后来他们也都消失了，也都变成这种牛屎一样的岩石了吧？现在，你想让我成为你们的一部分"老杰夫在自己的头脑里继续说着，"可是你有没有看到 最后的旗子上写了

老杰夫眼前的画面消失了 看到的还是那个红褐色的荒凉世界。

"毛球，你知道吗，这座星球就是 牛屎 此刻我只想念当初在地球上的美好时光，那是一个多么美丽，多么温暖，多么神奇的星球。在这里有很多我无法理解的事物，在我身上恐怕也有你无法理解的东西，你能学习我，并且学习得很快。我们人类几百年几千年积累起来的知识和文明你几分钟就学会了，但你就像我们地球上

的人工智能机器人一样，无法理解我们人类复杂的情感，情感永远无法被模仿，也无法被超越。"

老杰夫脚下的岩石裂开，慢慢冒出了无数个像毛球一样的水晶泡泡，聚合在一起，变成另外一个更大的水晶球，水晶球缓缓向前，老杰夫和前哨站全被包裹进了这个水晶泡泡中，最后消失在了那条红褐色的裂缝中间。

没过多久，从裂缝里冒出了一坨像牛屎一样的岩石，隐约可以看出，在那块岩石里闪烁着粉色的晶体。

每一个被 Y 星吞噬的外来生物所携带的能量，都被这座星球转化成了这种美丽的晶体。

不远处，一个水晶泡泡正在包裹住老杰夫最后竖立起的那面旗帜，可以看见金属板上镌刻着这样几行字：

我是地球人杰夫，曾经到过这里。漫漫征途，不辱使命；生而为人，备感荣耀。

记忆银行

　　人在做很多重大决策的时候，其实并不一定经过深思熟虑，无论是选择一份职业还是爱上一个人。有人说是出于直觉或者本能，有人觉得是命运的安排，但事情往往就是这样，一切都在你还没来得及想清楚的时候就已经发生了。

一

杰弗瑞努力睁开眼睛，但刚一睁开立刻又闭上了。

天旋地转。

那个像黑洞一样的梦还在抓住他，不想让他逃脱。梦把一切都吸干了，没有留下一丝痕迹，没有光，也没有思想。

杰弗瑞躺在一张看上去无比柔软的大床上，一名女仆正在擦拭着床头柜上的羊皮台灯。这是一间颇具古典气质的房间，明亮的拱顶大窗上挂着丝质窗帘，房间里的光线静谧柔和，鸢尾花图案的墙纸和人字形拼贴橡木地板上的地毯吸收了大部分的声音，让这里成为一处疗养休息的绝佳场所。

时间不长，眩晕和那种浓得化不开的黑暗稍稍淡了些，杰弗瑞哼哼了两声，眯着眼睛能看见支撑帷幔的床柱了。

"啊，少爷您醒啦！您等着，我去叫老爷太太。"女仆惊呼一声跑出了房间。没一会儿，几个人的脚步声近了。

"杰弗瑞，你醒了啊。"一个穿着雍容华贵的老妇半跪在床边，抓住杰弗瑞的手关切地问。在她身旁还站着一个老者，老者拄着一根手杖，侧头看着他。

"杰弗瑞，你能听见我说话吗？"老妇继续问，老者的眼睛一直盯着杰弗瑞的脸。

"能，能听见，我在哪儿？"

"在家，在家里。"老妇一边说一边开始抹眼角的泪。

"你知道我是谁吗？"老者在老妇的身后问道。

"爸爸，你是爸爸。"年轻人回答，老者满意地点点头。

"你是妈妈。"

"哎！杰弗瑞！我的杰弗瑞回来了。"老妇哽咽着答应道。

"出了什么事？"

"你遇到一场可怕的车祸，我以为会永远失去你了，太可怕了，不过现在好了，太好了。你只是昏迷，嗯，昏迷了一段时间，没事了，现在好了，所有人都以为车祸把你夺走了，我太难过了。不过，感谢老天，又把你送回来了。"

车祸？对，好像是的，眼前有些光影在晃动，还有嘈杂的人声和警报声，那些记忆片段里不停地穿插进各种人的画面，可是当你想看清那些面容时，他们又消失了。

黑暗伴随着眩晕再次袭来，杰弗瑞又闭上了眼睛。

几天以后，杰弗瑞能下床走动了，头晕的情况虽然有些缓解，但总觉得脑袋里有个顽皮的孩子，冷不防就跳出来撕扯几下他的神经，然后再揉成一个团，当作一只皮球一样狠狠地踢上一脚。

杰弗瑞没有跟旁人提起这些，他想尽量让自己表现得正常些，之后也不再让人把饭菜端到卧室里吃，会在大餐厅里长长的餐桌上和家人一起吃饭。下午的时候，他也会在花园里和母亲一起晒太阳、喝下午茶，有时候到父亲的书房里去小坐一会儿，陪他说说话。

他在这所大房子里遇到的每一个人都对他很恭敬，跟他说话的时候都轻声细语的，好像生怕惊扰到他，仿佛他随时都有可能再次晕厥过去。

杰弗瑞感觉自己对这所房子的印象很奇怪，他每到一个房间，眼前的景物都需要和记忆里的画面相互印证一番，就像一台计算机在调取硬盘里的画面。有时候这个调取的过程需要一点时间，在别人看来，杰弗瑞在这个时候就被人按下了暂停键，停滞在那里，一两秒钟以后才又恢复了知觉和行动能力。这种状态让杰弗瑞感觉很辛苦，像极了一个为了参加考试彻夜复习的学生趴在桌子上睡着了一样，虽然睡着，但脑子却一刻也没有得到休息，醒来以后就会感觉到严重的头晕和精神倦怠。

杰弗瑞的未婚妻玛利亚也来看过他了，激动地拉着他的手掉了许多的眼泪，说在车祸以后，医生不允许她去探望，她从老者那里得到的消息只是说杰弗瑞伤得很严重，再也没有更多详情了，自己这好几个月都是在担忧和悲伤中度过的。杰弗瑞静静地听着玛利亚说着这些事，在她叙述的间隙轻声地安慰，或者让玛利亚在自己的胸前靠一会儿。他不知道该说什么，他发现尽管他在脑海中努力搜索，却完全找不到自己车祸前的任何记忆。

杰弗瑞也曾多次回忆车祸发生时的情景，那段记忆倒是很清晰。但令人感到奇怪的是，在车祸之前和之后的事情却完全想不起来了。自己是怎么开的车，要去哪里，这些完全没有印象，听玛利亚说有个专业名词叫逆行性失忆，说的应该就是他这种情况。

在父亲的书房里摆放着一头雄鹿的标本，杰弗瑞每次去都会站在那儿凝视这头鹿很久，尤其是它的眼睛。标本的眼睛是塑料制成的，永远死板地看向一个方向，但这双假眼让杰弗瑞记起一双惊恐的眼睛，也是一头鹿的眼睛。

"这就是你撞上的那头鹿，我把它弄回来做成了标本。它夺走了我儿子的性命……嗯，我是说，险些夺走。"父亲说。

杰弗瑞再次端详着这头鹿，标本做得很好，肌肉很饱满，甚至有点肥硕，完全看不出一点撞伤的痕迹。杰弗瑞摸了摸鹿的脑袋，又下意识地摸了摸自己的额头。

"我当时把它撞死了？"

"是的，当时你可能是尽力想躲开它，那条路经常会有野兽穿越公路，尤其是在夜里。但不幸的是，你还是撞到了它，然后你的车翻进了沟里。"

"这个我记得，那后来呢？"

"后来你被人送到了附近的医院急救，然后在一家诊疗机构康复了一段时间。"

"玛利亚说医生不允许她去探视我？"

"嗯，是的，你那时候的状态非常不稳定，所以接触的人越少越好。"

"明白了。"虽然杰弗瑞还想再多知道一点当时的情况，但想了想，又觉得不知道该问些什么。

在这所大宅里，几乎听不到有人谈论他出车祸这件事。除了他刚醒来的第一天，就再也没有人主动过问他的身体状况。杰弗瑞总有一种游离于其他人之外的感觉，他知道这里是自己的家，但又觉

100

得自己根本不属于这里，熟悉与生疏两种感受总是交替着出现，最后他只能归结为车祸后那所谓的逆行性失忆。

天气好的时候，杰弗瑞就在花园里散步。花园很大，坐落在整栋房子的后面，临着一个人工湖，沿着湖边就走到了宅子后面的门，那里有一排房子，是管家、女仆、司机、园丁等人住的地方。

杰弗瑞走到一排车库门口，一名司机正在擦车。

"少爷您好。"司机抬头看见杰弗瑞走过来，赶紧停下手里的活儿打招呼。

"我看你有点儿眼熟，是不是在哪儿见过你？"

"当然了少爷，我在您家当司机好几年了。"那名司机微笑着说。

"你知道我出了车祸的事吗？"杰弗瑞问道。

"知道的，少爷。"司机轻声地回答。

"我当时开的是哪辆车？"

"哦，您开的那辆车，是您自己的那辆，就是您常开的那辆墨绿色的跑车。"

"那辆车现在在哪儿？"

"报废了啊，对不起少爷，听说那辆车坏得很厉害，老爷吩咐直接送废车场了，没有修，也没有拖回来。"司机回答道。

"嗯。"杰弗瑞没再继续问。司机没再说话，也没继续干活，好像在等着杰弗瑞离开。

"你抽烟吗？"杰弗瑞突然问道。

"我不抽烟的，少爷，我这儿只有给客人准备的烟。"

"能给我一支吗？"

101

"当然可以，少爷。"司机从口袋里掏出烟来，递给杰弗瑞一支，又帮他点上。杰弗瑞试着吸了一口，烟从肺里咳了出来。

"少爷您过去不吸烟的。"司机说。

杰弗瑞又吸了一口，但这次没再咳嗽。

杰弗瑞抽着烟，绕着司机正在擦的这辆黑色商务轿车看了半天。

"这辆车我能开吗？"

"这辆车……这辆车是家里接送普通客人的，性能就……嗯，一般般吧，提速不是特别快，开起来还算平稳。"

杰夫扔掉烟头，拉开车门坐到了驾驶位上，手摸了摸方向盘，又看了看仪表盘。

"少爷您要开吗？您可以吗？"司机站到车门边问。

"不可以吗？"

"可以，当然可以，就是……我是说，您恢复得怎么样了。"

杰弗瑞没有回答司机的问题，刚才那支烟让杰弗瑞觉得有点头晕。

"您系好安全带，启动键在方向盘的右下方。"司机说完，帮杰弗瑞关上了车门。

杰弗瑞系上安全带，按下启动键，汽车发动了。

"您小心点儿！"司机隔着玻璃大声地提醒，然后闪身往后退了两步。

车子忽地向前蹿了出去，冲出去几米以后"吱"的一声刹住，像公园里的荡船一样前后摇摆。接着又往前蹿，但这次已经偏离了道路，车头又转回来，但转弯的角度没有控制好，又冲出了路的另一边。车子像一条蛇一样在路上扭动，眼看就要撞上后门旁边的围墙才又猛然停下，在地上留下了一条几米长的刹车痕。这时已经有两个人从那排房子里出来，往这边小跑过来，刚才的那名司机快跑几步到了车子旁边。

杰弗瑞两臂伸直抓着方向盘，眼睛瞪着前方。司机轻轻地敲了敲玻璃，杰弗瑞在车门上找了一会儿，车窗玻璃降了下来。

"少爷，您没事吧？您身体刚好，还是先别开车了。"司机小心翼翼地说道。

"嗯。"

司机把半个头伸进车里看了看，看见手刹指示灯还亮着，随即拉开了车门。

"您什么都不用管，下来就行。"司机说着用手挡在车顶处。

杰弗瑞下了车，站在车旁边发愣。

"能再给我一支烟吗？"杰弗瑞对司机说。

晚餐有煎小羊排、鳕鱼以及土豆浓汤，还有淋满了糖浆的华夫饼，但杰弗瑞明显没什么好胃口，眼前那一勺火腿沙拉还没吃完就感觉已经饱了。这顿晚餐可能是一段时间以来最沉默的一餐，就连喋喋不休的母亲都没怎么说话，时不时地瞟一眼面无表情的父亲和心事重重的杰弗瑞。

刀叉划过餐盘的声音显得格外刺耳。

父亲用餐布擦了擦嘴，拦住了给他杯子里添酒的仆人。

"今天的酒到我的书房喝吧，杰弗瑞。"父亲说。

103

"好的。"杰弗瑞和母亲都放下了刀叉。

父亲的书房很宽大，与其说是书房，不如说这里是他接待重要客人的私人会客厅。书架上摆着不少硬皮精装书，但如果仔细看，就会发现这些书并没有多少可读性，大部分是一些晦涩难懂的哲学、科学典籍以及百科全书，一整套一整套的大部头按顺序整齐地陈列在那里。书架上还摆着一些古玩陈设及几个银质相框，有几个相框里放的是杰弗瑞的毕业证书和获奖证书，它们骄傲地立在那里，好像早已习惯了来访客人的夸赞。

杰弗瑞看着这些荣誉的证明，简直不敢相信自己曾经是这么优秀的好学生，他对自己获得过的那些奖项居然毫无印象，甚至搞不清那些证书上的烫金单词究竟是什么意思。最中央的相框里有一张照片，那是他们一家人规规矩矩的一张合影，父亲和母亲坐在前面，杰弗瑞站在他们身后。这张合影至少是十年前拍的，照片上的每个人都比现在年轻很多。杰弗瑞看见照片里父亲的右手搭在左手上，右手的小指上戴着一枚镶嵌着绿色宝石的黄金戒指。杰弗瑞抬起了自己的手，他的手上也同样有一枚这样的戒指，杰弗瑞仔细比对了一下，可以肯定这就是同一枚戒指，但不知道什么时候戴在了自己的手上。

"喝一杯吧。"在书桌旁，有一架巨大的地球仪，父亲轻轻拨了一下地球仪，里面露出了几只酒瓶和水晶玻璃杯。他倒了一杯琥珀色的酒递给杰弗瑞。

杰弗瑞喝了一口，酒很浓烈，但并不辛辣，暗香浮动。

"听说今天你开车了？"他问道，杰弗瑞知道肯定是为这个事。

"嗯，是的。"

"关于那场车祸，你还记得多少？"他的酒没喝，放到了大书桌上。

"我记得是夜里，对面有车过来，车灯很亮，等那辆车过去，眼前就出现了一只动物，应该就是那头鹿，它被车灯照得也很亮，然后车就晃到了一边，翻下了路基。"杰弗瑞一边说，忍不住再次轻轻抚摸着那头被制成了标本的鹿。

但他并没有把记得的事情全说出来，他的脑子里还有一个印象，是一名医生凑上前，离他很近，在用手电照他的眼睛。杰弗瑞甚至能看清医生的胸牌，但他无法确定这个画面是否和车祸有关，抑或是自己脑补出来的画面。

"嗯，确实是一场可怕的车祸。我建议你短期内不要再尝试开车了，你觉得呢？"父亲的口气不像是在征求意见，更像是下达命令。

"我好像忘了怎么开车。"杰弗瑞回答道，手从鹿的身上移开，重新看着书架上的照片。

"这很正常，不用担心，有人受到创伤以后甚至会忘了怎么读书写字，我相信用不了多久你肯定能重新学会开车，只要你愿意。你要学的东西还很多，毕竟将来家族的生意需要你来接手掌管。"父亲喝了一口酒。

杰弗瑞对将来接手家族生意这件事完全没有概念，听父亲的口气，这是一件顺理成章且板上钉钉的事。父亲习惯性地用手杖轻轻敲了两下地面，一口喝掉了酒杯里的酒。杰弗瑞环视了一下书房，

105

刚才那两下手杖敲击地面的声音好像唤醒了一个遥远的记忆。

"我是被领养的吗？"杰弗瑞突然问。

"是的，你记得这件事？"听到这个问题，父亲没有表现出一点惊讶。

"记得一点儿，我那时还很小，被领到这里来，感觉就是在这间书房，大人们在说话，我坐在地上。"杰夫瑞说。

"你记得没错，是在这里。你是我们领养的，在你很小的时候，按说你不应该记得，但是我希望你能记得，我们从未对你隐瞒过这个事实。虽然是领养，但我们把你从小抚养长大，对你就像对亲生孩子一样没有任何区别，希望能把最好的一切都给你。只是……"

"只是什么？"杰弗瑞看着父亲。

"没什么，只是很多事情也不是我们都能左右得了的，只能竭尽所能。"

"我觉得我忘了好多事。"杰弗瑞说。

"你只需要记得该记住的事就够了。"父亲站起身走到了杰弗瑞的旁边，拍了拍他的肩膀。

杰弗瑞回到自己的房间，站在浴室镜子前，下意识地用手摸了一下光洁无比的镜面，好像那里应该有点什么，但怎么可能呢，负责打扫卫生的仆人不会留下任何一点水渍或者毛发。杰弗瑞看着自己的脸，出车祸时的场景又浮现在眼前，那头撞向前挡风玻璃的鹿，车在翻滚，然后一切陷入黑暗。杰夫用手拨弄着自己的头发，慢慢靠近镜子，眼睛盯着镜子里自己的额头，头发被一遍一遍地拨开，但没有看到任何一处伤痕。

"但是，即使没有撞到头，也会昏迷过去？而且昏迷了那么久？"

杰夫拍打着自己的脑袋，试图找到哪里的痛感与别处不同。忽然，他发现在靠近头顶的一个地方，拍上去感觉好像不大一样。杰弗瑞加大些力气拍了一下，那个地方好像真的更痛些，但感觉不像是车祸造成的损伤，更像是被一个酒瓶子狠狠砸过一下。

虽然杰弗瑞还没有向玛利亚求婚，但双方父母已经把婚礼的日期定了下来。玛利亚经常到大宅来，也给这里增添了不少欢声笑语。杰弗瑞没有再次尝试开车，甚至再没去过家里的车库，如果需要出门，他都是叫上一辆出租车前往，或者是让玛利亚开车。杰弗瑞出门基本上都是去预订婚礼上要用到的那些东西，有时候没有什么特别的事情，偶尔出去兜风散散心。更多的时候杰弗瑞还是会选择待在家里，在各处走走，他觉得自己越来越熟悉这个地方了，这里就是自己从小长大的家。但有一个地方例外，是家里的一个大房间，房间里全是各种书籍，书架一直顶到天花板，是一间家庭图书馆。杰弗瑞对这个房间很陌生，书架上的那些书也都完全看不懂，进到这个房间一次以后就不想再去，因为感觉这个房间异乎寻常地冷。

父亲也会找杰弗瑞谈话，大多数都围绕将来让他继承家族企业的话题。但杰弗瑞感觉自己对家族企业的业务几乎一无所知，只知道家族企业是一家尖端科技公司，父亲是董事长，杰弗瑞也曾查找过自家公司的资料，但能找到的信息很少，几乎看不到相关的新闻报道。这是一家低调的集团公司，虽然涉及的产业很多，但杰弗瑞还是搞不清公司的主要营业收入来自哪里。后来杰弗瑞终于在一份资料里看到，公司一项非常重要的业务构成是旗下一家科研机构，

107

这个机构主要负责研发包括人机接口在内的记忆传输科技，而这项尖端科技的第一创始人就是他的父亲。

看到这里，杰弗瑞的脑袋里好像被一支玻璃棒搅动了一下，紧接着玻璃棒越搅越快，脑子中的记忆像几种不同颜色的液体混在了一起，他无法分辨出那些记忆背后的东西，那些被隐藏起来的、被遮盖住的过往。

汽车翻滚时的眩晕感又来了。

他一直感觉到眩晕，却从来没有感到过疼痛。

早晨的天气不错，杰弗瑞走出自己的房间，大宅里看不见什么人，仆人们不知道躲到哪里去了，可能都找个不显眼的地方打个盹儿，发发呆。杰弗瑞走到大宅靠近后院的另一侧，那边有一个游泳池，泳池里的水清澈见底，杰弗瑞在泳池边的躺椅上坐下，看着微微波动的水面。

"你怎么跑到这里来了？"声音传来，杰弗瑞抬头一看，是玛利亚。

"我没事，就是在这里坐一下。"杰弗瑞回答道。

玛利亚靠着杰弗瑞的身边坐下，四处看看，周围没有别人。

"我们是怎么认识的。"杰弗瑞的话像是自言自语。在记忆里，关于玛利亚的记忆少得可怜，完全不像是处在热恋时期的未婚妻。

"我们从来都不认识。"玛利亚说。

杰弗瑞回过头看着玛利亚。

"你也知道，这也是没办法的事。生在这样的家庭里，就必须听从家庭的安排，怎么可能有自己选择婚姻的权利和自由，我想你也一样。还好你很不错，我也很喜欢你，所以啊，我们就这么认识了，然后，就按部就班地结婚呗。虽然你一直都不愿意向我求婚，我也不强求。"玛利亚的眼睛也看着波动的水面，眼睛里好像也有什么东西在闪烁。

"如果我从口袋里掏出一百块，你愿不愿意嫁给我。"杰弗瑞说。

"什么？你说什么？"玛利亚狐疑地看着杰弗瑞。

"对不起，我也不知道怎么就冒出这么一句话，原谅我。"

"出了那场车祸以后，你变化很大，肯定是对你的伤害太大了。不过，也没关系，这样也挺好，我们可以重新认识一下。你好，我叫玛利亚，是你的未婚妻。"玛利亚咯咯地笑了起来。

"不，你不认识我，我的确是变化很大，大到我自己都不认识我自己了。而且我觉得这所房子还没有完全接纳我，在这里我总感觉自己是个局外人。"杰弗瑞说完站了起来。

"你可能就是忘记了一些事情，不要紧，慢慢会好的。"玛利亚安慰道。

"比如那间图书馆，我不记得我读过那里面的书，我不认识它们，它们也不认识我。还有这个游泳池，我觉得它也不接受我。"

杰弗瑞说着向泳池走去，没有丝毫停顿地跳了下去。

天鹅绒晨衣贪婪地吸吮着水分，在杰夫瑞的身后漂荡起来。他睁开眼睛，任由身体下沉，好像听到了几声呼喊，但含混不清，更多的是"咕咕"的水声。渐渐地，胸腔里好像有什么东西要从口鼻蹿出来，可是稍微一张开嘴，冰冷的水就灌进来，像冲锋的士兵般涌进身体里。杰弗瑞挣扎着想要把它们赶出去，但徒劳无功。这时，一个画面出现了，是自己在海里游泳，水很冷，而且流速很快，一瞬间就让他的全身都痉挛起来，身体变得无比沉重，水流已经紧紧地把他缠住，要拉向无尽的黑暗中。

杰弗瑞惊恐万分，拼命舞动着手臂，拼命蹬腿，但都无法让自己的头露出水面，肺部已经到了忍耐的极限，冷水一口接一口地灌进来。杰弗瑞觉得自己的意识和视线都开始变得模糊，已经无法分清自己是在游泳池里还是在海里。

忽然他的身体被人向上托起，鼻子、嘴巴刚一露出水面就迫不及待地急促呼吸，眼睛也能看清东西了。其实泳池的边缘近在咫尺，杰弗瑞努力地伸长胳膊，抓住了池边。

"我是要嫁给一个不会游泳还要跳进水里的疯子吗？"在他身后，玛利亚从水里冒了上来，一边大口地喘气一边说，"但是我好像在你父亲的书房里见过一张奖状，那是你参加一次游泳比赛获得的呀。"

杰弗瑞挣扎着爬出了泳池，玛利亚游到扶梯那里走了上来，一边走一边甩着长发上的水。

"这下好了，全湿透了，我也没带能换的衣服，只能穿你的了。我需要先洗个澡。"

回到杰弗瑞的卧室，玛利亚在浴室门口就脱掉了所有衣服。

"看什么，就好像没见过一样。"

杰弗瑞心里有点翻腾，说不出话来。

"快点，把湿衣服脱掉，要不该着凉了。"玛利亚光着身子走了过来，帮杰弗瑞褪掉晨衣，又解开了丝质衬衣的纽扣。衬衣拉开，露出了杰弗瑞的胸膛，玛利亚仰头看着杰弗瑞，踮起脚尖，亲吻着杰弗瑞的嘴唇。杰弗瑞一只手揽住了玛利亚的腰，另一只手放在了她微微翘起的乳房上……

杰弗瑞喘着粗气从玛利亚的身上翻了下来。玛利亚侧过身子，背对着杰弗瑞。

"你还是杰弗瑞吗？"玛利亚轻声说。

"什么？"

"你完全变了一个人，女人对跟自己上床的男人还是非常敏感的，你太陌生了。我也不敢相信，这是我自己的直觉。你，是一个陌生人。"玛利亚把自己的身体蜷缩成一团。

"可能车祸改变了太多，我变得不会开车，不会游泳，脑子里的东西都溜走了，但我还是我，不会是别的任何人。"

玛利亚没有说话，下了床，去衣帽间里找了件衣服穿上。

"当然你说得对。"玛利亚说，"是我错了，是我胡思乱想来着，你就是你，不会是其他任何人。"

"我只是觉得我好像把自己弄丢了。"

"无论如何你都要把自己找回来，杰弗瑞先生。"玛利亚口气坚定地说。

杰弗瑞坐在了那间家庭图书馆里。天已经黑了，仆人们也都休息了，这会儿是整个大宅子里最安静的时刻。

杰弗瑞也不知道自己为什么要回到这个最令他感到寒冷和陌生的地方，也许想要找回自己的最好办法就是从最远的地方开始往回走。

111

图书馆里有一台电脑，杰弗瑞打开网页漫无目的地浏览着。这个世界每天都有很多事发生，那些大字标题的新闻一个接一个，但都与自己无关。杰弗瑞在搜索栏里输入了福利院三个字，其实这完全没必要，如果想知道自己是从哪里被领养的，只要问一下父亲或者母亲都能知道。但就像他的车祸一样，没有人会谈起这个话题，仿佛在这件事上笼罩着某种禁忌。

网页里一下子就刷出来各种福利院孤儿院的信息，杰弗瑞一个一个地看下去，当看到一个叫"圣洁天恩福利院"的名字时，脑子里好像突然出现了一个声音说："就是它！"标题下面关于这个福利院的信息并不多，只有官方的简略介绍，诸如创办人、创立时间、所在地这些。可能是出于对未成年人的保护，这里没法查询到现在以及曾经在这个福利院里生活的孩子身份。杰弗瑞默默记下这个福利院的地址，第二天上午独自一人出了门。

"这不奇怪，经常有被领养的孩子回来的，想知道自己的身世，想知道自己的亲生父母是谁。"接待杰弗瑞的是一个戴着一副老花镜的阿姨。在问清了杰弗瑞的姓名、年龄以后，她看着眼前的老式电脑屏幕找了半天。

"但你这个，根据资料，你们的亲生父母把你们送来的时候没有留下任何身份信息和联系方式，很抱歉，孩子。"

"等等，你……们？"

"对，是的，没错。你们，你们是兄弟二人一起被送来的，而且还是孪生兄弟。你叫杰弗瑞，你的弟弟叫杰夫。怎么，你不知道吗？"阿姨把老花镜推到额头上，看着杰弗瑞。

"我不记得了，我不知道我还有个弟弟。"

"你们来这里的时候还不到三岁，不记得也正常。不过我听说孪生兄弟姊妹好多都有心灵感应的，即便不在一起也能感觉到对方。嗯，当然，也不一定。"

"那，你说叫杰夫，我的孪生弟弟，他也被人领养了吗，还是……"

"是的，是被领养了，而且应该是在你之前就被领养了的，比你早了几周的时间。"

"我能知道他的地址吗？我想……想找到他。"

"我想这是可以的，领养家庭在我们这里有详细的信息。"阿姨把一个地址写在一张便笺纸上递给了杰夫，"祝你好运，孩子。"

那个地址离福利院的距离很远，几乎在城市的另一边，恐怕再往前多走一点就是乡下了。出租车在一片低矮建筑组成的街区里转悠了好一会儿才找到那栋房子，房子没有门牌，所以路过的时候被忽略掉了，最后在信箱上看到了号码才确定是这个地方。

"麻烦您在这里等我一会儿可以吗？"杰弗瑞掏出钱来递给出租汽车司机。

"好的，先生。"

杰弗瑞下了车，在那栋房子的门廊上站了好一会儿才敲响了门。门开了，一个肥胖的老年妇女开了门，在她的大腿旁边还站着一个七八岁的小女孩。

"嚯！这可是新鲜事，杰夫？你回来干吗？是犯了什么事了吗？穿得倒挺干净，把自己打扮得像个有钱人家的公子哥儿了啊。我告诉你，你犯了什么事跟我们都没有关系，离我们远点儿，听见了吗？

113

你已经好几个月没有给我寄钱了，白养你这么大，我猜你是被关进去了吧，有钱就赶紧掏出来，要不然就在我的眼前消失！"

肥胖老妇连珠炮似的说话，根本容不得别人插嘴。杰弗瑞站在原地没有动，换了别人可能至少要向后退两步，以防对方的唾沫喷到自己脸上。

"我不是杰夫，我叫杰弗瑞，是杰夫的孪生哥哥。"杰弗瑞尽量平静地说。

肥胖老妇个子不高，还有点驼背，但杰弗瑞总觉得她像一堵高墙一样，随时都有可能压倒自己。

"他的哥哥？啊哈，我想起来了，好像是有这么回事。当时那个福利院的人还问我要不要把两个都领走，可当时孩子够了，养不下了，就挑了杰夫。我也是瞎了眼，本来以为挑个活泼的好养，跟挑小狗一个道理，谁知道养了这么个冤种，真是圣洁天恩啊，成天到晚地四处游荡，没钱就想回来吃白食，有了钱就不见踪影，什么都指望不上。你是他哥哥？你叫什么来着？"

"我叫杰弗瑞。"

"看你这样子是混了个有钱人家吧。"

"杰夫他没在家吗？"

"他？早不在家住了，偶尔能给我寄一点钱来，比起我这么多年花在他身上的那些钱，不知道差出多少。唉，人啊，就是没有良心。"

"那他住哪儿您知道吗？"

"我怎么会知道，说不定住大桥下面的桥洞里，要么就是拘留所，最近倒是没听说他偷东西。你找他干什么？他犯了什么事吗？"

114

"不，我只是想见见他。"

"我记得他寄来东西的时候，说在一个什么酒吧工作。"

"酒吧？叫什么名字的酒吧？"

"哎哟，我岁数大了，脑子不好使了，什么都忘，好多事儿都想不起来了。"

肥胖老妇嘴上说着，眼睛上下打量着杰弗瑞的衣服和皮鞋。杰弗瑞从身上掏出一些钱递了过去。

"您等等啊。"老妇接过钱，转身进了屋，只留下小女孩愣愣地看着杰弗瑞。

杰弗瑞看着女孩，突然有种想哭的感觉，又掏出了一张钞票，塞在小女孩手里，然后把食指放在自己嘴唇上，做了个不要声张的手势。小女孩走上前，抱住了杰弗瑞的腰。

"干什么呢你，看把人家的衣服弄脏了！"老妇把小女孩扯了一个趔趄，伸手递给杰弗瑞一个折叠硬纸皮做的火柴盒，那上面有一个酒吧的名字。

"谢谢，再见夫人。"

杰弗瑞像刚刚逃脱了捕兽夹子一般快步走开了。

"再见少爷，您跟杰夫真是长得一模一样，连说话的声音都一样，可是您就比他高贵出不知多少倍。"肥胖老妇的声音从背后传来。

杰弗瑞没有回头，跳上了出租车，把纸皮火柴盒递给出租车司机，说："去这里。"

杰弗瑞在那间酒吧门外站了很久。

115

酒吧最近重新装修过，外墙和招牌一尘不染，泛着新鲜涂料的亮光。酒吧门口的遮阳伞还没有经过长时间的风吹日晒，颜色饱满鲜艳。现在差不多已经是下午了，杰弗瑞从出门到现在什么都没吃过，但一点都不觉得饿，胸口总觉得堵着什么东西。酒吧外的露天卡座里有人在抽烟喝啤酒，杰弗瑞特别想也来上一支，于是推门走了进去。

"一杯黑啤酒。"

杰弗瑞在吧台前坐下，看了看这间酒吧，装修没什么特殊的地方，中规中矩的样子。他轻轻皱了皱眉头，觉得吧台上残留的油漆味道还没有散尽。

酒保把啤酒推到了他面前。

杰弗瑞喝了一口啤酒，走到角落里的一个自动售烟机旁边，在口袋里翻找硬币。

"杰夫？"是一个女人的声音。杰弗瑞回头一看，是一个女招待。

"我不是杰夫，我是来找他的，你认识他？"

"对，你不是杰夫，你是他妈的鬼魂，你这家伙发什么神经，死哪儿去了，怎么一下子就没影儿了，没人再见过你。我有一阵子天天看新闻，看有没有抢劫银行的新闻，还去你那个破窝找过你一次，怕你一个人死在里面，结果发现那栋公寓整个都关闭了，上了锁，一个住户也没有了。你到底出了什么事？你瞧瞧你，从哪儿搞来的这么好的衣服，好长一段时间你都奇奇怪怪的，肯定没干好事，要不你还是赶紧逃命去吧。"

"你认错人了，我不是杰夫。"

116

"少扯淡，你什么意思？"

"我叫杰弗瑞，是杰夫的孪生哥哥，很小的时候我们就分开了。说实话，我也是今天才知道有这么个弟弟，听说他在这里工作，就想来看看他。"

"说得有鼻子有眼的，你真的不是杰夫？没骗我？"

"真没骗你。杰夫是在这里工作吗？"

"是，可他很久都没有来过了，最后一次见他是他来借钱，后来说什么去银行就有钱了，他就走了，再没回来。我是真怕他出事。"

"你是他的女朋友？"

"不是，就是同事。他人不坏，就是有点儿不着调。之前我对他态度不怎么好，在一起工作嘛，难免的，后来他失踪了，找不到人了，就觉得，还挺……嗯，算了，没事。"

"他失踪了？有多长时间了？"

"挺长时间了。他消失以后，酒吧换了老板，我找他就是想告诉他这件事，之前的老板要把他开掉，因为新老板答应还用原来的员工，不解雇人，我怕他丢了这份工作，可是怎么也找不到他。"

"你有没有……比如说，报警之类的？"

"没有，谁知道他干啥去了，再说我也不是他的家人。你真不是杰夫？你们俩长得可真像。"

"今天有人也这么说。嗯，你能换给我点零钱吗？我买包烟。"

杰弗瑞的口袋里没有零钱，掏出了一张一百元的钞票。

"你不是杰夫，他口袋里掏不出一百块的票子。"

117

"你叫什么名字？"

"我叫玛丽。"玛丽把零钱交给杰弗瑞。

"你刚才说你去过他住的地方，能告诉我在哪儿吗？我想去看看。"

"可以，离这儿不远，如果你愿意，走路就能到。"

"谢谢你。"

"如果你能找到他，记得让他回来看看。"

"我会的。"

杰弗瑞点上烟，往玛丽说的那个地方走去。

天已近黄昏，路上热闹了起来，下班的人在找地方吃饭，约会的人都见上了面。鸽子也知道晚饭的时间到了，成群地落在人行便道上点着头走来走去，寻找食客掉落的面包屑。生意人点亮了橱窗里的灯，被磨亮了的方石路倒映着橘黄色的灯光，路人的残影在光里晃动，世界好像披上了一件魔幻的外衣，显得那么不真实。

杰弗瑞觉得自己这一天过得也不大真实，好像有一根长长的钩子，不停地从自己的脑袋深处往外钩出一丝一缕的记忆，很陌生，却又似曾相识——杰夫的养母，那个肥胖的老女人，那刺耳的嗓音，那张随时可以变换表情的脸。那种感觉既害怕又熟悉，让人只想赶快逃走。再加上那间酒吧还有玛丽，那个女招待——她们好像天天都会出现在自己的梦里，是熟悉得不能再熟悉的陌生人，现在她们又出现在自己的面前，真实存在，触手可及。

杰弗瑞强迫自己从大脑的幻景里退出来，把注意力放回到眼前要走的路上，这时他才发现自己已经走进了一条狭窄的巷子里，这正是他要找的地方。

一路走来，他没有拐错任何一个路口。

公寓楼的大门的确锁着，里面黑洞洞的什么都看不见。门上贴了一张纸，写着"内部装修，暂停出租"的字样。抬头往上看，没有一扇亮灯的窗户。绕到公寓楼后面，那里有一架消防梯，杰弗瑞爬了上去，爬到二楼停下，抓着防火梯的边缘，探出身子摸到窗户，用了点力气一推，窗户开了。

杰弗瑞脚蹬着墙缝，两只手撑住窗台，钻进了屋里。

房间里有一股食物发霉的味道，很不好闻。杰弗瑞在里面转了一圈，去开墙上的开关，但灯没有亮，应该是停电了。公寓不大，格局倒还不错，有两扇不小的窗户。一个双人沙发上堆满了各种衣服，其中有不少都是整套的西装。衣服堆中间有个凹陷进去的窝，刚好是一个坐进去的空儿。对着沙发是一台大平板电视，电视前面放着一台游戏机。餐桌上吃剩的食物还在餐盘里，恐怕整间公寓里能找到的所有刀叉也都扔在了餐桌上。当然还少不了烟头和信件，收信人写的都是杰夫的名字。桌上还有一份体检报告和一张某个医疗机构的名片，杰弗瑞打开看了看，体检报告显示这个叫杰夫的年轻人身体很健康。

杰弗瑞又撕开了几个信封，全是一些广告信。餐桌上扔着一个空了的烟盒，杰弗瑞拿起来看了一眼，从口袋里掏出来自己刚才在酒吧买的烟，是一样的牌子。这时候天已经几乎全黑了，只有外面街灯照进来的光，幽暗的公寓就像一个能吞噬一切的黑盒子，阴影处那些某人曾经留下的痕迹缓缓飘动。

119

走进浴室，这里更黑暗了，杰弗瑞没有被任何东西绊到就走到了镜子前。镜子里的人影模糊不清，只能看见一点点轮廓。杰弗瑞想象着自己的孪生弟弟在这个空间里生活的场景，在这里吃饭，在这里睡觉，在这里洗澡……这种景象无比亲切和熟悉，他甚至觉得自己和自己的兄弟仿佛是同一个人，虽身处不同的时空，却一直生活在一起。杰弗瑞注意到镜子上面有一层白色的东西，仔细看，发现是用牙膏涂抹上去的，早已干硬，时间应该不短了。那痕迹是一串数字加字母，很像获得某种权限的密码。

除此之外，房间里没有其他特别之处了，再没发现任何与自己这个孪生兄弟杰夫有关的信息。

房间里的霉味让杰弗瑞胃里一阵阵地恶心，不能再待下去了，他从窗口爬了出去。

在母亲的强烈要求下，杰弗瑞必须要给新娘挑选一枚结婚钻戒了。这几天他借口身体不舒服一直拖着不愿出门，最后珠宝商带着首饰上门来供他挑选。年轻的销售小姐逐一打开一个个红丝绒的戒指盒子，热情地介绍戒指的款式以及钻石的大小、净度、切工等，但听在杰弗瑞的耳朵里，却都是烦人的噪音。

首饰盒几乎摆满了整张桌子，杰弗瑞指着其中一个说："这个吧。"

"您真是太有眼光了，这一枚虽然不是钻石最大的，却是今年最流行的款式，这个戒指的设计师得了大奖呢。"可能无论杰弗瑞选哪一枚戒指，销售小姐都会有一套早就准备好的说辞。

杰弗瑞刚要起身离开，就被销售小姐拦住。

"您还要给自己选一枚啊。"销售小姐麻利地把桌子上的戒指盒收拾好，又换了一批男士戒指上来。就在销售小姐刚刚打开第一个盒子的时候，杰弗瑞立刻说："就这个，别的不看了。"

"哦哦，好的，最先给您推荐的一定是最适合您的！"

杰弗瑞淡淡一笑没说话。

"我需要知道一下您戒指的圈口大小，您自己知道吗？或者我帮您量一下。"销售小姐一边说，一边又变出一套"叮叮当当"的戒指圈。杰弗瑞只好伸出手来，让销售小姐测量。

"估计您的圈口 25 号差不多。"销售小姐在找相应的测量指环，杰弗瑞看着自己的手。

那枚镶着绿色宝石的黄金戒指戴在小拇指上。

他轻轻把这枚戒指摘下来，拿在手里端详着，戒指的内圈上刻着一行字符和数字，很像某个密码。

杰弗瑞突然感觉自己的脑袋被一个酒瓶狠狠地敲了一下——这和杰夫浴室镜子上的那串用牙膏写的密码一模一样。瞬间，杰弗瑞的脑子里跳出来几个字：

"记忆银行！"

在之后的几天里，杰弗瑞过得很恍惚，自己凭空多出来一个孪生兄弟，而种种迹象都表明这个人是真实存在的，可想找到他时他又消失得无影无踪。他自己也说不清为什么一定要找到这个名叫杰夫的兄弟，只能说这是出于原始的本能。

困扰杰弗瑞的还有戒指上的这串字符，现在每次看见它，他总能想起"记忆银行"这个名字。当然,杰弗瑞也不愿意向包括玛利亚在内的任何人提起这件事,这是自己心底的一个秘密。

"记忆银行是一所什么样的银行?它在哪里?"

杰弗瑞试着把这些事情先忘记,好好准备婚礼,但最终还是无法忍受,这个想要一探究竟的念头每天都会冒出来无数次。

他在一个清晨独自出了门,上了一辆出租车。

"您好先生,请问您去哪里?"

"呃,说实话,我不记得具体的地址了。"

"哦,您能记起那附近有什么标志性建筑吗?"

"也不能,我甚至都不记得自己什么时候去过那儿了。"

"这就有点难办了。您再回忆回忆,之前是从什么地方去的,如果能说出大概的路线,说不定能帮您找到。"

"让我想想。"

出租车司机的话让杰弗瑞有了想法,脑子里是有一条路线,而那条路的起点……

"咱们先去这个地方。"杰弗瑞给了司机一个地址,是杰夫的公寓。

出租车开进了那条小巷,巷子里有零星的行人走过,车停在了公寓楼的门口,公寓楼依旧关闭着,门口没有人。

杰弗瑞没有下车,闭上了眼睛。

"先生,到了。"

"请用正常车速继续往前开。"杰弗瑞闭着眼睛,让自己沉浸在黑暗里。司机没说什么,车开了起来。

"在这里左转。"杰弗瑞闭着眼睛指挥着出租车，前方确实出现了一个可以左转的路口。

就这样行驶了二十多分钟。

"是这里了。"

车停下了，不远处坐落着一栋灰色的建筑。

这栋建筑不高，门口没有任何招牌，外面看上去很不起眼，如果不是专程前往，一般人根本不会注意到它。前院很干净，暗绿色的灌木也被精心修剪过，只是门牌号码不显眼，几乎被常春藤完全遮住了，带雕花的橡木大门很厚重，紧闭着，旁边墙壁上有一个老式的黑色门铃。

杰弗瑞站在台阶上思索了几秒钟以后，按响门铃。

开门的是个年轻姑娘，长得眉清目秀，穿一身合体的西装套裙，看见杰弗瑞稍显惊讶，但立刻恢复了平静，脸上堆满了职业笑容。

"您来啦，请进请进，欢迎您的到来。"她一边说，一边把半扇门用力拉开，另一只手做出了里面请的手势。

进门是一个前厅，挑高很高，挂着水晶吊灯，像某个高档的会所，又像某个有钱人的私家别墅。耳边传来时有时无的音乐声，声音很轻柔，不仔细听几乎注意不到。前厅正中央有一张拼花圆桌，桌子上摆着一只花瓶，花瓶里插着满满一大束鲜花。

迎接杰弗瑞的姑娘把他往里面引领。走到一处电梯前，电梯门开了，杰弗瑞走进去，但姑娘并没有跟进来，在电梯门外微微鞠躬，算是送行。

杰弗瑞站在电梯里，感觉自己曾经来过这里，这里的环境看上去一点都不陌生，但什么时候来过以及为什么来，却怎么都想不起来。也可能因为这里的装修布置与自己家的大宅有很多相似之处，所以似曾相识。

电梯在二楼停下，开门后就有人在门口迎接，这次是一位上了点年纪的男人，有五十岁左右，身上的西装很考究，看着杰弗瑞也是满脸的笑容。

"您请跟我来。"

他领着杰弗瑞走进一间大房间，脚踩在厚厚的地毯上没有发出一点声音，大房间里有镶着金边的家具，阴暗色调的古董油画，桌子上摆着水晶器皿，还有一座艺术雕塑，它很像是一个人类大脑的造型，只是更抽象些。杰弗瑞被安排在宽大的沙发上坐下，耳边的音乐还在似有似无地响着。

"欢迎来到记忆银行，能为阁下服务非常荣幸。请问您要喝点什么吗？"中年男人站在旁边半欠着身子对杰弗瑞说。

记忆银行，原来这里就是记忆银行。

"呃，我想要一杯水，一杯冰水。"杰弗瑞觉得口干舌燥。

"好的。"中年男人说完并没有动弹，但立刻有人端来了冰水，还有杰弗瑞并没有要求的一盘精致点心。杰弗瑞端起冰水一饮而尽，感觉心里舒服了很多，把戒指从手上摘了下来，递给那个中年男人。

"这上面有个号码。"杰弗瑞有点惴惴不安地说。

男人接过戒指仔细看了一下，然后说："请稍等。"

片刻之后男人回来了。

"请您跟我来。"中年男人的语气略显严肃。

杰弗瑞被领进了另一个房间。这个房间不大，而且没有窗户，房间里的光照全靠墙上的几盏壁灯，也没有其他家具和装饰物，只在屋子的正中间有一张单人沙发。

中年男人让杰弗瑞在沙发上坐下。

"阁下提供的是一条我们银行的记忆提取码。在提取这条记忆之前，请允许我向阁下说明，提取记忆的过程中我们会保证您的安全，确保您不会受到外界的任何打扰。您手边有一个按钮，如果您感到不适或者其他任何理由，都可以暂停并退出记忆提取，您只需要按一下按钮就可以。再按一次，您就可以继续提取。我想这些您已经都熟知，不需要我再赘述。"中年男人行云流水般说完了这番话，好像是一台已经重复过很多遍的语音机器。

"但有一点需向阁下说明，您这条提取码并不是我行出具的常规格式，所以还要劳烦您验证一下指纹，如果您没有异议，请将您右手大拇指按在这里，验证完成，提取马上就可以开始。"男人说完递上来一个电子屏幕。

杰弗瑞迅速扫了一眼电子屏幕上的文字，大概是罗列了一系列各种免责和授权条款，他感觉这个中年男人和电子屏幕上的文字一样机械冰冷，虽然彬彬有礼，却让人不寒而栗，好像一切都在一个既定程序中，中间不会出现任何有人情味的偏差。他此刻非常想从这张舒服的椅子里跳起来，用最快的速度逃离这个地方，但又无法抗拒极大的好奇心，他知道，如果逃走这辈子都不会知道事情的原委了。

他在电子屏上重重按下了自己的拇指印。

中年男人拿起电子屏看了一眼上面的指纹印说："验证完成，是您本人的指纹印鉴，祝您愉快。"然后转身就要离开。

"请等一下。"杰弗瑞叫住了中年男人。

"您有什么吩咐？"

"你刚才说，是我本人的指纹印鉴？"

"是的，没错。这个刚刚验证过。"

"这是我本人存在这里的记忆？"

"是的，您本人。"

片刻之后，有两个护士打扮的人来到杰弗瑞身边，在他的脑袋上一阵鼓捣，贴上了一些类似传感器的东西，还给他戴上了一个氧气面罩。杰弗瑞感觉屋子里的光线渐渐暗了下来，手里握着那个像呼叫器一样的带按钮的装置，慢慢闭上眼睛，耳边的音乐也无声无息地消失了。

人在做很多重大决策的时候，其实并不一定经过深思熟虑，无论是选择一份职业还是爱上一个人。有人说是出于直觉或者本能，有人觉得是命运的安排，但事情往往就是这样，一切都在你还没来得及想清楚的时候就已经发生了。接下来你经历的所有，都与你的认知和想象无关。

记忆提取开始了，杰弗瑞还以为那会像是看电影一样，看到画面，听到声音，但事实上完全不是这样：那种感觉就好像在做一个异常真实的梦，自己就是梦里的主人公，不光是那些经历过的人和事，就连心理感受也都是完完整整的，没有丝毫遗漏。

二

杰夫努力睁开眼睛，咚咚的敲门声让杰夫头痛不已。其实敲门的声音并不很大，也不急促，好像只是在试探性地敲，看看屋里有没有人，令人烦躁的是断断续续的，一直都没有停，直到把杰夫敲醒。这个时间来敲门的不会有别人，杰夫挣扎着起床，拉开门，挡住自己的身子，露出多半个脸来。

不出所料，敲门的是房东老太太，她手里端着一盘饼干。

"我给你送点饼干来，我自己烤的，是从我母亲那里得来的配方，应该不难吃。你吃点吧，不是太硬，也不太甜，也有点甜。"房东太太说话的时候没有看着杰夫，眼睛看着饼干，然后慢慢递了过来，好像她送来的不是饼干，而是什么令人害怕的东西。

"哦，谢谢您，您不用总给我送吃的，您做的东西很好吃，谢谢，谢谢。"杰夫忙不迭地接过饼干，想起上次房东太太送来的蛋糕盘子还没有还给人家，但现在也没法还，因为盘子一直没有洗，上面还残留着已经变质的大半个蛋糕。

"另外，那个，你看什么时候，在你方便的时候，我是说，就是……好吧。"

"哦哦，好的，房租是吧，我明白，我过两天就给您送去。"杰夫一只手端着饼干盘子，另一只手把着门边，好像害怕房东老太太会推门闯进来翻翻他的口袋，看看他兜儿里到底还有多少钱。

但老太太没有闯进门来，浅笑了一下，慢吞吞地转身下楼去了，那神情简直是要哭出来又硬生生把眼泪憋了回去，按理说要不到杰夫这点房租不至于如此伤神。

房东老太太其实也不是特别老，脸上的皱纹并不明显，应该是有钱人常年精心保养的缘故。杰夫听说她是不久前刚买下了这整栋的公寓楼，代替了之前的房东，后来有一部分房客退租搬走了，主要是因为老太太以各种理由赶走房客：有的是因为家里有宠物，有的是因为弹钢琴，甚至有一家因为生了小孩也被停止租约。至于那些找不到其他理由的，就直接上涨租金，房客们被赶得七零八落所剩无几。杰夫一直等着房东太太来给他涨房租，提心吊胆地不知道到时候该如何应对，但直到现在她也没提过这个事，反而时常给他送些吃的来。今天是她第一次语焉不详地提到房租的事，而且看上去还是小心翼翼的，好像生怕得罪了杰夫，让杰夫怀疑之前搬走的那些房客都是在撒谎。

杰夫住的这间公寓不算小，格局也还不错，有两扇不小的窗户，其中一扇挨着消防梯。房间里有一张双人沙发，沙发的对面是一台旧电视，扬声器坏了，杰夫便索性一直都开着它，让它每天无声地上演着一出又一出的闹剧。餐桌上放着吃剩的食物和刀叉，还有不少烟头和信件。

杰夫感觉刚才起来猛了，头有点晕，走路还摇晃了一下，好歹没有被地上的杂物绊倒。他把房东老太太的饼干放在餐桌上，进了卫生间，狠狠地撒了一泡长尿。洗手的时候，他看向墙上的镜子。

镜子被水渍遮盖得几乎看不清人了，上面还有一些白色的东西，杰夫凑近了仔细看，发现是用牙膏涂抹的一串数字加字母，很像获得某种权限的密码。

杰夫看着镜子，想不起这是什么密码，他感觉头上一阵疼痛，有点记不清昨天自己是怎么回来的。这一串密码肯定是自己用残存的意识写的，也许是怕忘掉。杰夫又盯着字符看了半天，也没有勾起一点回忆，最后只得放弃，但也没有把它擦掉，就留在那儿吧，说不定什么时候就能想起来。

餐厅的冰箱里有半张吃剩的比萨，还有一盒牛奶，杰夫想不起来这些东西是什么时候放进来的，心里清楚如果吃下去应该不会有什么好结果。坐回到餐桌旁，看着房东老太太送来的饼干，拿起一块又放下了，之前那个蛋糕的味道还留存在记忆里，成功地阻止了他对饼干的尝试。看了一眼时间，已经过了中午，杰夫忙在沙发上的衣服堆里挑了一件看上去还算干净些的穿上，出了家门。

已经迟到了。杰夫在一间酒吧上班，这个时间本来应该开始干活了。

下到公寓楼的门口，杰夫碰到了一楼的邻居，是一个独居的老人，他每次碰到杰夫总要寒暄几句，这样的老人一般都不会放过任何能和别人说话的机会。

"出门啊。"老人不紧不慢地说。

"嗨，您好，祝您有愉快的一天。"杰夫应付着，脚下并没有停，但老人横起手杖挡住了杰夫的去路。杰夫不得不停下，这种不大礼貌的行为让杰夫有点诧异。

"你等等，我有事情跟你说。"老人放下手杖，表情让人琢磨不透。

老人搬来的时间不长，他是在新房东太太接管公寓以后住进来的，没见过有什么亲属或者访客，但经常能看见他在公寓楼的门口溜达，好像是在等什么人，又从来没有等到过。每次碰到杰夫，老人就会聊上几句。本来这也没什么，让杰夫感觉不舒服的是——老人每次跟他聊天的时候，总会上上下下打量一番，好像在审视什么，又好像要在他身上发现点什么。

"我现在需要你帮我一个忙。"老人说。

"哦，您有什么事？"杰夫想，自己今天打算预支点工资交房租的事情恐怕要彻底泡汤了。

"如果你能帮我这个忙，我保证房东太太半年以内都不会再打扰你。"

杰夫听到这句话，顿时来了兴趣，只要不是杀人放火、买卖毒品，一切都好说。

"您说吧，让我干什么。"

"我要借你这个身子用用。"老人一边说，一边用手杖敲了敲杰夫的小腿。

"哈哈。"杰夫笑出声来，只是这笑声听上去明显是为了掩饰尴尬。

"对不起啊，老先生，我喜欢异性，您这个忙我实在没法帮。"

"我不是这个意思。"老人没笑。

"那您是什么意思？"杰夫已经想赶快走了，不想再继续浪费时间。

"是这样，我身体不好，生了病，我的保险公司不愿意继续给我承保，除非我能拿出一张看得过去的健康证明。"

"哦，那我能帮您什么？"杰夫问。

老人从口袋里掏出了一张卡片递给杰夫，杰夫接过来一看，是一家私人医疗机构的名片。

"这里有我的老朋友，他们能给我开一张健康证明，但是需要一个健康的人做一次常规体检，说白了，就是冒名顶替。"老人看着杰夫的眼睛说。

"这个……您想让我去帮您做这个体检？这样不违法吗？"杰夫没想到会是这样的事情。

"你就是去正常体检，给我出健康证明的事情和你没有关系。"

"让我想想。"杰夫还是有点犹豫，毕竟这不是什么正当的事情，但是半年房租是一笔不少的报酬，杰夫没有办法断然拒绝。

老人看着杰夫，然后从手上摘下了一枚戒指。

"这个先给你，当是定金，我家族留下来的。"

杰夫犹豫了一下接过戒指，看上去这是一枚挺古老的戒指，金的，上面镶着一颗绿色的宝石。

"您什么都没跟我说过，也什么都没给过我，我也没答应过您任何事，这样可以吗？"

"这样再好不过了。"老人看着杰夫的眼睛说。

杰夫把戒指戴在自己的小拇指上，把那张医疗机构的卡片塞进上衣口袋里，转身走了。

杰夫在街上走着，路过地铁站但没有进去，反正已经迟到了，索性就溜达溜达，好在酒吧也不远，走路就能到。

他有点无法判断该不该接受老人的提议，需要稳稳心神再做决定，或者找个人商量一下呢？但想了一圈也没有想出一个能分享秘密的人，这样的事还是知道的人越少越好。

午后的街道没有多少人。阳光有点刺眼，人们坐在小咖啡馆门口的遮阳伞下面品尝今天的第一杯下午茶。杰夫也觉得有点饿，但他想找一个人少的地方，毕竟嘈杂的声音不利于思考。

走着走着，他看见街拐角的一个咖啡馆，在整个楼的阴影下有几张桌子。他朝咖啡馆走去，拐过弯以后，看见咖啡馆对面有一家不大起眼的商店，是一家回收二手首饰的珠宝店。杰夫立刻改变了目的地，穿过小街，推门走进了店里。

店里没有其他客人，老板冲杰夫打了声招呼，杰夫点点头算是回应。他走到柜台前，把小拇指上的戒指摘下来，放到了托盘里。珠宝店老板拿出放大镜仔仔细细地看着戒指，杰夫则东张西望地等着老板开口。

"这枚戒指您是打算出售？"老板问。

"嗯。"

"实话实说这个东西不错，但我得问您一句，这东西您是怎么得来的？"

"这个，嗯，是我父亲给我的。"杰夫明白老板的意思。

老板打量了一下杰夫，又看看戒指，说："我能给您比这块金子价值高不少的价钱。这上面的绿色宝石应该是一块祖母绿，但我也很难鉴定品级，这个属于老式的切工，现在早就没有人这么切宝石了，值不了什么钱。您到别人家，可能只能按金子给您算钱，而且还得把这枚戒指剪断。另外，您带身份证件了吗？"

"你先说说多少钱能收。"其实身份证就在杰夫的口袋里。

老板再次抬头看了一眼杰夫，说了一个价钱。杰夫感觉心脏被什么东西撞了一下，没想到这样一枚老戒指能值这么多钱。

"这枚戒指我家族传了多少代人了，上面不会镶着一颗有机玻璃。"杰夫懒洋洋地说着，拿起戒指重新戴上。

首饰店老板又报了一个价格，这一次，杰夫忍不住咽了咽口水。

"谢谢。"杰夫转身朝门口走去。

"我再给您加点儿，要不，您说个价？"老板在后面叫。

杰夫没有理会珠宝店的老板，出了门。

在街边站了一会儿，杰夫叫到了一辆出租车，把那张私人医疗机构卡片上的地址念了一遍。

杰夫到酒吧的时候已经是傍晚了，有些客人的桌上摆着今天的第二轮啤酒。杰夫没有像以往晚时那样悄悄溜进来，而是大摇大摆地出现在酒吧最显眼的地方，像一个得胜归来的大将军审视着周围的一切，左手捏着右手小拇指上的戒指，脸上难掩得意的笑容。

"嚯，您来得够早的，等我把所有活儿都干完了您再来多好啊。"说话的是酒吧的女招待。酒吧老板正站在柜台后面充当酒保的角色，眼睛斜看着杰夫，仿佛也在等着听他的回答。

"玛丽，来来，给我给我。"杰夫说着去抓玛丽手里的扫把。玛丽一秒钟都没跟杰夫客气，把扫把塞到杰夫手里，用手撑着弯了半天的腰。

"杰夫这个星期的工资归我啊。"玛丽冲着老板叫。

"本来我也没打算给他。"老板没好气地说。

"给你给你，都给你，谁让我喜欢你呢。"杰夫嬉皮笑脸地说。

"呸，你也配，你要是能从口袋里掏出一张一百块的票子，我现在就嫁给你。"玛丽的嘴从来都不饶人。

今天来回打出租车基本上已经把口袋里的钱花光了，玛丽还真是高看了他，别说一百，十块都没有。

杰夫扬起右手，把戒指冲着玛丽。

"你看这个，值不值一百块。"

"切，你莫不是去把谁家的墓地给刨了吧。"玛丽根本不屑一顾，反倒是有一两个喝酒的客人看了一眼杰夫手上的戒指。

杰夫笑呵呵地接着扫地，清理那些被玛丽忽略的边边角角，在靠墙的一个椅子底下扫出半只碎酒瓶子，是昨天晚上那起冲突的残留物。

昨晚一个老酒鬼喝多了，摸了玛丽的屁股，玛丽一个耳光就扇上去，打得老酒鬼的酒洒到了旁边人的身上，三个人撕扯到了一起。这二对一的男女混战立刻激发了在场所有酒鬼的兴趣，大家都亢奋起来，立刻又有更多的人加入战团。杰夫在混战中左躲右闪，朝着玛丽的身边移动，本来是想去保护玛丽的，谁承想玛丽在躲避一记右勾拳的时候刚好被冲过来的杰夫绊倒了，仰面朝天摔在地上。杰夫伸手去拉玛丽，但一个酒瓶朝杰夫的脑袋飞过来，杰夫为躲酒瓶只得撒手，结果玛丽又第二次摔躺在地上。杰夫还是被酒瓶砸中，也倒地不起，还昏了过去。

昨天晚上肯定是玛丽把他送回了公寓，所以今天杰夫丝毫不介意玛丽的白眼和老板的怒目而视。今天客人格外多，杰夫好几个小时都没工夫到外面去抽支烟。一直忙到半夜，等到大部分客人喝酒的速度明显慢下来了，有几个已经趴在桌上打起了呼噜，杰夫才有空从吧台后面出来，走到黑巷子那里点上了一支烟。

杰夫抽了两口，回头看见不远处好像站着一个人。

杰夫立刻想回到酒吧里去，因为这个时间还在这儿徘徊的人一般都好不到哪儿去，说不定就给你一棍子，然后掏空你的钱包。

但那人已经朝杰夫走了过来，这让杰夫反倒有点踯躅不前，下意识摸了一下口袋，稍微放心了些——反正钱包里的钱也只够买一包烟的了。

那人走到杰夫身边说："兄弟，能给我一支吗？"

杰夫取出一支烟递给那人，还帮他点上，两人就站在一起抽。但杰夫感觉那人好像并不怎么会抽烟，烟没有吸进肺里，只在嘴里转了一圈就吐出来。能开口找陌生人要烟抽的一般都是烟瘾极大的老烟鬼，像他这种不会抽还要烟的确实不多见。但杰夫也没说什么，紧抽两口扔掉了烟头，冲那人微笑致意一下就准备回去。那人却也把大半截烟头扔了，伸手拦住杰夫，然后从口袋里掏出一个信封来递给了他。

"给你这个，希望能给你带来好运。"那人说完，没等杰夫回答便转身走了。

杰夫看着信封，非常希望里面有一张百元大钞，这样他就能举着钞票冲进酒吧，让玛丽兑现诺言当场嫁给他。但希望破灭得很快，信封里没有现金，倒是有一张精致的卡片，卡片上有防止他人偷看的涂层。难道是一张彩票？杰夫刮开涂层，看见一串数字和字母，很像一组密码，下面有特别授权的字样和一个指纹印记，最下面是一个地址。

杰夫觉得这串密码有点眼熟，还没想明白这是什么意思的时候，就听见玛丽扯着嗓子在叫他，说一个客人吐在桌子下面了。杰夫把卡片放回信封，塞进口袋里，骂骂咧咧地回去打扫。

下班的时候差不多已经深夜两点钟了，杰夫依然选择走路回家。街上空无一人，所有的店铺都关门了，只有橱窗里亮着灯，夜风扫过面颊，好像带走了所有的烦恼。杰夫在街上走着，悠闲自得，这是一天中他最喜欢的时光。今天也不例外，甚至比以往还要更好些，他完成了体检，帮助了老人，虽然谈不上是一件多么光彩的事情，但至少有可能解决两个人的难题。

他有点对老人感到好奇，因为当他到了那个医疗机构的时候，那里的人好像都认识他一样，直接把他领进了接待室，有几个医生护士还在小声嘀咕着什么。

那个地方非常高级，完全看不见有其他病人，体检过程也很舒适，护士小姐轻声细语，让杰夫这个每天在酒吧这种嘈杂叫嚷环境里生活的人感觉到了另一个世界。那感觉就跟现在一样，所有的地方都静悄悄的，就连平时在街上到处觅食的鸽子都不知道躲到哪里去了。

好像有什么声音，杰夫放缓了脚步，不是鸽子，听不清。

杰夫停下来回头望了望，身背后没人，周围也没看到有人。杰夫迟疑了一下继续走，注意听着周围的动静。奇怪的声音变得更小了，或者消失了，更难察觉了。

这感觉已经不是第一次了，是从不久之前开始的，已经有几次了，杰夫总觉得有人在暗中跟着自己。但自己是一个穷小子，即便跟着又能怎样呢？杰夫不再管那些，加快步子，回到了公寓楼，蹑手蹑脚地开了大门。他几乎每天都是这个时间回来，尽量不发出任何声音，以免吵醒已经熟睡的邻居。楼梯间有一扇小窗户，从外面路灯照进来的光亮能让人勉强看见楼梯。杰夫刚要上楼，突然看见楼道的阴影里冒出来一个人，把他吓了一跳。

"你回来啦。"是房东老太太。

"啊，是……您怎么？这么晚了……"杰夫抚摸着自己的胸口。

"有人给你送来一份文件。"房东太太说着递过来一个雪白的纸质文件夹。

杰夫伸手接过，文件夹上没有字也没有封口。抽出文件一看，居然是他的体检报告。这就有点不可思议了吧，下午才做完的体检，晚上报告就出来了，还有专人给送到这里来——而且，杰夫不认为他填写过住址。

"哦哦，谢谢您，您放门口就行了，还麻烦您这么晚了等我。"杰夫嘴上虽然客气着，但心里觉得这件事真的有点诡异。

房东太太指着文件说："这是重要的东西，马虎不得的。"说完笑了笑，转身回去了。

杰夫严重怀疑房东太太偷看了他的体检报告，可能是怕他哪天死在自己的公寓里。

回屋以后，杰夫打开体检报告粗略看了一下，大部分数据也看不懂是什么意思，但结论还是能明白的：他身体很健康，没有发现任何疾病。

杰夫把文件夹扔在餐桌上，心想，不管怎么样，没有病一定是好消息。

杰夫感觉一阵困乏，折腾一整天了，现在只想赶紧洗澡睡觉。走进卫生间，杰夫脱掉衣服，看着镜子里的自己，再次看见那串牙膏写的字符还留在镜子上。杰夫突然想起了什么，弯腰在脱掉的衣服里翻着，在口袋里找到了那个陌生人给他的卡片。一比对，卡片上的字符竟然和自己家镜子上的分毫不差。

这是什么意思？看样子是有人正在用各种不同的途径向自己传递某种信息。

杰夫在镜子前面站了好一会儿，又看了看卡片上的地址，决定明天碰碰运气，到这个地方去看看，弄清楚究竟是什么人在搞鬼。

这是一栋不高的灰色建筑，门口没有任何招牌。杰夫掏出卡片又看了看，确定是这个地址没错，上台阶按响了门铃。开门的是一位年轻姑娘，长得眉清目秀，穿一身合体的西装套裙，脸上堆满了职业笑容。

"您来啦，请进请进，欢迎您的到来。"她把杰夫领进门，带到了电梯处。

电梯在二楼停下，开门后就有人在门口迎接，这次是一位上了点年纪的男人。

"您请跟我来。"他领着杰夫走进一个大房间，让杰夫在宽大的沙发上坐下。

"欢迎来到记忆银行，能为阁下服务非常荣幸。您想要喝点什么吗？"中年男人站在旁边半欠着身子对杰夫说。

"记忆银行"，杰夫清楚地听到这几个字。

但是，什么是记忆银行，从来没听说过有这样一个地方。杰夫张嘴想问，但忍住了。

"呃，一杯咖啡。"

"好的。"不一会儿有人端来了咖啡。杰夫端起咖啡喝了一口，与连锁咖啡店里的味道不大一样，微酸微苦但香气浓郁。杰夫放下咖啡，注意到站在身旁的中年男人在安静地等待着，就从口袋里掏出了那张已经被他刮开的卡片递了过去。

"请您跟我来。"中年男人的语气略显严肃。

杰夫又被领进了一个房间。这间屋子不大，而且没有窗户，房间里的光照全靠墙上的几盏壁灯，也没有其他家具和装饰物，只在屋子的正中间有一张单人沙发。

中年男人让杰夫在沙发上坐下。

"阁下提供的是一条我们银行的记忆提取码，您现在获准授权提取这条记忆。在提取这条记忆之前，请允许我向阁下说明，提取记忆的过程中我们会保证您的安全，确保您不会受到外界的任何打扰。你手边有一个按钮，如果您感到不适或者其他任何理由，都可以暂停和退出记忆提取。再按一次，您就可以继续提取。我想这些您已经都熟知，不需要我再赘述。如果您没有异议，请您在这里签字，提取马上就可以开始。"说着，中年男人掏出一个电子屏幕和一支触控笔，指着屏幕最下方的签字处。

杰夫在电子屏上飞快签下了自己的名字。

中年男人拿回电子屏，看了一眼签名，又看了一眼杰夫，然后只说了一句"祝您愉快"就离开了。

两个护士打扮的人在他头上一阵忙活，还给他戴了一个氧气面罩，杰夫感觉自己身边的世界消失了。好像是在做梦，但又不同——真正的梦境来自于自己，但这个梦是从外界源源不断地输入进来的。

杰夫发现这是一个两三岁孩子的记忆，他被一个人领着手，走进了一间摆满书的房间。房间里有一个大书桌，书桌旁边还有一个巨大的地球仪。孩子觉得一切都很陌生，眼睛只敢死死盯着领着他的那个人的大腿。大人们在说话，在互相寒暄客套。他偶尔也能听出几句话，好像是关于自己的，诸如"这孩子好可爱""这孩子真漂亮"之类的。

"他是我们那里最乖巧的一个了，从来也没惹出过麻烦，非常懂事，我们都很爱他，而且他还特别聪明，我们都叫他小机灵鬼！你看他的眼睛，蓝色的，跟大海一样的颜色，将来注定是个不平凡的人。"

领着他的是个女人，说话的语速很快，好像说话时根本不用喘气。孩子觉得有另一个女人正在弯下腰看他的脸，就紧紧盯住手上抱着的一个玩具，避开审视他的目光。

"他还有点害羞呢。"看他的女人笑呵呵地说。

"是啊，是啊，他就是这样，慢慢就好了，性格腼腆的男孩子最聪明了，这是我多年的经验。没错的，我带过的孩子没有一千也有几百个了，这样的孩子准错不了。能来到你们家，也真是他的大福气了。"

"也是我们的福气，能找到这么好的一个孩子。"女人回答道。

"那我就先走了，万分感谢您二位对我们圣洁天恩福利院的信任和支持。"领着他的女人撒开了手，任由这个孩子坐在地上。

不远处，还有一双男人的脚，脚的旁边有一根手杖戳在地面上。但那个男人从头至尾没有靠近也没有说话，孩子不敢抬头看他的脸。

领他来的女人走了，刚才房间里的一男一女没有去送她，两双脚都站在孩子的面前，那个女人又一次弯腰凑上来看他，那张脸几乎马上就要碰到他的鼻尖……

三

杰弗瑞按下了手里的暂停按钮，眼前忽然一片漆黑什么也看不见，他使劲儿把眼睛瞪到最大，还是看不见任何东西。杰弗瑞知道自己现在既不在梦里，也不在谁的记忆里，他能明显地感受到自己身体的存在。他用手去摸自己的眼睛，发现不知道什么时候被戴上了一个眼罩。杰弗瑞一把把眼罩扯掉，发现自己还在那个房间里。

"有什么问题吗？阁下。"中年男人走到杰弗瑞的身边问道。

"存在这里的是我本人的记忆？"

"当然，只能是您本人的记忆您才有权提取，如果是要提取他人的记忆，除非是有他人的授权印鉴才行。您有什么疑问吗？"中年男人解释道。

141

"如果这是我的记忆，那也就是说，都是我亲身经历过的事情？可是我确实不记得我在这里存储过记忆。我发生了一次车祸，有些记忆……我的意思是，丧失掉了。"

"哦，很遗憾听到这个，不过这也是记忆银行存在的意义，希望重新读取自己的记忆会对您有所帮助。"

"可是，刚刚在读取记忆的时候，我发现那里面有个过程，也是读取记忆。"

"抱歉，我没明白您的意思。"

"就是在那段记忆里，也是在你们这里，就在这个房间里，在读取一段记忆，相当于是记忆里的记忆。"

"哦？是吗？"

"我还记得那段记忆的提取码。你能帮我查一下吗？"

"可以。"

杰弗瑞把那段记忆里那张卡片上的提取码说了一遍。

"请您按一下指纹印鉴。"男人输入了提取码以后，把电子屏递了过来。

"抱歉先生，与您的指纹印鉴不符。"

"指纹印鉴不符？什么意思？"

"说明那段记忆不是您存储的。也就是说，不是您本人的记忆。"中年男人说得很肯定。

"可是，那分明就是我的记忆啊，我记得的，虽然那时我还非常小，我到那里的时候……"

"抱歉先生，"中年男人打断了杰弗瑞，"我们无权知晓客户记忆的内容。您还要选择继续提取吗？"

"是的，我要继续。"杰弗瑞说得也很肯定，按下了手里的按钮。

四

杰夫猛地睁开眼睛，房间里空无一人，耳边的音乐声渐渐大了起来，光线也逐渐亮起来，门开了，礼貌的中年男人走过来对杰夫说："恭喜阁下顺利完成记忆提取，如果可以的话，请您跟我来。"

杰夫站起身，感觉还有点恍惚，好像刚刚从一个梦里醒过来，只不过那是一场别人的梦。他们回到了之前那个大房间，有人给杰夫端来一杯冰水，杰夫猛喝了两口，感觉好多了。中年男人又双手递上一个信封说："欢迎您随时光临记忆银行。"

杰夫站在灰色建筑外面打开信封，里面有一张与之前一样的卡片，上面还是一行有涂层保护的提取码。另外信封里有一沓最大面额的钞票。杰夫已经很久没有见过这种大额的钞票了，用手指捻一下，肯定比他三个月的工资要多。杰夫把钱塞回信封里，看着这条并不繁华的街道，有风吹过，路边的树叶沙沙作响。杰夫觉得最近自己的运气好得有点出奇了，首先是不用再担忧房租，现在又无缘无故地得到一笔钱。回头看看这座被称为记忆银行的灰色建筑，杰夫觉得一切都是那么不真实。

马路对面传来几声吆喝，杰夫抬头一看，是一个推车卖热狗的小贩。

杰夫几乎是跑到小贩跟前的："要两个热狗，多放芥末。"他觉

143

得自己饿得快要晕倒了。

小贩不紧不慢地拿出面包香肠。可能是太饿了，杰夫看着小贩的动作好像被放慢了好多倍。

"你知道对面那栋灰色房子是干什么的吗？"杰夫问。

"哦，那个啊，可能是个高级地方，律师们待的地方吧，要不就是赚钱的会计，反正从那里出来的人都是有钱人。"说到这儿，小贩上下打量了一下杰夫。杰夫没再问什么，专心致志地盯着他做热狗。

"你好像刚才就是从那栋房子里出来的吧，你肯定也是个有钱人。"小贩说话和手上的动作一样慢吞吞的。

"哦，没有，没有。我不是什么有钱人。"杰夫说着，四下里望望。

两个热狗终于做好，杰夫抓过一个就塞进嘴里——没想到这玩意儿也可以这么好吃。

小贩一边收拾东西一边拿眼瞟着杰夫，杰夫把半个热狗用嘴叼着，伸手去掏钱包。可是钱包里除了几枚硬币以外，已经什么都没有了。小贩可能也看到了杰夫钱包里的冷清，抬起头看着天，不再看杰夫。杰夫把钱包塞回兜里，掏出了那个信封，从里面抽出一张大钞递了过去。

"嚯，还说不是有钱人，这么大的票子，我哪找得开啊。"小贩说。

"那怎么办，要不你在这儿等我，我去找地方换钱。"两个热狗现在只剩下半个了，杰夫嘴里塞满了面包香肠，说话有点含糊。

"算了，我可不想在这儿等你，你什么时候还来这儿吗？"小贩说着，把那张大额钞票递了回来，"下次来的时候记得给我就行了。"

杰夫盯着手里的钱想了想，说："呃，我还会来的。"

杰夫到酒吧的时候，酒吧刚开门，还没有客人。杰夫没有进去，隔着窗户往里面望，看见了玛丽，敲敲玻璃叫玛丽出来。

"干吗鬼鬼祟祟的？好容易早来一回，还不赶紧进来干活儿？"玛丽没好气地说。

"我请你吃饭，高级餐厅，怎么样？"

"切，我才没兴趣跟你吃饭。你怎么了，是不是有什么事求我？别想占我的便宜。再说了，请我吃饭，你有钱啦？"玛丽问道。

"有钱，我什么时候缺过钱。你看，够不够娶你的。"杰夫手里举着一沓钞票。

"少扯淡，抢银行了吧你？要不就是假钞，你哪儿来这么多钱？"玛丽瞪着杰夫。

"我挣的，爱信不信，走吧，先找个地方喝杯咖啡。"杰夫把钱放好说。

"老板还没来，店里就我一个人，我去不了。再说，谁知道你这钱是不是正当来的，我可不敢花。"玛丽说完就转身进屋去了。

杰夫本来也想跟着进去，转念一想，现在时间还早，先在街上转转再说。

信封里的钱好像是烧红了的木炭，烫得杰夫浑身不自在。果然一小时以后，杰夫就往公寓里搬回了一台最新款的电子游戏机。还没来得及拆掉包装，他看着沙发对面的旧电视愣了愣神，又跑出去买了一台最新款的平板电视回来，接好游戏机就"叮叮当当"地玩

145

了起来。等他赶到酒吧上班的时候，天都快黑了，依旧是迟到。

"一转身的工夫你就没影儿了，自己跑哪儿吃大餐去啦？"玛丽说话阴阳怪气的。

"大餐吃不成了，钱我都花光了。"虽然嘴上这么说着，杰夫脸上还是非常满足的表情。

"我就知道，宁可相信猪能上树也不能相信你。"玛丽撇着嘴说。

杰夫第二次站到了那扇厚重的雕花橡木门前。这一次就轻车熟路了，连咖啡都没喝就直接递上提取码。中年男人也识趣，除了惯常的那套词以外，没有多余的话，领着杰夫在单人沙发坐下，照例签字过后，杰夫闭上了眼睛。

一股清澈的水流从那个人的脸上滑过。杰夫不知道他叫什么名字，记忆里还没有人喊过他的名字，而这一次的记忆是在海水里。

这是一片宁静的海滩，沙滩是白色的，海水如蓝色玻璃一般清澈，那个人在海里游动着，更准确地说是在漂浮，好像根本不用费力气，海水就推着整个身体向前，而只要你轻轻划动双臂，丝绸一样的海水就裹挟着身体迅速向前。那个人时不时还会像只顽皮的海豚一样翻滚一下，或者踩水，把整个头部和脖颈全部露出海面，向沙滩上坐着的两个人挥手打招呼。

坐在沙滩上的两个人也会挥手回应，虽然看不清他们的容貌，但从身形姿态来看一定也是如他一样心情愉悦。这样的招呼过后，那个人好像更来了兴致，要再尽力表现一番，于是改变了泳姿朝着大海的更远处游去。游了一会儿再回头，已经看不清岸上的人，只能依稀看见两个黑点。继续往前游，渐渐感觉水的温度变了，从清凉变成了寒冷，水下不知哪里涌出的湍流，把一股冰冷的海水带了过来。

随着海水的温度降低，这段记忆里也开始渗透进来一丝恐惧，当一个人身处深不见底的大海中的时候，任何一点恐惧都会被无限放大。很快，恐惧感就遍布了全身，四肢开始僵硬，水流不再是托着身体，而是像无数只看不见的手把人往下拽。那人翻身往岸边游，此时已经完全没有了刚才的从容和优雅，扑溅的水花说明动作的频率已经达到了极限，呼吸也变得急促起来，每一次吸气都不能满足身体的需要，只得奋力再次抬头，贪婪地尽量多吸进一点空气。

虽然离岸边越来越近了，但身体也越来越沉重，每次轮番抬起双臂都要使出浑身的力气。岸上的两个人好像也看出了问题，已经站起来，朝大海这边走来，一边走一边还在呼喊，似乎是在叫那个人的名字。

那喊声听起来像是："先生，先生！"

杰夫睁开眼睛，身边站了好几个人，原来记忆传输已经停止，杰夫无法辨别刚才的喊声是不是来自记忆，只觉得身上很冷，打了几个寒战，脸色苍白，呼吸沉重。

"阁下还好吗？"中年男人问道。

"我没事。"杰夫觉得有点尴尬，好像被人撞破了某件丑事。

杰夫没有再说什么，从沙发上站了起来。中年男人把杰夫送到大门口，依旧双手奉上一个信封，杰夫一言不发地接过信封出了门。

马路对面，杰夫又看见了那个卖热狗的小贩。

"还来两个？"小贩看见杰夫走过来，像看见认识多年的老熟人一样。

"不，不用。"杰夫今天非但没有感觉到饿，反而有点想吐。

"怎么，我以为你喜欢吃，不好吃吗？"小贩的动作还是不紧不慢的。

"不是，不是不好吃。"杰夫一边说话一边掏出钱包来，"今天没胃口。"

"你还真是个讲信用的人，嗯，看你的脸色是不大好。"小贩把钱扔进一个铁皮盒子里，在里面翻找零钱。

"不用找了。"杰夫摆摆手。

"遇到什么事了吗？在那里？"小贩朝灰房子那边歪了歪头。

"有点奇怪。你说，如果你能看见别人的梦会怎么样？"

"那我恐怕得去看医生，看看我这里是不是长了什么东西。"小贩敲了敲自己的头。

"我也觉得是，不过……"

"不过什么？"

"算了，没事，下次我再来，有空跟你聊，祝你好运。"

"祝你好运。"

杰夫回到了小公寓，进门就蜷缩在小沙发上，连游戏机也懒得开，感觉今天被输入的记忆好像让自己死了一次一样。这时杰夫想起来，还没有看那个信封。他从衣服里把信封拽出来，里面照例有一张写着提取码的卡片，其他全是钞票，而且钱数几乎比上一次多出了一倍。杰夫一抬手把钱扔向空中，纸钞旋转着落下，几乎铺满了沙发前的地面。

148

"咚咚咚",传来了敲门声。杰夫一骨碌爬起来,两只手在地上快速把钱拢到一起,抓起来塞到衣服堆里,又用脚把剩下的几张扫到沙发下面。

听这敲门的声音一定是房东老太太,她那特有的缓慢但锲而不舍的节奏。拉开门,果然是。难道老人没有兑现承诺,没有替他交半年房租?哎哟,杰夫突然想起,自己拿到体检报告以后忘记给老人了,已经过去了这么久,忘得一干二净,难怪房东太太要上门要账。

"我来找你不是为别的事情。"房东老太太说。

"我知道我知道,您等一下,我这就给您拿钱。"杰夫抢着说道。

"我不是找你要房租,"房东老太太一把拉住正要回身的杰夫,"你的房租已经有人付过了,我是来给你送东西的。"

"啊,付过了?哦哦,那就好。"杰夫这才注意到,房东老太太的一只手背在身后。这次又是什么食物啊?杰夫刚刚才喘匀的气又缓不上来了——还不如要房租呢。

房东老太太从身子后面拿出一件衣服举起来,衣服装在西装套子里。

"这是我儿子的衣服,一套西装,他现在穿不上了,我看你和他身材差不多,想送给你穿。嗯,是很好的西装,你别嫌弃,行吗?"房东太太颤颤巍巍地说。

"这……不用了吧,我很少穿西装。"杰夫推辞道。

"西装还是要穿的,比如你去餐厅吃饭,不能总是这身打扮。"房东老太太伸直了胳膊,西装套子几乎已经贴在了杰夫的胸口上。

杰夫长这么大,还从来没有去过需要穿西装才能进的餐厅,但现在不一样了，沙发上的钱足够他去这个城市的任何一家高级餐厅。想到这儿，杰夫伸手接过了衣服。

房东太太见杰夫收下了，好像完成了一件大事，露出了一副比哭还难看的笑容，使劲点了几下头，转身走了。杰夫拎着西装套子关上了门，看了一下自己的屋子，连个挂衣服的地方都没有。

这是一件深浅灰色交错的条纹西装，微微的束腰，双排纽扣，一点不老气。杰夫上上下下在衣服里仔细找了一遍，也没找到衣服的商标，只在内侧衬里上有一处金丝手绣的花体字大写字母 S。用手抚摸衣服的面料，顺滑得好像在摸婴儿的皮肤。袖口、下摆以及裤子的长度也都非常合适，镜子里的杰夫好像换了一个人。

唯一美中不足的就是稍微有一点肥，衣服与身体的间隙稍大，况且杰夫现在里面穿的那件黑色圆领 T 恤与这件西装也实在是太不协调。杰夫在房间里翻了半天，找到一件酒吧招待穿的白色衬衣换上，这下好多了。他穿着整套西装在房间里走来走去，感觉走路的姿势都变了。走了几圈，想起房东太太关于餐厅的话，他忽然饿得一阵心慌，赶紧趴到地上，把沙发下面的钱扒拉了出来。

今天高低要找个高级地方吃饭，否则对不起这身衣服。

把钱都叠好，放进西装内侧口袋里，杰夫出了房门，只见门口地上整齐地摆放着一双正装黑色皮鞋，擦得铮亮。杰夫甩掉脚上的球鞋，把脚蹬进皮鞋里，鞋的大小刚好合适。这房东太太也过于体贴了吧，连皮鞋都给准备好了，难道所有的房东都是这么对待房客的吗？

杰夫"噔噔噔"地跑下楼，想着如果碰到房东老太太一定要好好感谢她。但没有遇到房东太太欣赏他的这一身装扮，倒是碰到了邻居老人。

"我忘了给您那个体检报告了。报告已经收到了，显示身体很健康，我这就给您拿去。"杰夫没等老人开口就往回跑。

"不用了，我已经办好了。"老人慢悠悠地说。

"哦，那太好了。嗯，好吧，那就这样吧。"杰夫不知道该对老人说什么。

"衣服不错，很合身。"老人低着头，用手杖戳着地面。

"谢谢！祝您愉快！"杰夫说着出了公寓大门。

这是市中心最繁华街道上的一幢大酒楼，酒楼门口接待台前的迎宾员正在和两位客人说话：

"请问您有预约吗？"

"哦，有的。"

杰夫站在两人后面，心想坏了，这种餐厅一般都要预约的，完了，这饭是吃不成了。他又有点不死心，伸着脑袋往里面看，想想有什么办法能混进去。迎宾员看见杰夫，从接待台那里转了出来，紧走几步到了杰夫面前。

"您来了啊，有段时间没见您了，您请进，快请！"接待员笑容灿烂地拉住杰夫就往酒楼里面走。

"你认错人了吧，我……"

"不会认错的，干我们这一行最重要的本事就是认人，过目不忘您知道吗？哪怕来过一次我也会记得很清楚。"接待员一边说，一边把杰夫往里面让。

151

"嘿，那好吧。"杰夫没有再试图纠正——他正愁没有预约吃不上这顿饭呢。

接待员一直把杰夫送到顶楼餐厅才回去，一个餐厅经理模样的人马上迎了上来，说的话几乎和刚才那个接待员一模一样。他领着杰夫到了顶楼最靠里面的窗户前坐下，在这里能看到大半个城市的风景。

"请问您喝点什么？"经理一边说，一边替杰夫翻开了菜单。

"嗯，红酒吧。"杰夫翻看了一眼菜单有点傻眼，因为菜单上的菜品并没有标明价格。

"好的，马上。"经理说着一招手，就过来了一个胳膊上搭着白色餐布的人，手里拿着一瓶红葡萄酒，那人熟练地打开酒，往杰夫面前的高脚杯里倒了一点，然后站直身子介绍着酒的产地、年份和品牌。杰夫端起酒杯喝了一小口，然后微微一蹙眉。

其实倒不是酒不好喝，而是他故意要显得很专业的样子。

"我给您换一瓶。"胳膊上搭白色餐布的侍者说完就转身离开了，顺便把杰夫的酒杯也拿走了。

杰夫有点恨自己，这一瓶酒只喝了一小口肯定也要算在自己头上。

又换的这一瓶，杰夫赶紧表示很满意，生怕再被那个家伙拿走。点菜的时候，杰夫已经开始有点担心自己带的钱不够了，只点了一道前菜和一道主菜，连餐后的甜点都没敢点。

经理收起菜单走了。杰夫看着餐厅，这个区域面积不是很大，除了他坐的靠窗这张四人位的桌子之外，没有其他客人。窗外城市的灯光已经亮起，居高临下望去，一切都笼罩在点点的光晕之中。

杰夫不敢像吃热狗那样狼吞虎咽，装模作样地细细品尝。厨师跑来客气地询问菜品是否满意，杰夫本来想说菜量太小，但说出来的却是"非常好"。吃完撤走所有餐盘，餐厅经理亲自端上一杯咖啡，还摆上了一套雪茄盘。杰夫勉强把咖啡喝了，没敢动那个看上去就不便宜的雪茄，然后叫经理结账。

"您是不是哪里不满意？"经理先鞠了一个躬然后问道。

"没有啊，挺满意的。"杰夫有点不解。

"今天您来得突然，我们没有时间多做准备，请您见谅。我会和您的家族办公室说，这顿饭我请客，还希望您赏脸。"说完经理又鞠了一躬。

出了餐厅，杰夫在街上溜达，用脚上那双一尘不染的皮鞋踢着一块小石子。

杰夫一次又一次地在记忆银行里提取记忆，通过那些记忆片段，杰夫渐渐学会了吃饭，当然，这和他过去二十多年的吃饭经验不同，各种不同档次、不同风格的高级餐厅都有自己一套独特的程序和不成文的规矩，出入的次数足够多了，才能慢慢拨开那层看不见的面纱。杰夫去给自己买了新衣服，也包括好几套西装，在大商场的成衣店里，销售小哥非常热情地给杰夫介绍各种款式的西装，甚至也讲述了在不同场合应该如何穿搭，听得杰夫一头雾水。小哥的建议是每种款式都可以来上一两套，慢慢就会根据喜好形成自己独特的穿衣风格，杰夫听从了销售小哥的建议，买了好多套不同款式的西装。

153

杰夫很快爱上了这样的生活，虽然还是会去酒吧上班，但是每到晚餐时间就会请假出去，找个地方换上体面的衣服，在各种各样的高级餐厅里饱餐一顿再回去。这期间他也邀请过几次玛丽，甚至提出要请酒吧老板一起去吃饭，但均被拒绝。他此后也就不再邀请，独来独往也挺好。

没有人知道在高档地方挥金如土的阔少爷一会儿还要去酒吧擦桌子，当然也没有人知道那个给自己端啤酒的男招待刚刚吃过一份整个城市里最昂贵的牛排。杰夫觉得自己已经对上流社会的生活不再陌生，甚至感觉这是自己长久以来早就烂熟于心的最平常的事情。因为在每一次的记忆传输中，杰夫都会被输入原本并不属于他的记忆，那些艺术品拍卖会，那些慈善晚宴，还有只有在 VIP 包厢里才能观赏到的演出。但杰夫就是不知道曾经拥有这个记忆的那个人到底长什么样子，那个人在他自己的记忆里一直都没有找到。直到有一次，杰夫开始了记忆传输，在那个人的面前有一面高大的穿衣镜。

这是一家裁缝店，一位上了年纪的老裁缝正在给那个人量尺寸，看得出来，这是一家非常高级的定制西装店，在靠墙的货架上摆放着近百匹的各种西装面料，而这架有着古铜颜色和花边雕刻的巨大穿衣镜放在任何一个古董店里也都绝对能让人眼前一亮。

"少爷的身材真是越发好了，再好的羊毛料子也配不上您。"老裁缝把一片裁剪下来的布料铺在那个人的肩上，用别针固定好。那个人礼貌性的笑声算是对这种溢美之词的回应，目光转向了旁边的长沙发，沙发上坐着一位端庄的姑娘，姑娘的目光也在这个人身上上下打量，脸上泛着盈盈的笑意。

"一会儿选个料子，把礼服也定了吧。"姑娘说。

"你这是向我求婚了吗？"那个人说。

"呸，我才没有，我等着你向我求婚呢。"

"那我是要恭喜二位了吗？"老裁缝停下手里的别针，看着姑娘问。

"您真是聪明人，难怪生意这么好。"姑娘大大方方地回答。

"恭喜恭喜，恭喜二位啊，只可惜小店不制婚纱，没法做您的生意了，但新郎的礼服不在话下。"老裁缝的眼睛都眯到了一起，显得脸上的皱纹更多了。

"您把他的衣服做好就行了，另外也要稍微快一点，一件衣服就要量三次尺寸，也太过烦琐。"姑娘说。

"少爷衣服的质量您放心，只是这工序嘛，却不敢少一丁点儿啊。尤其礼服，更繁复。不过我跟您说，不是我自夸，从我这里定制礼服的新郎，全婚姻幸福呢。"老裁缝得意地说。

"您可真会说话，想反驳您都不行。"姑娘笑得更甜了。

"玛利亚，你可能不相信，我们家族男人的正装礼服都是在这里做的。"那个人说。老裁缝把最后一片布料铺在那个人身上，然后轻轻推了一下他的身子转向镜子。

镜子里，杰夫看见那个人与自己长得一模一样。

杰夫又站在热狗车前面。

"还说你不是有钱人，看你这身衣服，肯定不便宜。"卖热狗的那个小贩夸赞道。

"嗯，还不错，在施耐德兄弟裁缝店做的。"杰夫想都没想脱口而出。但话刚一出口，杰夫就呆住了，刚才输入的那段记忆中的裁缝店就是施耐德兄弟裁缝店。

杰夫低头看着自己身上穿的这套西装，努力地在记忆里搜索着：这件衣服是自己做的吗？自己曾经在施耐德兄弟裁缝店做过西装吗？

我们家族男人的正装礼服都是在那里做的？

……

杰夫努力回忆着，发现自己只有刚刚在那间裁缝店做衣服的记忆，没有其他的。杰夫轻轻拉开衣领，看见衬里上的那个金丝手绣的大写字母S。

"还是多放点儿芥末？"小贩问。

杰夫摆摆手，没有回答。

"我在你这里买过热狗吗？"杰夫冷不丁地问道。

"买过啊，你在我这儿买过好多次了，老主顾了。你怎么了，出什么事了吗？"小贩把热狗递给杰夫，杰夫并没有接过热狗，蹲下身子靠近卖热狗小贩的这个不锈钢推车。不锈钢表面倒映出杰夫的脸，显得稍微有点变形。

"怎么了？"小贩探出身子看着杰夫问道。

"没事，我有点记不清自己长什么样了。"杰夫低声说。

"那你还记得自己是谁吗？"小贩把玩着手里切面包的刀了。

"我……"

他忽然觉得这个小贩很陌生。

杰夫从钱包里抽出一张纸币放到小贩的车上。

"我是……"

"嘿！兄弟，你没事吧，是不是病了？"小贩问杰夫。

"我想不起来了。"杰夫茫然地说。

"你还能想起什么来？"小贩的眼睛盯着杰夫看。

"我还能想起……"杰夫说到一半停住了，眼睛也看着卖热狗的小贩，"嗯，最近可能休息得不太好，你知道，喝酒多了就是会这样，健忘症！对吧。"

小贩笑笑没有说话。

杰夫冲小贩挥了挥手，慢悠悠地走开了，然后拐过街角在一棵树下停了下来。杰夫靠着树站着，把这些日子以来的经历又回忆了一遍，这些不寻常的人和事——最重要的是，杰夫感觉自己脑海中的记忆正在被吞噬，渐渐地消失殆尽。终于杰夫想明白了，这一切到底是怎么回事。过了大约十分钟，杰夫又回到了刚才那条街上。

街上依旧冷清没什么人，卖热狗的小贩也不见了踪影。

"在这么一条半天都见不到人的鬼街上卖热狗？"杰夫小声嘀咕了一句，深吸一口气，两只手攥紧拳头，再次走进了记忆银行。

杰夫今天第二次从记忆银行出来，只是这一次手上没有装钱的信封。天已经黑了，杰夫感觉头昏脑涨，索性在马路边坐了下来。这会儿连一辆路过的车都没有，路灯也显得昏昏暗暗的。杰夫低着头，觉得脑袋特别沉重，好像脖子都支撑不住它的重量了。忽然，他眼前被一道亮光刺了一下，仔细一看是手上那枚戒指的绿色宝石反射了一道光。杰夫摘下戒指，里里外外地仔细端详着。

还是那家珠宝商店，杰夫到的时候老板正准备打烊，但他一眼就认出了杰夫。

"来了，朋友！"老板热情地招呼道。

杰夫摘下戒指递给老板。

"嗯，还是那枚，没错，我记得您，上次您没卖。怎么样，想好了？"老板看着戒指问道。

"不，不是卖戒指，我是想问问，您这里能在这个戒指上刻字吗？"杰夫回答道。

"刻字？可以是可以，不过，您真的要在这枚戒指上刻字吗？老实说，这枚戒指是个古董，值点钱，如果刻上了字，恐怕会贬值。"老板说。

"能刻就行。"杰夫在柜台上抽了一张便笺纸，写下了一行数字和字符，"请把这个刻在戒指的内圈上。"

很长一段时间，杰夫都没有离开他的小公寓，没有再去那个记忆银行，甚至都不再去那些高档餐厅，大部分时间是躲在房间里玩游戏机。房东太太照例过不了几天就来敲一次门，总是给他送些吃的，眼睛时不时地往屋里瞟上一瞟。但杰夫邀请她进屋，她却一个劲儿地拒绝，迅速告辞离开了。

房东太太可能是参加了某个烹饪培训班，送来的食物越来越合杰夫的胃口了。

门又被敲响了，杰夫打开门一看，这次不是房东太太，而是楼下的老人，挂着手杖站在他的门前。杰夫已经好多天都没有遇见过老人了，如果不是今天他站在门口，杰夫甚至忘了他的存在。

"我来找你有事。"老人说话总是简单有力。

"哦，那您请进。"杰夫把门拉开了些。

"我不进去了。"老人没往屋里看。

"你知道我身体有病，需要一直吃药。现在出了一点状况，保险公司发现了我提交的体检报告不对劲，现在拒绝给我支付药费，而如果我不能按时吃药很快就会死。"老人平静地说，好像说的是别人的事。

"那，您找我是要我再重新体检？"杰夫问。

"不，体检没用了，我需要钱买药。"老人用他的手杖戳着地面。

杰夫怎么也没想到老人会来找自己借钱，看他的样子，不像是开玩笑，但又确实有点莫名其妙。

"我不会白要你的钱，我有一笔不小的投资，很快就能拿到红利，到时候会加倍还给你。"

杰夫觉得老人肯定是个老骗子，如果真有那么多钱去投资，何必要去骗保险公司的医药费。

"我知道你不相信我，给你这个。"老人递给杰夫一个文件夹，杰夫打开一看，里面夹着一张银行的承兑汇票。

"这个不会假吧，只是提款日期是三个月以后，我等不到三个月。把这个押给你，你帮我搞些钱来。"老人还是在用一种最平稳的语速说这些话。

杰夫没有拿那份信用证，而是回屋拿了自己的钱包，把里面大额的纸币都掏出来，放到老人手上。老人看了一眼那沓钞票，没说话，却也没有要走的意思。

"不够？"杰夫问。

"不够。"

"还差多少？"

"至少是这个的三倍。"老人把手里的钞票抖了抖。

杰夫狠了狠心，说："行，你等我，我去给你想办法。"

老人的脸上难得露出了一丝笑容，好像一直在等杰夫这句话，他什么都没说，转身下楼去了。

杰夫愣了愣才想起来老人没有提戒指的事情，还好他刚才拿走的是钱，如果他想要把戒指拿回去，还真不好办。

杰夫在酒吧门口坐了好久也没有人来，门锁着，按说这个时间玛丽早就应该来开门了。一直到杰夫准备走的时候，酒吧老板才来。老板冷冷地看了杰夫一眼，连个招呼都没打，就开了酒吧的门进去。酒吧里灯光昏暗，虽然是阳光普照的下午，但感觉不到一点温暖。老板默不作声地在吧台后面收拾着什么东西，根本不看杰夫，也没有吩咐他做任何事。

"玛丽呢？"杰夫问。

"玛丽？玛丽。你还管玛丽做什么。"老板的心情显然不太好。

"老板，我来找你是想，你看能不能借我些钱，我三个月以后就能还你。"杰夫咬着牙开了口。

"借钱？杰夫，你已经被解雇了，你忘了吗？"老板厉声对杰夫说。

"我……我被解雇了？"杰夫完全不记得自己已经被解雇了，甚至就连这间酒吧给他的感觉都如此陌生。

"对，我们之间的关系结束了。你这么久都没来上过班，招呼都不打一声，就算我不解雇你，恐怕你也没有再在这里工作的机会了。酒吧很快就会被卖掉，一个喝酒的客人看上了这里，说要买下来。我也实在干不动了，有人要买正是好事，对吧。"老板显然不是在征求杰夫的意见。

"你刚才说要干什么来着？借钱？算了，你们这些年轻人啊，唉。"老板说着，"啪"的一声打开了收银机的钱盒，从里面拿出两张钞票扔在了柜台上。

"拿去吧，以后别再来烦我。"

杰夫觉得脑袋一阵阵地发胀，没去拿那两张钞票，仄步走出酒吧，站到了阳光下面。这时看见阳光里有个人走了过来。

"杰夫？你有些日子没来了，老板说要解雇你。"走过来的人是玛丽。

"他说他已经解雇我了。"

"你活该，其实老板人不错，你现在是打算回来上班？"

"不是，我急需用一笔钱，想找老板借点钱。但他……唉，也不怪他，换我也不会乐意的。"

"你用钱干什么？"

"有个老人，他病了，需要买药。"

"老人？是你什么人？"

"是我的邻居。"

161

"看不出来你有这份好心呢。好吧，我也是疯了。我存了一点钱，是准备明年继续上学用的，也不是太多，可以借给你，但你要在年底前还我。"

"玛丽你真是个好人。"

"少废话了，你在这儿等我吧，我去趟银行。"

"银行？"

"对啊，取钱可不得去银行吗？难不成我天天把现金带在身上，专门等着借给你用？"

"对，去了银行就有钱了。"杰夫掏出钱包，钱包里除了一点零钱以外还有一张卡片，涂层没有刮开，他知道那下面有一行提取码。

"我有办法了，谢谢你玛丽。"杰夫说完就跑走了。

"神经病啊你。"

杰夫在按响记忆银行门铃之前回头望了望，街上没有人，甚至没有什么能令人印象深刻的东西。

这一次的记忆传输时间很长，而且很不清晰。不像以往那样是整段的完整记忆，这一次所有的记忆都是碎片，各种各样的记忆碎片毫无逻辑地灌进脑子里。每一个碎片里都出现了许多陌生的面孔，不同的人在那个人的面前出现又消失，而那个人又在不同的时间和空间里来回跳跃。这一次的传输与之前提取过的每一段记忆共同组成了一张巨大的拼图，每一个碎块都在奔忙着想找到属于自己的那个位置，填补上那一处的记忆空隙。终于，所有的碎片不再飞舞，都在一个地方停了下来，汇聚到眼前的两道直直的光柱上。

那是车灯，是车灯照在路上的光。

五

杰弗瑞又一次按下了记忆传输的暂停按钮，但是没有睁眼，任凭自己的世界里一片黑暗。

"阁下还要继续吗？"耳边传来那个中年男人的声音。

"没事，我稍微休息一下。"杰弗瑞闭着眼睛回答道。

"如您所愿。"

杰弗瑞觉得自己的脑袋里一片混乱，像一块混杂了各种颜色的调色板，任凭你如何努力都无法捋出一条清晰的线索。

所有的记忆都混杂在一起，此刻实在无法分辨哪个记忆属于自己，哪个记忆属于自己那个叫杰夫的孪生兄弟。记忆，就像一团正在缓慢飘浮的迷雾一般，在迷雾的背后，隐约看见一座屹立不动的黑影，而那个黑影就是事情的真相。

杰弗瑞再次按下按钮，继续重拾自己曾经的记忆。杰弗瑞觉得自己再次进入了杰夫的身体，接管了杰夫的大脑，这一次，好像有人按下了快进键，记忆的痕迹变得不连贯，在不停地跳跃。

六

天黑透了，路上没有路灯，那个人在开车，车行驶在一条林间

163

公路上。分不清是因为刚才混乱的记忆碎片，还是那个人此时正处于酒醉状态下，眼前的景物忽明忽暗的。在车灯的照射下，空气中的所有东西都被放大了，尘埃和飞虫扑面而来，又快速地漫过车窗消失不见。

那个人显然极度困乏，忽明忽暗是因为他不时地闭上眼睛。

突然，一切都陷入黑暗，持续的黑暗，然后眼睛又被刺眼的光逼迫着睁开，那刺眼的光是对面开来的一辆车，那辆车呼啸着飞驰而过。当再次能看清前面的景物时，看到的是一只眼睛，一只惊恐的眼睛。那是一头鹿的眼睛，在被车撞上前一秒的眼睛。

汽车冲下了公路，不停地翻滚，等到终于停下的时候，黑暗袭来，一切都归于了平静。

眼前忽然又亮起，眼前有几名医生，其中一名医生正在用手电照他的眼睛，强光一闪，又陷入无尽的黑暗中。

"先生，先生，您醒醒！"杰夫隐约听见有人在叫自己，但怎么也无法睁开眼睛。

"快去打电话，叫人来。"

杰夫感觉自己所有的记忆在一瞬间全部消失了。

七

杰弗瑞在那张柔软的大床上醒来，房间里很安静，光线柔和，只有风吹动着窗帘轻轻地摆动。不知道自己在床上躺了多久，杰弗瑞翻身坐起，光着两只脚踩到地面上，两只手抱住了头。

等头没有那么晕了，杰弗瑞穿着睡衣走出了卧室。走廊里也静悄悄的，一直走到门厅才碰到一个擦家具的女仆。女仆看见杰弗瑞，躬身行了个礼，并没有说话，继续擦她的家具。

杰弗瑞穿过一道门廊，在一扇门前站住，然后轻轻推开了房门。

房间里有很多书，书架前有一张书桌和一个巨大的地球仪。一个老者坐在书桌后面，看着走进来的杰弗瑞。杰弗瑞走到书桌前，愣愣地看着他。

"坐下吧。"老者说。

"我是谁？"杰弗瑞站着没动。

"坐下吧。"老者又重复了一遍。杰弗瑞在他对面坐下来，他站起身来，拄着一根手杖，走到书架前拿了一个相框下来。

"这个人，是我的儿子，叫杰弗瑞。准确地说，是我的养子。"杰弗瑞看着照片，这张照片他之前见过，是一张规矩的全家福，一个面带稚嫩的年轻人站在两个上了点年纪的人后面。

"虽然是领养的孩子，但我和我的夫人都很爱这个孩子，把他当作自己亲生的一样，让他接受了非常良好的教育，帮他选了未婚妻，并且准备把整个家族的事业都交给他管理。但不幸的是，他出了一场非常严重的车祸，非常严重，我尽了最大的力气，也……"老者停顿了一下，深吸了一口气才继续说，"也没能把他救回来。他死了。杰弗瑞，他死了。"

杰弗瑞的眼睛直勾勾地盯着照片，说不出话来。

"我是做人脑与计算机交互科技研发的，记忆银行就是在我的主持下开办的。作为当时第一批用户，我在杰弗瑞很小的时候就开始把他的记忆存到这所记忆银行里。应该说，存储了他到这个家以后的所有记忆，一直到最后，在抢救的最后关头，我还是想方设法把他最后的记忆保存了下来。"老者又停顿了一会儿，房间里的沉默让人感觉无比压抑。

"本来事情到这儿也就结束了，但有一天，我的一名司机跟我说，他在一家酒吧喝酒的时候，见到了一个酒吧招待，说这个人长得和杰弗瑞一模一样。他当时都惊呆了，不敢相信自己看到的是真的，世界上怎么会有这么相像的两个人？后来，我亲自去看了，看了好几次。我没有进到酒吧里面，一直在外面的车里等，一直等到那个年轻人下班从酒吧里出来，我跟上他，仔细看了，两个人确实长得几乎完全一样。从这时起，我就萌生出了一个想法，想用存储的记忆把杰弗瑞找回来。"

"那个人就是我，对不对？我就是那个跟杰弗瑞长得一样的人，他的孪生弟弟，我是杰夫。"杰夫看着老者一字一句地说。

"是的，你是杰夫，杰弗瑞的孪生弟弟。只可惜我们收养杰弗瑞的时候你已经被其他人收养了，我们不知道杰弗瑞有你这个弟弟，这是发现你以后才查到的。在确认了这一切以后，我就开始着手实施计划，首先清空了你租住的那间公寓楼，杰弗瑞的母亲作为房东太太搬了进去，我也假装成了一名租客。"

"直接让我去记忆银行不行吗？为什么还要费那么多周折？"杰夫问道。

"我是希望把你变成我们的儿子，所以要对你有足够的了解，我们也需要考察你的为人。"

"你还真是想得周到。"

"我知道你现在的感受，我也无数次地想象过你知道事情真相以后的态度，但请允许我把事情讲完，可以吗？"

杰夫轻轻点了点头。

"经过一段时间的观察，我发现你是一个很善良的孩子，也很聪明，只是缺少好的教育和培养。"

"是因为帮你体检的那件事？那算什么？一个测试吗？"

"我需要知道你的健康状况，就像我们当初收养杰弗瑞一样，我们希望收养的是一个健康的孩子，所以我想了这个办法让你去体检。但请你相信我，在那个时候其实我心里已经认定，无论体检结果如何，我都会收养你做我们的养子，所以我才会在那个时候就把家族戒指给了你。"

杰夫低头看了看手上的绿色宝石戒指，轻轻把它从手上摘了下来。

"那后来又找我借钱呢，是要再次测试我的善良吗？"

"的确是有这层意思，但更主要的是想让你回到记忆银行去完成最后一次记忆传输。本来我以为你之前拿到的钱很快会花光，但没想到你后来变得很有节制，这一点出乎我的意料，但必须找到一个方法让你需要用钱。"

"嗯，你确实是利用了我的善良。"

"是的，我不否认。"

"我还有几个问题。我公寓镜子里的那串字符是怎么回事？"

"是我写的，房东太太有你公寓的钥匙。"

167

"为什么要写？那个提取码是印在卡片上的。"

"我想激起你的好奇心，人总是有好奇心的，总想知道事情的真相，所以当你看到卡片上的字符一定会联系起镜子上的字符，你就会去记忆银行。"

"你不愧是研究人类大脑的。还有就是那个卖热狗的小贩一直在监视我。"

"嗯，我注意到你发现这个了，后来就让他换了身份，在你看不到的地方，但他的任务更多的是在保护你。"

"保护我？"

"是的，保护你，因为我不确定你在完成了那么大量的记忆传输之后身体是否承受得住。到最后一次，你完成传输以后昏了过去，就是他通知我，并且及时把你接了回来。"

"记忆银行不是你开办的吗？我在那里的一切你都应该知道的吧。"

"是我发明的这项技术，但记忆银行里具体的业务并不归我控制。当然，银行里有我的人，所以，当我得知你把自己的记忆又重新存进了记忆银行以后，我就知道会有今天这次谈话。现在你有了杰弗瑞的记忆，也找回了自己的记忆，你同时拥有了两个人的记忆。那么，你现在可以选择用什么身份开始以后的生活，是回去当你的酒吧招待，还是留下来做我的养子杰弗瑞。另外我想也应该告诉你，我的确生病了，是肿瘤，它就像一颗炸弹埋在我的身体里，不知道什么时候就会爆炸，可能毫无征兆。所以我必须准备好后事，也就是说，选好继承人。"

"杰弗瑞，我的孪生哥哥，他已经被埋葬了吗？"

"他的一部分一直存放在你体检的那家医疗机构里，放在急冻装置里，我希望有一天如果科技足够先进，能让他死而复生。"

"我需要一点时间想一想。"杰夫说完转身朝门口走去。

"孩子，"老者手里举着那枚戒指叫道，"无论你做何选择，我都希望你留下这枚戒指。"杰夫站住了，但没有回头，然后走出了房间。

八

"这可真是个离奇的故事。"玛利亚面带兴奋地说。

"嗯，现在，我把事情的整个经过都告诉你了。"杰夫坐在玛利亚的对面。

"那又怎么样？"

"如果我继续当杰夫，就会离开这里；如果我是杰弗瑞，就会和你举行婚礼。"

"这里从来就没有什么杰夫，我知道的，这里只有杰弗瑞。你那个叫杰夫的孪生兄弟，只存在于记忆里，无论如何你都要把自己找回来，杰弗瑞先生。"玛利亚说着，看上去无比真诚。

"可是我现在还是没有办法接受这一切，我不知道我究竟是谁。"

玛利亚站起身，走到杰夫身边，低着头看着他说："没有人关心你到底是谁，你安心做你自己就够了。这个世界上只有你一个人，独一无二的一个人。"

169

玛利亚轻轻地摊开手掌，掌心里放着那枚绿色宝石戒指。

在杰弗瑞和玛利亚的婚礼举行后不久，老者去世了。记忆银行收到他的遗嘱律师的一条指令，删除掉杰弗瑞和杰夫两人存储在那里的全部记忆。

另外一个叫玛丽的酒吧女招待收到一个包裹，里面全部都是百元大钞。

杰弗瑞手里拄着一根手杖，看着一家私人医疗机构里保存着的一颗年轻人类的大脑，轻轻地戳了两下地面。

亡　魂

　　银白色的亡魂飘离了老兵的躯体，它回头望了杰夫一眼，飘上了阵地，手上还握着那支上了刺刀的枪。然后，下一个亡魂也飘离了躯体，那是鞋匠，他的亡魂也飘了起来，飘出了战壕。

杰夫睁开眼睛的时候，发现自己在一个战壕里，不是跳进来的，而是被炮弹的冲击波掀进来的，黑色的泥土夹杂着雪末落在他的头上、身上。

安静了几秒钟后，杰夫挣扎着爬起来，想赶快离开身子底下这一摊烂泥。抬头看看周围，还好自己狼狈的样子并没有被人注意到。炮声还在继续，只是离得比较远了。杰夫匍匐着身子挪动到一处干硬一点的地面，靠着战壕坐直了身体。绿呢大衣的前襟上沾满了湿乎乎的泥浆，有融化的冰水，可能还有不知道是谁的新鲜尿液。杰夫把两只手在大衣的两侧抹了抹，拉开领口，用拇指和食指从衣服里面捏出一个已经被压扁的纸卷，纸卷还是干净的，上面的封条也没破。杰夫把纸卷塞回到衣服口袋的最深处，弯着腰，沿着战壕小跑起来。

杰夫入伍的时间并不长，结束了为期一周的新兵训练以后就给一位首长当起了勤务兵。直到 24 小时以前，刚刚被临时任命为传令兵，接到的第一个任务就是给前沿阵地的指挥官送达一份上级的命令。

杰夫已经断断续续跑了一天一夜，主要是因为中间走错了路，结果绕了一个大圈子，破晓时分才终于到达这里。

一路上，杰夫一直在想象战壕里的情形——每个士兵都严阵以待，目光炯炯地凝视着开阔的战场，瞄准，射击，敌人应声倒地，再寻找下一个目标，最后战斗以我方胜利告终。而当他现在真到这里以后却发现，现实根本不是他想的那样。他跳进来的这段战壕里压根儿就没有人，地上散落着一些杂物，有零散的弹药、空罐头盒子、破布以及被军靴踩得无比细腻的烂泥。

杰夫猫着腰在战壕里跑了一会儿，终于看见一个士兵，他正在用一条绑腿布缠自己的裤子。

"长官！"杰夫喊道。

"我可不是什么长官。你是谁？干什么的？"那人的态度一点都不友好。

"我是传令兵，我这儿有上级的命令。"杰夫赶快表明身份，生怕对方以为自己不怀好意。

但对方没有搭理杰夫，还是在认真地缠他的绑腿布。

"你知道长官在哪里吗？"杰夫小心翼翼地问。

"长官都死了。"那人说，"也说不定还有一两个没死透的。"

这回轮到杰夫不知道该说什么了。那人抬头看了杰夫一眼，接着说："你找找吧，对面那些狗娘养的也在找，击毙长官肯定能赚得更多些。找长官就看这里，这里不一样，这里带星星的就是。"那人用手指指自己的肩章。

"是！"其实杰夫根本不知道长官的肩章长什么样，他只认识当勤务兵时的那个大官，但这里应该不会有那么大的官。

杰夫继续往前走，用眼睛搜索着，想尽快分辨出一般长官的肩章长什么样，刚走出两步就发现在他前面不远处躺着一个人，侧卧在战壕边上，身上落满了被炮弹炸飞的泥土，这么大的炮声都没把他惊醒。杰夫走过去摸了一下他的肩膀，探着脑袋想看清这个人的肩章。

"别动他。"身后传来了那个缠绑腿布士兵的声音。"他已经在那儿躺了两天了，如果还有口气的话早该动弹动弹了，再来几波炮弹就省得埋他了。"

杰夫像触电一样猛地缩回了身子，生平第一次遇到的尸体就这么横在眼前，让人没有一点心理准备。杰夫赶紧接着往前走，跟刚才摔进烂泥时一样，不想让别人发现自己惨白的脸色。

又一波密集的炮声响起，听声音离这里很远，不知道哪个倒霉的阵地又遭了殃。好在这边阵地只有些零星的枪声，但杰夫也不敢直起腰，只能顺着泥泞的战壕深一脚浅一脚地往前走。又遇到几个士兵，好像他们早就习惯了枪声和炮声，每一根神经都被炸得麻木了，不像杰夫那样，每响一声就哆嗦一下，严重影响了前进的速度。

杰夫只想着赶紧完成自己的任务，尽快离开这个鬼地方。每遇到一个士兵他都要去看看人家的肩章，就连倒卧着的也不肯放过。虽然有了之前的经验，但还是会壮着胆子去靠近那些已经不知道死活的人形物体。可让他失望的是，寻了半天也没有发现一个带星星的肩章，也没有人告诉他到底哪一个才是他要传达命令的长官。

战壕宽的地方能容下两三个人并排站着，窄的地方一个人还得侧身才能过去，每隔一段距离就会有一个相对宽敞点的地方，向后延伸出一段，接近于一个正方形，不光地方大，而且也比其他地方稍微深一些。能看得出来，这个正方形战壕之前应该是作为一处临

175

时指挥所使用的，上方有圆木搭的顶棚，但现在顶棚上的木头已经被炮弹炸飞，露出暗青色的天空。杰夫跑到这样的一处临时指挥所的时候，看见有几个士兵正凑在这里休息，其中一个人拿几块石头垒砌了一个小灶，用腰子形状的军用饭盒煮咖啡，天上零星飘下雪花，落在咖啡里，消失不见了。另外一个人正在用勺子刮着罐头盒，还有一个人嘴里叼着半支香烟，用自己的大衣角擦着一把其实已经锃亮的刺刀。

"别像兔子一样死在窝里……"那个叼着烟擦刺刀的人说，"冲锋的时候要散开，明白吗？别想着有人替你在前面挡子弹，别想，只有屠宰场里的羊才会瑟瑟发抖地挤在一起。没有别的办法，越怕死死得就越快，你就只有拼命跑，而且一定要跑直线。现在还有人教你 Z 字形跑的吗？没有了，因为他们都死光了。对吧，嘿，我就说，想要活命就要跑直线。你还别不信，你想想，除非是狙击手，否则对面放枪的那些兵会瞄准你打吗？不会，当然不会，他们只会举起枪一阵乱放，先打空了弹夹再说，咱们是不是也这样，尤其新兵。那你横着跑，是不是更容易被打上？是不是？活命的机会就赢在概率上，跑直线被击中的概率最小。然后，告诉你们第二个活命的诀窍，就是跳，不是往上跳，是往弹坑里跳，这个听说过吧。"

煮咖啡的和吃罐头的都点点头，杰夫也跟着点头。

"这就对了，对，跳到弹坑里，但是别跳进去就装死，那没用，得马上开枪，这是你唯一的机会。跳进弹坑里以后就朝对面开枪，打光你的子弹，连续地打，别犹豫，别奢望能打中谁，就是要让子弹飞过去，要是运气好，能贴着他们的脑袋瓜子脸蛋子，那再好没有了，保准能吓出他们一身冷汗，脑袋一定像王八一样往回缩，不停地缩……"他一边说，一边做出缩头的动作，还真像个水里的王八，听他讲话的几个人都笑了。

"他们半天不敢露头，半天回不过神来。这时候你干吗？冲出去啊，看见了吗，看见我在干什么了吗？没错，就是刺刀！等你跑到他们的阵地前，腾空跳起，那就像天神下凡一样，吓破了他们的胆，你看他们的脸，那表情，就知道他必死无疑。一刺刀扎下去，扎得透透的，没错，就是透透的。"

叼烟的把手里的刺刀向空中一刺，看见了杰夫："嘿！你小子是干什么的？"

"报告长官，我是传令兵！"杰夫忙不迭地说。本来还想打个敬礼，但半蹲着的姿势有点难受，就没打成。

"传令兵？我们可不喜欢这样的称呼。他叫裁缝，"他用刺刀尖指指那个煮咖啡的人，"他叫鞋匠。"另外那个吃罐头的已经放弃了在空罐头盒里找到任何一丁点儿能吃的东西。

"他叫老兵，除了当兵他没干过别的。"吃罐头的鞋匠举着勺子说。

"你呢小子，还上学呢吧你？"老兵问杰夫。

"早就不上了，我就在家喂猪。"杰夫回答道。

"猪倌儿，这个名字不错。你跑这儿来干什么，猪倌儿？"老兵接着问。

"我来送一份命令，给这里的指挥官，你知道他在哪儿吗？"杰夫伸手掏出那个纸卷。

177

"收起来吧，我们才不关心什么狗屁命令，要是给我们送给养的话，倒是可以赶快拿出来。你身上有烟吗？"老兵问。

"没有，我……我不会抽烟。"杰夫说。

"那得学啊，不会抽烟怎么行？每个人都得有一技之长不是？会喂猪不会抽烟？那猪也喂不好，是吧猪倌儿。"

杰夫有点懵，不明白抽烟和喂猪有什么关系。

"别理他，他逗你玩儿呢，接下来就得让你帮他找烟去。"鞋匠说。

找烟倒也不是不行，只是杰夫更想赶快完成任务。

"那……在哪儿能找到长官？"刚才没有人回答杰夫的这个问题，所以他只好再问一遍。

"你还是鞋匠呢，我的靴子破了，也没见你给我做双新的。还有你，大衣破了也不知道自己补一补，白当了裁缝。"老兵对着两人说。

裁缝用自己的袖子垫着饭盒，正在试图喝那滚烫的咖啡。

"我们也不知道长官在哪儿，你到前面的阵地去问问，找找胸前挂着望远镜的，那个就是长官。"裁缝说完，终于喝到了一小口咖啡。这时，从裁缝那个破大衣的口子里冒出来一个小脑袋，然后轻巧地蹿了出来，杰夫看见那是一只小黑猫。

"我在行军路上捡的，人都说黑猫会带来好运气，这小家伙儿一直跟着我，我就把它带上了，它在我怀里睡得可香了，一动不动的，就是馋，爱吃肉罐头。"

"废话，我还爱吃肉罐头呢，也没见你让我在你怀里睡。"老兵说。

"给我倒点儿。"鞋匠把刚才的空罐头盒子递了过去，裁缝往里面倒了少半盒咖啡。

"谢谢长官！"鞋匠冲着裁缝啪地打了一个敬礼。

啪！鞋匠突然直挺挺地倒了下去，一颗子弹在他敬礼的时候击中了他的脑袋，咖啡洒在地上，把那里染得更黑了。

杰夫浑身剧烈地抖了起来，仿佛那颗子弹是打在了自己身上。裁缝怀里的小黑猫也受到了惊吓，"喵"的一声跳开了。空气一下子凝固了，但也就是一瞬间，密集的枪声骤然响起，杰夫听到有人喊了一声："敌人上来了！"

没有人去看倒下的鞋匠一眼，老兵和裁缝呼地冲到了阵地前，开始端起枪射击。杰夫傻在原地一动不动，不知道是应该去看看倒下的鞋匠，还是也找支枪参加战斗。

"上子弹啊！"老兵回头冲杰夫大吼一声。

杰夫这才动弹起来，抓起散落在地上的子弹往弹夹里压，这是他在新兵训练营里练得最熟练的一项技能了。周围的子弹用得差不多了，杰夫缩着脑袋在战壕里四处搜寻，把零散的子弹装满口袋。后来又找到一个子弹箱，拖着子弹箱往回跑，经过有人射击的地方，就从箱子里抓出几盒子弹扔在那人脚下。

如果宇宙万物的速度达到光速的时候时间会减缓，那么现在对于杰夫来说，此刻的时间就是停止的。他完全感受不到时间的存在，只有耳边连续不断的射击声，还有某人中弹时子弹穿透身体发出的那一声闷响。

枪声毫无征兆地戛然而止，不是谁发出了停止射击的命令，是那种不约而同的停止。直到这时，杰夫才又重新感觉到周围的空气，感觉到累，感觉到衣服已经湿透，内衣是汗水打湿的，大衣是泥水打湿的。饱含了硝烟味道的冷风吹过，五脏六腑都随之哆嗦了一遍。

杰夫看见老兵坐回了原来的位置，不知什么时候又点上了一支烟，而其他人还趴在战壕边。杰夫低着身子跑到老兵身边问："打得怎么样了？"老兵摇摇头，没有说话。

这时，突然听到一个人大吼："打反击！跟我冲！"杰夫抬头一看，一个人跳出了战壕站在阵地上，正挥舞着手臂，趴在地上的士兵有一半开始努力爬出战壕，杰夫身边的裁缝已经冲了出去。

杰夫看见喊话的那个人脖子上挂着一个望远镜。杰夫几步到了战壕边上，拉住那人的皮靴喊道："长官，我是传令兵，有上级的命令。"

"谁在乎。"那个长官好像轻轻说了这么一句，就拔腿冲了出去。在他后面，还有不少人跟着他一起跃出了战壕向前跑去，阵地上的枪声也随之又响了起来。

杰夫愣了几秒钟，然后退了回来，继续在地上寻找子弹。他的情绪坏透了，好不容易找到了长官却没能把命令传达到。杰夫甚至在考虑自己是不是应该去追上那名长官，把命令强塞到他手里，这样自己就可以心安理得地离开这里了。但这个想法没能实现，反击冲锋迎来的是敌人的排炮，炮弹在整个阵地炸响，坚硬的弹片像钢铁蝴蝶在翩翩起舞，锋利的翅膀割开空气，刺破它遇到的一切东西。所有人都不得不把身体蜷缩起来，冲锋的士兵即使没被弹片炸到，也会被冲击波掀飞。一枚炮弹直接落在战壕里面炸了，雪花瞬间改变了原来飘落的方向，好像原地一跳，然后又朝着四面八方飞去。

180

与雪花一起飞出去的还有泥土、弹药箱的碎木头、断成两截的步枪以及带着腿的靴子，战壕里布满了烟尘，几步之外都看不清人。等到炮击停歇的时候，杰夫才能看看四周的情况。此时没有了枪声，能听见的是此起彼伏的哭号之声，这声音比冷风更可怕，杰夫像打摆子一样浑身抖得停不下来。

"猪倌儿，你过来。"杰夫听出是老兵的声音，立刻颤抖着小跑过去。

老兵靠在战壕边上，正在费力点燃半支香烟。

"别像兔子一样死在窝里，对吧。"杰夫看见，老兵说话的时候，一股一股的鲜血从他的胸口那里涌出来。

"你受伤了？"杰夫凑上前想看得仔细些，但被老兵制止了。

"没事，没事。"老兵努力地吸了一口烟，然后一抬手把打火机扔到了杰夫身后的地上。

"这个给你，别弄丢了，银的，上面有我的名字，捡起来，收好。"老兵断断续续地说。

杰夫回头看着地上的打火机，它在黑色的泥土上泛着银光，跟老兵的刺刀一样闪亮。杰夫转身把打火机捡起来，回过头刚要说话，发现老兵的手里不知道什么时候多了一支手枪，正在对着他自己的脑袋。

枪声响起，老兵栽倒在地上。

杰夫感觉自己的身边炸响了一枚炮弹，潮湿的泥土飞溅到脸上，好像被人狠狠地扇了一记耳光。

硝烟散去，整个战壕变得鸦雀无声，连那些伤兵的哀号都听不见了，杰夫觉得眼睛里飘进了烟尘灰烬，视线一片模糊。一切变得那么不真实，所有的景物都失去了颜色，全部变成了黑白灰的色调，还笼罩着一层朦胧的雾气。

裁缝的小黑猫不知道从哪里蹦跳着跑来了，四处嗅探一番，一下跳上了老兵的身体，然后又跳到鞋匠的身边。此时阵地上所有的知觉都变得麻木了，无论是寒冷还是疼痛，薄薄的雪花覆盖在战壕上、武器弹药上，也覆盖在那些倒下的人的身体上，人逐渐变成了银白色，隐没在烟尘中。

"别像兔子一样死在窝里。"杰夫的耳边又响起了这个声音。他死死盯着老兵，看见一团银白色的雾气从他身上慢慢腾起，还是老兵的身形和样貌，只是变得半透明，而且没有了重量，飘浮在半空。黑色小猫从鞋匠的身边跳了出来，像一团黑影搅动着那团银色雾气，雾气片刻之后又归拢到一起，像刚刚睡醒一样，汇聚成老兵的样子。

银白色的亡魂飘离了老兵的躯体，它回头望了杰夫一眼，飘上了阵地，手上还握着那支上了刺刀的枪。然后，下一个亡魂也飘离了躯体，那是鞋匠，他的亡魂也飘了起来，飘出了战壕。

杰夫爬到战壕边，看见越来越多的亡魂正在离开那些尸体，缓缓地飘出战壕，飘到了战场上。它们虽然离开了地面，但仿佛还在努力地奔跑，向着敌方的阵地冲锋。

"别像兔子一样死在窝里。"杰夫好像听见所有的亡魂都在重复着这句话，一遍一遍地重复，除了这句话，听不到其他任何声音。

"我不会像兔子一样死在窝里的！"杰夫抓起了地上的一支枪，弓身跃出战壕，拼命朝着敌方阵地猛冲了过去。

战场上，被炮弹一遍一遍炸翻起来的冻土像被犁过的田地一样松软，杰夫感觉跑起来很费力，有时脚下还会踩到石头踉跄一下，必须尽力保持身体的平衡避免摔倒。尽管这样，杰夫还是慢慢赶上了那些飘浮的亡魂。当他触碰到它们的时候，亡魂会朝旁边散开，好像给杰夫让出一条道路一样，等杰夫跑过以后，又会慢慢地聚拢起来，继续向前。渐渐地，杰夫又听到了枪声，甚至能听到子弹穿透空气的声音。子弹朝杰夫飞来，却打中了亡魂，亡魂瞬间消散，向四周飘去，杰夫看见那个替他挡了子弹的亡魂脖子上还挂着一架望远镜。

子弹飞行的速度好像也变慢了，在银色的雾气中旋转，然后从杰夫的身边掠过。枪声响个不停，一发又一发的子弹击中了杰夫前面或者身边的亡魂。杰夫没有停下脚步，老兵说过，一直跑，照着直线跑。

但老兵说得也不全对，他说前面没有人会替你挡住子弹，但是杰夫看见一个又一个的亡魂正在替他挡住呼啸而来的子弹，战场上还有更多的亡魂慢慢涌起，组成了一支亡魂大军，与杰夫并肩前进。

随着连续不断的破空之声，又有一波炮弹在杰夫四周炸响，亡魂像升华的干冰一样翻滚飞散。杰夫瞅准最近的一个弹坑，纵身一跃跳了进去，趴在混杂着浓烈火药味的黑土上大口地喘气。

"开枪！打空你的弹夹！"老兵的声音又在耳边响起。杰夫在弹坑里打了一个滚，端起步枪开始不停地扣动扳机，直到弹夹里一颗子弹也没有了。轰炸的间隙，杰夫爬出弹坑冒着噼啪作响的枪声继续向前跑。就这样越过几个弹坑以后，前方的战场突然变得异常平坦，不再有弹坑，甚至连尸体都没有了，几乎能看见薄雪覆盖下稀疏的荒草。脚下的土地也变得坚实起来，杰夫跑得更快了。

"冲进敌军的阵地。"

杰夫脑子里只有这一个想法，步枪上的刺刀在太阳的照射下发出刺眼的光芒，杰夫觉得他已经看见了前面阵地里伸出来的黑洞洞的枪口。

突然，好像被某个对面猛跑过来的人狠狠地撞上了肩膀，杰夫看见自己握着枪的右臂飞了出去，脑子里居然还想伸手把那飞出去的胳膊抓回来，这当然无法成功，虽然感觉手臂还在，却已经抓不住任何东西。杰夫觉得有人把地面翻转了过来，仰面倒下，阳光变得异常炫目，让人睁不开眼睛。他知道自己被子弹击中了，但奇怪的是，居然感觉不到一丝疼痛，曾经想象中的那令人恐怖的剧痛并没有来，反而只是觉得有些温热的东西流出，只感觉异常疲累，好像浑身的力气都随着那条断掉的胳膊飞了出去。杰夫用左手捂了捂胸口，想知道那卷命令还在不在，但什么都没摸到，只有血还在不停地从断臂处往外涌。杰夫的手指在地上抓着，抓起一把泥土和碎草去堵住断臂的伤口，但是太累了，他抓了几下就抬不动胳膊，这会儿只想美美地睡上一觉。

在杰夫打算闭上眼睛的时候，亡魂围拢到了他的周围，有那个挂着望远镜的长官，端着刺刀的老兵嘴里还叼着半截香烟，裁缝端着他的咖啡，鞋匠也在，还在用小勺刮着一个已经空了的罐头盒。还有一个人蹲在他们不远处，认真地缠着自己的绑腿带子。他们好像还在谈话，对着杰夫指指点点。杰夫伸出左手，尽可能举得高一些，想拉住他们其中任何一个，但那些亡魂都巧妙地躲开了，任凭杰夫的手一直高高地举着。

杰夫隐约听见远处传来了军号的声音，还有枪声和喊杀声，但这些声音离得太远了，仿佛是从另外一个世界传来的。杰夫觉得自己身子下面的土地变得温暖且柔软，比家里那张铺满了稻草的小床还要舒服。雪花飘落到脸上，如同爱人的轻抚，身上热了起来，沾满了泥浆的大衣变成了厚厚的羊毛毯子，杰夫扯了扯自己的领口，想让冷空气多吹进来一些。

虽然没有起风，但是杰夫觉得空气被什么东西搅乱了，一个黑色的影子遮住了刺眼的阳光。亡魂的银白色影子不知道什么时候都消失了，杰夫再次伸出手，想要拨开那黑影，想要抓住亡魂的手，让它们把自己带走。没想到自己的手真的被抓住了，是那个黑影的手，他还听到了黑影在叫喊："医务兵！这个还活着！"

困意袭来，杰夫闭上了眼睛。

在战地医院住了将近一个月的时间，杰夫的伤好得差不多了，天气好的时候，他就会下床四处溜达溜达。这里说是医院，其实就是一片仓促搭建起来的临时建筑，建筑之间有不少空地，病情不严重的伤员会聚在那些空地上，抽烟聊天吹牛，总能看见几个眉飞色舞讲述自己受伤经历的人。确实，甭管经历了什么，只要能活下来就已经算得上半个英雄。

杰夫不太爱跟他们凑在一起，因为他觉得自己根本不应该活下来——既没有把命令传达到，也没有把刺刀扎进敌人胸膛，除了挡过几颗子弹以外，没有任何可圈可点的事迹。

在医院的最边缘有一顶白色的帐篷，很少有人到这里来，即使不得已要来，也会尽快离开。这里是医院的停尸房，也是整个医院最安静的地方。杰夫偏偏就喜欢到这里来，看着那些装在黑色尸袋里的尸体被卡车运走，然后又有新的尸体被抬进来。杰夫总希望能再次看到那些银白色的亡魂，但是一次都没有见到。

"你见过亡魂吗？银白色的，有点半透明，像雾。"杰夫晃荡着袖子问一个坐在停尸房外面抽烟的抬尸人，那人抬头看了杰夫一眼。

"你是脑袋受伤了？"

"不是。"杰夫指指自己的空袖子，"这里，没了一条胳膊。我说的那个，我管它们叫亡魂，我见到了，也能分清它们是谁，那些离开身体的魂魄。嗯，你见过吗？"杰夫认真地说。

"应该有吧，谁知道呢。"抽烟的人低着头抽着自己的烟。

"你也见过？它们就从尸体上轻轻飘起，好像……"

"行了孩子，别说了，我不知道你看见了什么，但我告诉你，你说的那个玩意儿在这里没有，我估计在别处也不会有。"那人站起身子，踩灭了烟头，看着杰夫。

"我劝你别管那些了，对不对，你还活着，活着挺好的，就活下去，别管那些魂啊什么的，就算真有，也有它们待的地方。你快走开，别在这儿待着了。"

杰夫点了点头，回病房去了。

杰夫拉开病床前的小抽屉，里面放着几样东西，有一个银质的打火机、一个压瘪了的纸卷，以及一些步枪子弹。

"嚯，宝贝不少啊，虽然丢了条胳膊，但也不算亏是吧？量体温。"一个年轻的护士对杰夫说。

"嗯,打火机是一个老兵给我的。这个是一份命令,我是传令兵,奉命把这份命令送达给阵地上的长官,但我没有找到长官,命令没有送出去,我没有完成任务。"杰夫显得有点沮丧。

"哦,就是你,你昏迷的时候有长官来看过你呢,说你很勇敢,还说要给你嘉奖。"护士眼前一亮说道。

"给我嘉奖?为什么?我没把命令送达前线指挥官,处罚我还差不多。"

"他们说发现你的时候,整个战场就剩你一个人了,你冲锋了很远,是最接近敌方阵地的一个。"

"可是,我的任务……"杰夫把那个纸卷从抽屉里拿了出来。

"拿来给我看看。"护士伸手把纸卷抓了过去,一下子撕开了上面的封条。

"哎!你不能,那个不能撕开!"杰夫惊叫一声。

"传令兵,现在由我来接收这份命令!"护士瞪着眼睛对杰夫说。

护士展开了纸卷,大声念着纸上的字。

"破晓之后撤离阵地,主力部队即刻到达。好了,现在命令已送达,你的任务完成了。"护士满意地笑了,把纸卷放到小桌子上,转身走了。

杰夫拿起纸卷,一遍一遍看着上面的字:

　　破晓之后撤离阵地,主力部队即刻到达。

多年以后，在一处墓园里，一位独臂老人在墓碑间走着，好像在寻找着什么。终于，他在一处墓碑前停下来，凑近了看着墓碑上的字。那座墓碑上没有姓名，只写了一个部队的番号。老人点点头，伸手摸了摸墓碑，从口袋里掏出一个银质打火机点燃了一支香烟，然后把打火机和烟都轻轻地放在了墓碑上。

老人对着林立的墓碑大声说道："我叫杰夫，是一名传令兵，现在转达上级命令，破晓之后撤离阵地，主力部队即刻到达。转达完毕，请接收。"

墓园里静悄悄的，没有一点声音。

"其实你们可以不用冲锋的。"老人喃喃地说。

"谁在乎……"一个声音隐约传来。

一只黑猫在墓园的围墙上走着，停下来注视着老人。

老人离开的时候，把一枚勋章挂在了墓园的门口。

在老人的身后，墓园上空飘出片片白雾，升腾而起，飞向璀璨星河。

绿毛海怪

每一次，当我觉得已经把这一切都忘掉的时候，那个年轻的水手，当年那个落水后死死抓住拖网的水手，他就在望着我。我一直都在祈祷，你知道吗？不是祈祷他能上天堂，而是祈祷他离我足够远，看不清我的脸，看不清那个割断绳索的人的脸！

杰夫从船舱里醒来，周围静悄悄的，听不到一点儿声音。本来到了这个时间，早就会被船工们粗门大嗓的声音吵醒，要不就是被人扒拉起来，催促他赶紧出去干活，不可能有人会这么温柔，让他美美地睡到日上三竿。

出了小船舱，甲板上也没看见人，整个码头上只有这艘船孤零零地停靠在这儿，随着波浪轻轻摇摆。杰夫四下望了望，看见驾驶室里有人影，就跑了上去。

"船长，今天这是怎么了，怎么没人上船干活儿？"杰夫冲着驾驶台旁边一个上了点岁数的老家伙说。

"我没让他们来。"老家伙喝了一口酒壶里的酒说。

"我们不出海了？"

"这艘船要送去大修。"

"大修？出什么毛病了？"

"算了，你别多问了，我叫了货运公司的车，一会儿把船上用不到的东西都拉走。"

这是一艘二十多米长的铁壳船，从当年老家伙把它买回来到现在一直都保持着不错的运行状态，没出过什么大毛病。虽然进行必要的维修保养也是正常的，但眼看捕鱼季就要结束了，选择这个时候去大修，既耽误了捕鱼的时间又会压上至少半年的修船钱，除非船出了大问题，不修就得沉，否则没有人会选择这个时候修船。

但既然老家伙不愿意说，杰夫也就没有多问，一直忙到快天黑，才把船上的杂物全运走，甚至连那些做饭的家什儿都没留下，从甲板到船舱一下子显得宽敞了许多。杰夫只在干活时啃了几口面包，现在已经饿得眼前冒金星。

"走吧，去吃点东西，带上你的行李。"

终于听到老家伙发话了，杰夫背上自己的东西下了船。

酒吧里人不少，都是本地的渔民，无论是出海前还是打鱼归来，都会到小酒吧里喝上一通。海上湿寒，喝酒是免不了的，酒喝到微醺的时候，话就多了起来。

"那儿的鱼真好啊，你们都没见过，全是大白条，没有一条杂鱼。七八十厘米都算小的，一米多长，见过吗？银亮银亮的，听说有两米长的，那鱼粗得一个人都快抱不过来了。"一个中年汉子张开双臂比画着。

"你见过？"旁人免不了来上一句。

"我没见过，我上哪儿见去啊，谁敢去啊？我听我叔叔说的，他当年去过，而且只有他们那条船逃回来了，另外那艘……哎，我叔叔回来以后在床上躺了一个月，腿都软了，吓坏了，从那之后说什么也不出海了，后来开了那个小杂货铺子，到死都没再上过船。"

"那地方有这么吓人？"

"嘿，要不是这样，谁放着这么好的鱼不去打？那一趟回来就够你干一年的。我叔叔他们当年是两条船结伴一起去的，本来想相互有个照应，毕竟之前只是听说，没人真见过什么。可是一到那个地方……哎，谁也顾不上谁了，那网一下，鱼就好像自己往网里钻一样，一网上来鱼舱恨不得就填满一半了，谁还管得了那么多，拼命地下网收网，鱼多得绞盘都绞不动了。就这时候，你们知道吗，绿毛海怪怒了。"

"绿毛海怪？"

"没错，就是绿毛海怪，我叔叔说一定是，要不然不可能有那么大的力气。先是浪头变了，海风停了，海水的颜色都变了，海水不再是蓝色的，变成了黑绿色，然后那个黑绿色中还有反光，像有什么东西穿了盔甲一样的。要我说，搞上两网赶紧走，可能也就没事了，可是……哎，那么好的鱼，谁舍得走，鱼舱都满了，盖都盖不上了，再上鱼只能扔在甲板上了。这时候突然另外那艘船，就是打得最多的那艘，一下子不动了，拖网不动了，船好像被什么东西在水底下给生生拽住了，纹丝不动了。一开始我叔叔那艘船还没注意，后来看见它都冒黑烟。但就那样，也不行，然后就发现那艘船在往后退，左右摇摆起来，就好像车陷进了烂泥里，就是那种出不来在那儿扭来扭去的样子。谁也不知道发生了什么事，其实就是让绿毛海怪给拽住了，然后就看见那艘船的船尾下去了，沉了，接着就是整条船给拽进了海里。"

"就这么沉了？"

"可不，就这么沉了，快到根本没人反应过来。如果单纯只是船舱进水不会沉得这么快，竖着下去的，就船头尖在水面上冒了一下，就再没影了。我叔叔他们那艘就赶紧收网，可是网里的鱼太多了，网收得也慢，只能一边收网一边加大马力往外逃。这时候满海面都

193

是鱼，都是从那艘沉船的鱼舱里游出来的，还有落水的船工，都在水里扑腾。"

"你叔叔逃出来了？"

"他真是捡了一条命啊，他们那艘船打得少，拖网电机坏了，修了半天，所以鱼舱还没满，但很快也被拖住了，眼看就要被拖进水里。他们船上有个小子，那个小子机灵，拿了一把特别锋利的刀就去割那个拖网绳，水淹到他腰的时候那小子把绳子割断了。这一下子就松劲儿了，赶紧跑，头也不回地跑，网也不要了，鱼也不要了，就这么逃回来了。"

杰夫一边往嘴里塞三明治，一边津津有味地听着那个人讲故事。

"真的有绿毛海怪吗？"杰夫回过头问老家伙。

"也许吧。"老家伙喝了一口酒，轻声说。

"后来不是传说有个船长又去过静海？"那人灌了一大口酒接着说，"回来了吗？没有！你猜怎么着，他压根儿就没去！他就是为了骗他老婆，其实是跟个小婊子跑啦！"

"哈哈哈，你快说说，怎么跑的。"众人皆笑。在酒吧里，跟小婊子跑了的故事比绿毛海怪更加吸引人。杰夫还想问问绿毛海怪的事，发现老家伙眯着眼睛睡着了，手搭在腰间的一把长柄匕首上。

随后的十几天，一直都没有老家伙和铁壳船的消息。杰夫每天在码头上闲逛，有时打一点零工干点上水卸货之类的活，但没有上其他渔船出海，他怕错过了老家伙修船回来。捕鱼季眼看就要结束了，所有的船都开足马力，想赶在捕鱼季结束之前多赚点儿，毕竟整个休渔期都指望着这一阵的收入。

终于在一天清晨，杰夫看见了停靠在码头上的铁壳船，船的样子变化不大，只在船尾甲板上支棱着一个东西，用防雨布盖着，看上去是个三角锥体，还有一个长长的尖儿，那个外形跟中世纪的土炮差不多。船舷的两侧还各挂着四个圆滚滚的硬塑料的黑色箱子，不知道里面装的什么东西。在一侧的黑箱子中间，有一个橙黄色的长条圆筒，杰夫怀疑这是个炮弹或者鱼雷，要不就是个微型救生艇。

"这都是些什么东西？"杰夫跳上船，指着那些黑色的大箱子问道。

"这次我一个人出海，不找其他船工，你也回去吧。"老家伙靠在船舷上，并没有回答杰夫的问题。

"什么？你一个人出海？为什么啊？"

"我要去静海。"

"静海？啊，那是……"

"对，就是那个地方。"

"酒吧里的那些人不是说，绿毛海怪……"

"对，我知道。而且我见过，我就在当年那艘逃回来的船上。"

"啊？你当时就在那艘船上，从来没听你说过，那么说酒吧里那人说的都是真的？"

"是真的，所以这次我要一个人去。"

"你去干什么？为了那些白条鱼吗？"

"嗯。"

"我猜你不是为了白条鱼去的吧，那是个什么东西？"杰夫看

195

着老家伙，又看了看甲板上那个支棱着的东西。

"你别问了，下船去吧。"

"我跟你一起去。"杰夫说得很坚定。

老家伙没有抬头看杰夫，眼睛看着远方的地平线。

"嗯，好吧。"

杰夫本来以为老家伙肯定要说"你要想清楚，有可能回不来，我一把年纪了，你还年轻"之类的话，但没想到这么痛快就答应了，有点出乎意料。

大约凌晨四点钟，离天亮还有段时间，渔港码头已经灯火通明热闹起来。准备出海的渔船一艘挨一艘停靠在码头旁边，船工和水手不停地往船上搬运要带的物资，给船加水，传送带把大量的碎冰倒进鱼舱里。老家伙的渔船也在要出海的行列里，但没看见有人在忙活，他只是靠在船舷上，时不时地喝上一口酒壶里的酒。

破晓来临之前，海面上总会起一层薄雾，渔船依次出港，朝着鱼群出没的海域驶去。至于捕鱼区具体的方位，其实也没有准确的位置，全凭船长带领。到底依据什么做出的判断，谁也说不清楚，可能是海风，也可能是暗流，或者只是船长的感觉。

所有渔船出港都有固定的次序，这也是约定俗成的规矩。老家伙的船排在很靠前的位置，驶离码头以后，不紧不慢地开着，甚至有其他船从后面超过也没有改变航行的速度。刚出港的这段航程，大家的行船速度还是比较快的，毕竟都希望尽量早一点到达捕鱼区，鱼群不会坐在那里等你来下网，错过了鱼群很可能会空手而归。航行一段时间之后，船与船之间的距离相对固定了，前面的几艘船开始降低航速，准备开始下今天的第一网。长长的拖网会顺着船尾放进海里，拖行一段距离以后再拉上来，拖网的过程中航行速度就会很缓慢。而老家伙的船并没有减慢速度下网，逐渐超过了其他所有船只，继续向海洋深处驶去。

"老家伙，你是发现新的渔区了吗？"船上的对讲机里传来了其他船的呼叫。

"别跟着我。"

"打算吃独食啊。"

"我去静海。"

"什么？去静海？老家伙你疯了吗？快回来！"

船越行越远，对讲机里的声音也变得断断续续。老家伙不再理会对讲机里其他船长的呼叫，身后也没有船跟上来。

前方的海面并不平静，本来阳光普照的天空突然乌云翻滚，船驶入了一片降雨区，雨水一下子砸下来，风把海浪卷起来，扑向船头，又漫过整个船身。

但很快，一道道阳光又从云层的缝隙中照射下来，海面恢复了平静，刚才那种能让人把五脏六腑都吐出来的颠簸顷刻间消失得无影无踪，如蓝色厚玻璃一般的大海微微起伏，这会儿在甲板上放一杯水都不会洒出来。天高云淡，海面像镜子一样波澜不惊，渔船仿佛刚刚越过了某个看不见的分界线。

老家伙降低了航速，螺旋桨以最慢的速度旋转着，船在随着轻浪漂浮。海面上什么都没有，大海变成了一颗巨大的黑蓝色果冻，就连浪花都仿佛凝固了一般。老家伙低头看了看雷达，雷达上空空如也，附近没有任何船只，当然这也是意料之中的事，多少年来，这片海一直都是这样，静海不愿被打扰。

当船上的起重绞盘把拖网拉起来的时候，太阳已经开始爆发威力，阳光变得刺眼，胳膊上也逐渐感到灼热，凉凉的海水和已经被晒热的甲板让脚底板不停地感受冷热交替的刺激。拖网拉力表上的数值能让人提前预知网里的收获，今天网里的情况格外惨淡，除了零星海草以外什么都没有。杰夫有点失望，虽然一般情况下第一网就有满满收获的时候并不多，可毕竟这里是静海，是一个让所有渔民垂涎欲滴又望而却步的地方。

很快，拖网被再次丢进了海里。杰夫放着拖网，眼睛却不时地扫一下船舷旁边的那个圆筒。这个玩意儿大概有两米多长，直径七八十厘米，浑身上下涂满了晃眼的橙黄色。

杰夫又看了看拉力表，跟上次一样，表的指针像个垂死的病人横躺在那里，偶尔抖动一下，又立刻回到了原位，拉着拖网的浮力球都还在海面上漂着，不用看拉力表也能知道网里一定是空荡荡的。

"收网吧，时候差不多了。"老家伙念叨着，杰夫打开了拖网电机。

拖网被绞盘拉上了船甲板，滴滴答答的海水把甲板弄得更湿了。杰夫抬头看了看天色，此时已经接近正午，已经过了捕鱼的最好时间。但海上的事情谁又能说得清呢，就像风雨一样，说来就来——老天就像一个善变的女人，前一秒还举止端庄恬静淑雅，下一秒就是惊涛骇浪狂风暴雨；而靠海吃饭的渔民有时候更像赌徒，一次又一次地坐到赌桌前，一次又一次地输光筹码。大海有时并不像想象的那样慷慨，一网接一网的垃圾混着杂鱼太容易令人心生退意，那些曾经赖以谋生的饭碗现在变成了锈迹斑斑的废铜烂铁，太多的人选择背朝大海一去不回。

"船长，你看！"

拖网已经全部被拉上了船，一个银白色的东西从拖网里掉了出来躺在甲板上，那是一条银白色的鱼，有男人胳膊长短，胖嘟嘟的，闪着光，那鱼在积蓄力量，然后奋力一跃，腾空有十几厘米高才落下来。

"有这一条就行了！"老家伙的眼睛里明显有了光，转身回了驾驶室，没过一会儿拿来了一个黑色铝制小箱子。老家伙打开箱子，从里面拿出了一个东西，是一个类似玩具赛车的遥控器，他颤颤巍巍地拉出天线，按动按钮，遥控器上的指示灯亮了。

"行了，小子，可以开始了，去把这条鱼扔回海里。"

"扔回去？嫌这鱼小吗？"

"别废话，快点儿。"

杰夫抱起甲板上的鱼走到船边，白条鱼在杰夫怀里不安分地扭动着，试图挣脱束缚。

就在杰夫把它扔回海里的同时，老头子按下了遥控器上的按钮，只听啪的一声，像是什么东西掉进了水里。那个挂在船边的橙黄色圆筒的底部打开了，从圆筒里落下了一个同样银白色的东西，沉入了水中。

那肯定不是一个袖珍救生艇，没有谁家的救生艇会从底部裂开。那东西落入水中以后，在水面上漂浮了一下，老家伙再次按动遥控器上的按钮，那东西像鱼一样朝前游去，它在追赶之前扔进海里的白条鱼。它速度很快，把海面撕裂出一个口子，泛起两道左右对称的白色浪花。杰夫看出来这是一条鱼，一条大鱼，但它并不是真的鱼，老家伙手里的遥控器在控制它，它是一条人造的机器鱼。

机器鱼在海里来回地游弋，依旧追逐着前方的白条鱼，有一阵子潜到水里，半天都看不见它的踪影，从遥控器上的显示屏中能看到大鱼在水下不停地游动。

"下网！"

此时，那水下的画面已经显示出白花花的一片，不是别的，正是跟刚才打上来的那条一样的白条鱼鱼群。

拖网仿佛都欢快了起来，迫不及待地滚入海水中。浮球还没来得及在海面上连成一条长线就接二连三地被拖入水里，拖网下水的速度越来越快，甚至还没等全部进水就已经有鱼撞了进来。难怪当初有人要铤而走险来到这片海域捕鱼，空气里似乎都能闻到金钱的味道。很快，拉力表也证实了这一点，下了拖网还不到一个小时的时间，机器大鱼就把无数的白条鱼驱赶进了拖网里，绞盘上的拉力表像一个雄壮的男人一样骄傲和自豪，它的指针正在直挺挺地向上竖起。不用再拖着渔网航行了，杰夫启动绞盘开始收网，绞盘以最慢的速度转动着，拉着拖网的绳子一点点地往回收。但是，当渔网收到一半的时候，老家伙却关掉了绞盘。

"船长，这到手的鱼不拖上来吗？"

"小子，你不知道我们是干什么来的。"

"可是，甭管你要干什么，这么好的鱼情，拖上两网回去不好吗？狠狠赚上一笔，以后再也不用来了，你可以直接退休了。"

"让我像个贼一样从静海里偷鱼吗？"

老家伙不再搭理杰夫，回到驾驶室关掉了铁壳船的发动机，失去了动力的渔船在海面上随波逐流。海上感觉不到一丝风，前所未有的安静，那是一种让人害怕的安静，这片静海好像在用沉默来表达自己的情绪。杰夫扒着船舷望着海面，海面还是那样平静，渔船就这么漂在那里轻轻摇摆。

但恍惚间，渔船动了起来，先是轻微移动，随后就动得越来越明显，确实是在动，但没有听到发动机启动的声音，轮机那里依旧很安静。而且，渔船并不是朝前行驶而是在倒退，拖网的绳索绷直了，拉住绳索的绞盘发出吱吱呀呀的声响。

让船动起来的不是别的，正是拖网里的鱼群，鱼群拖着渔船在海面上倒退着航行起来。

"鱼不要了都行，像现在这样被鱼群拖着跑，鬼知道会被拖到哪里去。"从来也没有遇到过这样的情况，杰夫有点慌神了。

"鱼群知道要到哪里去。这大海里的家伙远比我们知道的要聪明得多。我们回驾驶室去。"老家伙好像早就预料到会这样。

机器鱼完成了驱赶鱼群的任务，现在像一只边境牧羊犬一样在拖网周围来回游动。老家伙把遥控器递到杰夫手上，告诉了他一遍如何控制机器鱼。渔船就这么向后行驶着，海天在不停倒退，好像时光也在倒流。这感觉异常魔幻，杰夫这时候甚至有点希望船就这样一直漂流下去，永远不要停下来。

"船长，你看。"

雷达上的指示灯在闪烁，说明附近有船只靠近。可是，雷达屏

201

幕上又没有识别出那艘船的具体位置。雷达光标转了一圈又一圈，没有显示任何船只在搜索范围内。杰夫趴在雷达上使劲找，也许是一个被漏掉的光点？又或者是雷达出现故障了？船突然猛地动了一下，好像在海面上跳了起来又落下。

再看雷达，杰夫明白了问题所在，雷达上那个唯一的亮点就是自己这艘船，它现在在雷达上显示大得出奇，像是一艘邮轮一样。雷达屏幕上的确还有一艘船，只不过不是在海面，而是在水底，它一直在自己这艘船的正下方，而刚才那一跳就是这个大家伙在水里把渔船顶了起来。

杰夫赶紧从驾驶室跑到了甲板上，在深蓝色的海面下，依稀能够看出是一个巨大的物体，像一块若隐若现的礁石，它上面长满了黑绿色的长毛，在这些长毛下面，布满了铠甲上的铜钉。

"这个就是绿毛海怪！难道不是吗？"杰夫说这句话的时候声音很小，仿佛生怕被绿毛海怪听到一样。

"就是它，是魔鬼，杀人的魔鬼。"

像轮船一样的绿毛海怪慢慢浮出海面。

绿毛海怪拉动渔船突然加速，比刚才鱼群拖着船行进的速度快出了好多倍，渔船像一艘快艇一样在海面上颠簸起来。海面不再平静，大鱼搅动起来的浪头打向渔船，海水泛起白沫，船舷两侧激起的浪花都能飞溅到驾驶室的玻璃上，船尾的一部分已经在水里了，顶起几米高的白色水花，但即便这样也丝毫没有影响渔船行进的速度，一刻不停地向后疾驰。

是绿毛海怪，它咬住了拖网，正在拽着渔船快速游去。杰夫的眼前白茫茫一片，船身倾斜，更多的水花溅起，如果不是拼命抓住船舷，肯定马上就会被水浪冲倒。水花越来越大，这是因为绿毛海怪正在拖着渔船下潜，现在杰夫在甲板上已经完全看不见它的影子，而船尾也几乎全部没入水里。

拖行了有一二海里，绿毛海怪的脊背再次露出了海面，渔船的船尾也随之浮起。

"就是现在！"

老家伙大叫一声，一把扯下盖在那个像大号铁炮一样的东西上面的防雨布，露出了一架超大号的鱼叉。鱼叉被固定在一个铁质支架上，比魔法世界里射杀龙的那种巨弩还要大。一根接近两米的钢叉带着锋利的倒刺，后面绑着有一大卷绳子。老家伙爬上支架，两只手操控着鱼叉，正在瞄准那条拖拽着渔船前进的可怕怪物。

"等等，船长，这怪物说不定已经活了好几百年了，你真的要杀死它吗？"杰夫扶着支架喊道。

"是的，我就是奔着杀掉它来的，它是我心里的一根硬刺，这么多年来刺得我寝食难安，我没有一天能忘记，也没有一天是快乐的！"

绿毛海怪再次下潜，海水把整个船尾都淹了，杰夫和老家伙两人都被海水吞没。

突然，挂在渔船两侧的黑箱子爆炸开来，几个白色的大气球随即膨胀起来，船尾一下子又冒出了水面，渔船行进的速度也明显慢了下来。显然，绿毛海怪没有办法把这些充满气体的大球拉入海水里，老家伙再一次把鱼叉对准了前面的这丛绿毛。

"等一下！"杰夫大喊了一声，也爬上了鱼叉支架。

"你干什么！"老家伙眼看着杰夫，一把把他腰间的长柄匕首拔了出来，匕首的刀刃有一排锯齿，在阳光下闪着寒光。

"我看出这个绿毛海怪是什么了，老家伙，鱼叉杀不了它，但我有办法。"

"走开！"在老家伙的喊叫声中，鱼叉发射了出去，后面拖着的绳子也跟着飞了出去。鱼叉扎在了绿毛海怪的身上，绳子没入了海水中。杰夫看了老家伙一眼，没说什么，把匕首咬在嘴里，跃过船舷跳入了海中。

"小子，你干什么！"老家伙从架子上跳了下来跑到船边望去。只见杰夫抓住了那条机器鱼，正在快速向着绿毛海怪游去。

绿毛海怪此时已经松开了拖网，不再往前游动，老家伙跑回驾驶室发动了渔船，发动机开始轰鸣，冒出黑烟，拉扯着绿毛海怪的鱼叉绷直了绳子。但那支撑鱼叉的架子承受不住这么大的拉力，一下子就被拉入了海里，就连固定它的船甲板也被掀起了一个大洞。老家伙从驾驶室里伸出脑袋看去，机器鱼带着杰夫已经游到了绿毛海怪的旁边，他赶紧掉转船头，向着他们的方向驶去。

渔船花了好大工夫才靠近了绿毛海怪，这时他才看清，绿毛海怪身上的黑绿色长毛是一丛一丛的海草，那些像铆钉一样的东西是一大片藤壶。而杰夫这时已经爬到了绿毛海怪的背上，正在用那柄匕首奋力割着什么。

"小子！"老家伙跑到船头，朝着杰夫大喊。

"老家伙，你看，这个是什么？"杰夫扬起手，是一大团缠绕在一起的绳子。

"渔网?"

"就是渔网,它被渔网缠住了,然后在这些渔网上长满了海草还有藤壶。"

"是我们的拖网?"

"这些网一定是缠了好多年,再缠下去,这家伙肯定会死掉的。"

杰夫割断了缠在大鱼身上的网,一片一片的渔网连带着海藻,还有那些藤壶漂浮在水面上,慢慢地沉了下去,露出了绿毛海怪银白色的鱼鳞,以及渔网在鳞片上留下的深深勒痕。

"这真是一条大鱼!不是什么绿毛海怪!"杰夫兴奋地喊叫着。大鱼突然扭动了一下身子,潜入水里,杰夫也跟着沉了下去。

"小子!小子!"

很快,杰夫的头从水里冒了上来,他游到渔船旁边顺着绳子爬了上来。不远处,大鱼翻滚着跃出海面,激起了巨大的浪花。接着,海面恢复了平静。

"我们不一定要杀掉它,现在这样岂不是更好?"杰夫湿漉漉地站在甲板上,手里攥着老家伙的那把长柄匕首,哆哆嗦嗦地说。

"每一次,当我觉得已经把这一切都忘掉的时候,那个年轻的水手,当年那个落水后死死抓住拖网的水手,他就在望着我。我一直都在祈祷,你知道吗?不是祈祷他能上天堂,而是祈祷他离我足够远,看不清我的脸,看不清那个割断绳索的人的脸!我就是用你现在手里的这把刀,让那个年轻人丢掉了性命。"

"现在你可以释怀了,因为你的这把刀刚刚解救了一条性命。

这家伙被渔网缠住不知道多少年了，是我们的渔网让它变成了绿毛水怪，我们不应该怪罪它。你说呢，船长？"

"你知道我为什么同意你一起来吗？"老家伙神情落寞地说。

"不是想让我来帮忙杀它的吗？"

"我是想让你给我收尸，让你操控机器鱼把我的尸首拖回去。"

"你这老家伙，那现在呢？"杰夫问道，像个顽皮的孩子。

"收网吧。"

"网已经破了，没有鱼了。"

"我不希望这些散落的网再把这个该死的家伙缠住了。"

机器鱼再次轻巧地游动起来，但这一次不是为了追赶鱼群，而是去搜寻那些遗落在海中的渔网。

回去以后，老家伙退休了，把铁壳船交给了杰夫，自己没有再出海打过鱼。杰夫后来在那片静海打到过很多次漂亮的白条鱼，只是再也没遇见过绿毛海怪。

心电感应

心电感应，杰夫无法忘掉，已经有太多次杰夫想抹掉所有记忆，但都失败了，他无法忘掉那种心电感应的感觉，也无法忘记 M 小姐。当然，杰夫也完全不再奢望能在公园里遇到 M 小姐，她消失了，彻底消失了。

一

杰夫睁开眼睛，他已经不止一次在这个公园的长椅上睡着了。

手里的书掉到了地上，杰夫捡起书，抹了一下粘在上面的草叶，把它放在身边。心脏移植手术以后的康复期已经过了，但杰夫觉得身体恢复得并不是很好，总感觉虚弱，那种若隐若现的无力感一直都没有消失。虽然并没有证据证明服用抗排异的药物会有什么副作用，但在最应该清醒的上午就昏昏欲睡，这肯定不是什么好兆头。

几乎每天上午，杰夫都会来这个公园，手术以后，他越来越喜欢这里。公园的形状像一个长柄的勺子，坐落在城市的边缘地带。公园只是那个长柄，勺子部分被建造成了一处墓地。这里其实是先有的墓地，通往墓地的这条路被扩展成了一座城市公园。公园里有一片一片的小树林，中心地带是一片草坪和一个喷水池，人们大多喜欢在那里逗留，有人带着孩子来散步，孩子们就在喷水池那里玩耍嬉戏。草坪旁边摆放了一些石桌石凳，石桌上还有国际象棋。设计者把棋子用黑白铁制成，放在一个有机玻璃的盖子下面，下棋的人可以用一个带链子的磁性手柄移动棋子，这样就不怕棋子被人偷走。虽然已经是夏天，但公园里的气温明显要低于市中心，有不少人喜欢到这里来跑步，那些林荫小路是绝佳的跑步路线。

杰夫来的时候，早起的人已经结束了晨跑，下棋的人还没有来，遛弯的老年人也回家开始准备午饭，这是白天中公园最安静的时间段。杰夫每次都会坐在一条林荫小路旁的长椅上，这里是整个公园比较偏僻的一处地方，跑步的人不常经过，杂草都能蔓延到小路上。公园里能看到各种鸟、松鼠，偶尔还会有一只路过的猫。杰夫在公园里散散步，坐在长椅上看看书，有时到旁边的墓地转转，想想哪天自己也会被埋葬在这里。

在心脏移植手术以前，杰夫是一名调查记者，为一家小有名气的地区报纸服务。随着心脏的问题越来越严重，杰夫的职业生涯也画上了句号。其实他从很小的时候就有心脏病，先天的，整个青年时代杰夫认为自己随时都有可能死去，所以等到发现病情恶化的时候倒也没感到意外。唯一令人意外的是他及时接收到了一颗可供移植的捐赠心脏，而且心脏移植手术也很成功。很多患者直到去世也没有等来一颗匹配合适的心脏，就连医生都觉得杰夫是个幸运儿。

但杰夫好像并没有太多重获新生的欢喜，当所有人都觉得你该高兴的时候，你一定高兴不起来。就如同发生了一场可怕的车祸，你在车祸中侥幸生还，就会有人跑来说你真幸运。即便身体上没有受到过于严重的伤害，但是在一场灾难中遭受的所有惊慌、恐惧、绝望，还有愤怒，都不会变成一件可喜可贺的事情。除了当事人以外，没有人能真正理解那种复杂的心情，劫后余生带来的喜悦其实是属于旁观者的，而不会属于那个心有余悸的事件亲历者。

三十几岁的杰夫像一个退休老头一样，成了公园里的旁观者，手边那本书已经打开了三次还是停留在第一页。林荫小路上偶尔有青春年少的跑步者路过的时候，杰夫都会抬起头来，看看那些红红绿绿的运动服、橙色的止汗带、黑色的运动手环、白色的无线耳机，以及在身背后甩来甩去的马尾辫。

就在杰夫刚刚又一次把前言部分读完的时候，一个女孩子坐到了杰夫的长椅上。

"你为什么不跑步？"女孩子一边用手抹着额头的汗水一边问。

杰夫看着身旁这位突然主动和自己说话的女孩子，在记忆里搜索了好一会儿，也没有想起来以前是否见过这个人。

杰夫交往过的女孩子并不多，只有一位前女友，后来还分手了。毕竟在每次鱼水之欢的中途都要停下来歇歇，好让自己的心脏跳得不要太快，这种做法显然不利于爱情的维系，所以那段感情没过多久就结束了。杰夫并没觉得多么遗憾，反而有一种卸下了负担的轻松感。从那以后杰夫一直保持单身，毕竟是这样的一种健康状况，不应该随便浪费别人的青春。

"我……我在看书。"杰夫指指自己手里的书。杰夫不知道该说什么，也没想到这个女孩子会和自己说话，而且"为什么不跑步"这个话题也实在不好展开，总不能上来就跟一个陌生人说自己做了心脏移植手术不应该剧烈运动吧，更何况对方还是一个年轻漂亮的姑娘。

"看书？骗人，我看你是在虚度光阴。"女孩说。

"虚度光阴？虚度光阴难道不是人生的最高境界吗？"杰夫调侃道。

"其实我也喜欢虚度光阴。虚度光阴、混吃等死最好了。"女孩笑着说。

杰夫认真地想了想自己为什么会每天坐在这里虚度光阴。

手术以后，他并没有像想象的那样，重新燃起热烈的生活希望。毕竟胸膛里跳动的是一颗别人的心脏，说不定哪天可能就会罢工，自己也将再次跌落万劫不复的深渊，现在除了虚度光阴、混吃等死以外还能做什么呢？

"你看上去不是很快乐，有那么点儿……嗯，忧郁。我就比你快乐，你知道为什么吗？因为我喜欢跑步啊，跑步就能让人快乐。别再假装读书了，读书多了就变成了傻子，你想当一个忧郁的傻子吗？"

"那倒是不太想。"杰夫笑了笑。

"对啊，这不就完了。"

杰夫觉得女孩说得不对，却又无力反驳，本来自己坐在这里好好地看书，突然跑来一个黄毛丫头给上了一堂快乐人生课，自己突然就变成了一个忧郁的傻子，心里多少有点不服气。就在杰夫的脑子飞快运转，想找到一些合适的话来驳斥对方的时候，女孩已经站起身，说了一句："明天见。"然后就沿着小路继续跑了下去，留下杰夫满脸疑惑地坐在那里。

明天见？

林荫小路又恢复了平静，杰夫抬眼往远处望了望，已经看不见女孩的身影。就像刚才无缘无故出现时那样，现在她又消失得无影无踪了。

杰夫摇摇头，现在的女孩子都这样主动搭讪吗？这还是头一次遇到。但是搭讪的话，难道不应该互通个姓名然后交换个联系方式吗？怎么就跑走了呢？女孩的出现和离开都太过突然，杰夫连她穿什么衣服长什么样子都还很模糊，只觉得眼睛好看，圆圆的，很灵动。又觉得那双眼睛里的东西比说出来的要多。一通胡思乱想之后，杰夫不打算再继续琢磨这件事了，重新打开书，又从前言开始看起，但书上的字好像变得比刚才更羞涩了，躲躲闪闪的，杰夫看了半天也不知道书里到底说了什么，最后终于放弃了继续看书，离开公园到常去的那家咖啡馆吃他的早午餐。

第二天，杰夫到公园的时间比平常要早一些，因为天刚亮的时候就醒了，努力尝试着再睡一会儿却没有成功，索性就起了床。公园里还很凉爽，经过一早上光合作用的树木花草都在慷慨地奉送出氧气，让漫步其中的人感到一种莫名的欢愉，就连杰夫都有了想跑上几圈的冲动，但最终还是没有勇气加入晨跑者的行列。他没有像往常一样径直走到长椅那里坐下，而是先在公园里溜达了一个来回，也不知到底在磨蹭什么。最后他还是回到了老地方，手指摆弄着硬硬的书脊，微微闭上眼睛，任由思绪随意飘飞。

"睡着啦？"女孩的声音响起。

杰夫睁开眼睛，女孩站在他的面前。

"是不是等我等得无聊了？"

"哦，没有，我就是……嗯，没事。"杰夫有点不愿意承认自己还真是在等她。

女孩笑了，好像看透了杰夫的心思，一边跟杰夫说着话，一边活动着身体。今天杰夫看清了，她穿了一身鹅黄色的运动衣，白色慢跑鞋，头上扎了一条浅粉色的发带。

"我也不跑了，陪你走一走，好不好？来吧来吧。"女孩不由分说把杰夫从椅子上拉了起来，蹦蹦跳跳地往前走去。杰夫只好跟上她，有点像个老父亲带着自己未成年的小女儿。

"我知道，你有好多问题想问我，但又不知道从何问起，对不对？"女孩回到杰夫身边，跟他并排走着。

"你很特别。"杰夫说。

"那当然啦，我跟谁都不一样，你也不一样，你也很特别。"

杰夫觉得女孩的眼神飘忽不定，就像天空中不断变化的云彩，一会儿明媚，一会儿又阴郁。

"我有什么特别的，普通人一个，甚至还不如一个普通人。另外，我叫杰夫。我们之前不认识吧？你叫什么名字？"

"我们怎么不认识？昨天才见过面的啊，你忘啦？杰夫，好像这个名字有点玩世不恭，你是个好人吗？"

"还好吧，也没那么好。"杰夫觉得女孩说话东一句西一句的，只能敷衍着回答。

"我可不是什么好人，你现在逃跑还来得及。"女孩一脸严肃地说。

"我为什么要逃跑？你很可怕吗？"

"嗯，我很可怕的，比小偷、强盗、冷血的杀手还可怕。吓坏了吧？"没等杰夫回答，女孩拉着他走到了公园中央的棋桌那里。

"哎，咱俩下棋吧！"

"我下得不太好。"杰夫说着，女孩已经跑到棋桌旁坐下，杰夫

214

也只好坐到了她对面。

"你先走吧。"杰夫看着棋盘说。

女孩把后前面的兵一下子前进了四格，摆到了杰夫的兵跟前。

"这样走恐怕不行吧，兵最多只能走两格。"显然这样的走法让杰夫没办法接着下了。

"管它呢，想怎么走就怎么走呗，我按我的规则来。快走快走，该你了。"女孩催促杰夫。

原来女孩不会下棋，杰夫想。可是没有章法、没有规则的棋局该怎么走呢？杰夫抬头看了看女孩，女孩一副扬扬得意的样子，摇头晃脑的，好像还在认真思考下一步应该怎么走。

"既然这样，那我就不客气了。"杰夫拿起自己的兵，把女孩的兵吃掉了，但他还是用王前面的兵斜吃，没有违反基本规则。

"哈，这就对了啊，棋局就像活着一样，干吗非要墨守成规？"女孩说，"如果别人胡作非为，你就一定要将他赶尽杀绝。"

听到女孩的话，杰夫下意识地抬头看向对方，在女孩的眉宇间仿佛真的有一股杀气，但很快又散开了，换上了一副懒散的表情。

女孩说着，又把一枚兵推了过来，但这次只走了三格。杰夫这次不管规则了，直接用自己的兵把它吃掉。

"哎，不行，不行，你不能吃我的兵！"

"为什么这次又不行了？"

"我按我的规则来，你也得按你的，你的兵不许这样吃我的。"

杰夫只好把对方的兵放回来，苦笑一下，不知道这样胡下一通怎么能分出胜负，只好随便走了一步，把自己的王走到了敌兵的那一行。

"你还没告诉我你叫什么名字。"杰夫问道。

"我叫夺命天使,专门夺你的命来的,害怕不害怕?"女孩把兵横移了一步,但这次杰夫没有再说她违反规则,毕竟谁也不知道她到底按什么规则来。

"挺害怕的。"杰夫又把自己的王退了回来。他也想好了,既然没法正常下棋,那就把自己的王挪来挪去,也无所谓进攻防守输赢胜负了,权当跟她聊天解闷。

"害怕了吧?这样吧,为了让你不那么害怕,你可以叫我M小姐,虽然也是杀手的意思,不过听起来就没那么吓人了是不是?"女孩继续移动着棋子,杰夫只挪动自己的王,王变成了一名巡逻的卫兵,只在一列格子中走来走去。

"你好,M小姐。"

"你好,杰夫。"M小姐的棋子已经布满了棋盘,左突右进的,把杰夫的棋子杀得七零八落。

"看,我的士兵多厉害,大杀四方,所向披靡!再吃!"M小姐很开心的样子。

"那我只能逃了。"杰夫再次挪动棋子。

"你逃不掉了,杀掉你的后,这样就能把你杀掉了。"M小姐煞有介事地大声说。

"你还真是天使杀手。"杰夫想:赶紧杀掉我也好,反正我也没打算活。

"什么天使杀手,我叫夺命天使!连我的名字都记错了。"M小姐举起那移动棋子的手柄，却迟迟没有将军。

"你知道为什么我会找你吗？"M 小姐突然抬头看着杰夫，表情认真地问道。

杰夫觉得她灵动的眼睛里闪过一道寒光，好像真的是一个要夺人性命的天使。杰夫摇摇头，等待着 M 小姐的答案。

"那你要先答应我一件事。"

杰夫已经开始慢慢适应 M 小姐的规则了，就知道这姑娘有着要不完的花招，笑着点点头算是表示同意。

"我们约会吧！"M 小姐不再挪动棋子，笑嘻嘻地说。

杰夫瞪大了眼睛。这有点太直接了吧！虽然杰夫并不是一个老古板，但面对如此主动的女孩还是有点不知所措。

"我们不是正在约会吗？"

"当然不算，约会怎么能这么随便呢，要提前说明才算。"

"哦，那我们明天还在这里见面，就算约会了。"杰夫说。

"不好，你也不跑步，散步也慢吞吞的，像个老头儿。"M 小姐的两只手离开了棋盘抱在胸前，看上去还真不像是在开玩笑。

"嗯，那好。你知道离这里不远有一个咖啡馆吗？门口有一座小雕塑的那个。"杰夫主动提出邀约。

"知道。"

"明天我请你喝咖啡，还是这个时间，怎么样？"

"好！"M 小姐狠狠地点了点头，"我走了，明天见。"说完，就一阵风似的消失了。

杰夫低头看着棋盘，轻轻地把自己的王挪到了送吃的位置上——按照国际象棋规则，送王属犯规。

杰夫没有怎么刻意打扮自己，穿的衣服和平时去公园时差不多，路过花店的时候买了一束鲜花——毕竟是约会，按 M 小姐的规则，总要稍微表示一下。另外就是今天没有带着那本书，所以在咖啡馆等 M 小姐的时候有点百无聊赖。

M 小姐穿了一身碎花的连衣裙，脚上是一双浅绿色的坡跟船鞋，头上还戴了一顶白色的宽边圆顶草帽。

"你看我像不像一个村姑？" M 小姐站在杰夫面前，两根手指捏起裙摆，展示着自己的裙子。

"要是村姑农妇都像你一样，那全世界的男人都要去当农民了。"杰夫笑着说。

"你看你看，是不是？约会就是不一样，马上就不一样了。" M 小姐一边坐下一边说。

"有什么不一样？"

"嘴多甜啊，前两天没见你这么会说话。服务生，有冰激凌吗？"

"不好意思小姐，我们这里暂时没有冰激凌。"服务生回答道。

"那好吧，给我来一杯冰咖啡吧。"

"这个送给你。"服务生走后，杰夫把鲜花递给了 M 小姐。

"你是不是对每个姑娘都这样？我是说，送花啊什么的。" M 小姐用手指揉捏着花瓣，漫不经心地问道。

"你这么说，是因为你还不了解我。"杰夫说，"不过也是，既然是正式约会了，应该互相了解一下。我单身，三十二岁，父母都不在了，现在一个人生活。"

"哈哈，不行不行，这太正经了，我受不了！你知道吗？你这样就像个傻子一样，哈哈哈。"M小姐扯下一片花瓣，把花扔到了一边，"其实我不应该笑你，因为我跟你一样，父母也不在了。母亲在我很小的时候就去世了，我都不记得她的模样，是我父亲把我养大的，可惜我父亲不久前也离开了我。"

说到这儿，M小姐停顿了一下，收起笑容，神情落寞。

"很遗憾听到这个，他是生病去世的？你父亲？"杰夫忽然意识到自己对生病的问题非常敏感。

"是一个意外。"M小姐脸上的肌肉抽搐了一下，眉头微微蹙了起来，眼神也变得空洞。杰夫敢肯定，现在她的脑海里一定在重现某个非常不愉快的场景。

"发生意外的时候，你也在现场？"杰夫调查记者的职业习惯还是没有丢掉。

"你怎么知道我在？"M小姐目光突然犀利。

"我猜的，或者说，你的神情告诉了我。对不起，非常抱歉让你回忆起了这个。"杰夫觉得自己挑起这个话题真是愚蠢之极。

但也就是一瞬间，M小姐的表情又恢复到了之前那种无所谓的样子。"哎，要不这样吧，反正都没有什么亲人了，要不咱俩相依为命吧。"M小姐忽闪着圆眼睛说道。

"可以吧，我当你的哥哥？"

"哈哈，我可不想要你这个傻子当哥哥，你还有兄弟姐妹吗？"

"没有了。"

"那你要是死了，岂不是没有人参加你的葬礼？"M小姐皱着眉头问。

"嗯，说得也是，我也没什么朋友。哎，不对啊，我就不能结婚，再生几个孩子？"

"哈哈，说你是傻子吧。好了，现在我们互相介绍完了，我告诉你我为什么会找你，我是一个诚实守信的人，说到做到。"

"好的，你说吧。"杰夫身子往前倾，两只胳膊放到了桌子上。

"因为我在心脏这个地方安装了一枚高科技芯片，这个芯片叫爱的芯片，它的作用就是当你遇到爱的人的时候，它就会让你产生心电感应，你的心就会突突突地跳，提醒你那个人出现了。我遇到你的时候，这玩意儿就让我的心突突突地跳来着，所以我就赶快站住，找你说话了。"说完，M小姐自己满意地点了点头，喝了一口刚端上来的冰咖啡。没等杰夫说话，M小姐又接着说："对了，你看见我的时候，心有没有也突突突地跳？"

这又是一个让杰夫没法回答的问题，憋了半天他才说："我的心是在跳。"

但这个回答显然没能让M小姐满意。

"不对啊，按说你也应该突突突地才对啊，你心脏这个地方也有芯片对不对？"

"没有，我没有你说的那个芯片。"杰夫说。

"那是怎么回事呢？你应该有才对啊，这样我的心才会突突突地跳，你脱了衣服让我看看！"M小姐说着就隔着桌子伸手过来要扯杰夫的衣服，吓得杰夫赶紧往后躲。

"没有没有真没有，不骗你，再说在咖啡馆怎么能随便脱人衣

220

服呢，虽然我是个男人也不行啊。"杰夫无法判断这个姑娘到底能干出什么事情来。

"好吧，我相信你。"M 小姐没有坚持扯杰夫的衣服，只是这么一闹，杰夫真的感觉心脏有点突突突跳了。他强装镇定地喝了一口咖啡，然后从口袋里掏出一个药盒，杰夫每天都会在这个时候吃他的抗排异药片。他倒出一粒放进嘴里，把药盒放到桌子上，端起咖啡送下。

"这是什么？"M 小姐一把把药盒抓在了手里，"你在吃药，你生病了吗？"

杰夫后悔自己没有想到 M 小姐会对这个感兴趣，好在药盒上没有标签。

"这个，这个是那个抗生素……不，是维生素，复合维生素片，我缺少维生素。"

M 小姐倒出一粒药片拿在手里看了看，然后扔进了嘴里。

"哎，这个你不能吃，快吐了。"杰夫一下子站起来，绕到了 M 小姐身边。M 小姐一脸委屈地看着杰夫，然后乖乖地把药片吐到了手里。

"你不是说是维生素吗？这个药也不甜啊？"

"维生素也是药啊，药哪有乱吃的。再说，也不是所有的维生素都有甜味。"

药盒还在 M 小姐手里，她把药盒像沙锤一样在耳朵边摇来摇去，发出哗啦啦的声音。杰夫去抢药盒，却被 M 小姐抓住了手。

"你真的没有突突突吗？"M 小姐一边说，眼睛还一个劲儿地往杰夫衬衣的缝隙里看。

"有，我突突了，现在我是真突突了。"杰夫拿回了药盒，回到自己的座位坐下，有点没好气地说。

"那我们约会吧。"M小姐说。

"今天这次还不算约会？"杰夫一脸惊诧地问。

"不算不算，当然不算，这还是虚度光阴。坐在这里喝喝咖啡，一会儿再来一块甜点，我又不是八十岁的老太太。"

"那你想干吗？"

"我们去游乐场吧，好不好？那里有好多好玩儿的，我最喜欢游乐场了，再说游乐场里还有冰激凌，比这破咖啡好吃一万倍，亏得你还每天来喝。游乐场，游乐场，周末就去，就这么定了。服务生，买单！"

"哎，好吧。"

杰夫被这个古灵精怪的姑娘搞得哭笑不得。游乐场在自己的人生经验里非常陌生，因为心脏的缘故他从小就极少去，手术之后就更没有想过会去游乐场这种地方。本来以为后半辈子都不可能踏进半步的地方，今天居然就这么答应去了，杰夫觉得自己可能是疯了。

出了咖啡馆，M小姐把杰夫送的花扔进了垃圾桶里。

"你不喜欢花？"杰夫没想到M小姐会当着自己的面把花直接扔掉。

"喜欢，只是，我不想让你送我东西，包括花在内。"

"为什么？"

"要按我的规则来，咱们不是说好了吗？我可以送给你东西，但我不接受你的礼物。"M小姐平静地说。

"送什么都不行吗？"杰夫问。

"除非是这个。"M小姐用手指指杰夫的胸口，那是心脏的位置。杰夫觉得自己胸膛里的这颗别人的心脏好像停跳了一下，没有泵出血来，那感觉就像心被人挖走了一样。

"那我们周末见啦。"M小姐收回了手指。

"可我还不认识你，到现在我都不知道你是谁。"

"我是谁，这很重要吗？"

"对我来说已经开始变得重要了。"杰夫半认真地说。

"你还是不知道的好，这样有神秘感。好啦，我要走了，再见。"

"你不给我留个电话号码吗？方便联系你。"

"不用，我们有这个，"M小姐指指自己的胸口，"心电感应！"

接下来的几天，M小姐都没有到公园来跑步，杰夫则还是像往常一样，在长椅上坐着看书，在公园里散步，也到棋桌那里看看别人下棋。他心里隐隐希望能碰见M小姐，对于周末的游乐场之约多少有那么点紧张，好像一个没有复习好功课的学生在等待一次考试。游乐场肯定不是杰夫擅长的项目，但M小姐提出的所有要求都让人无法拒绝。杰夫恍惚觉得这一切是不是自己坐在长椅上假寐时的一段梦境，可是心里出现的那种突突突的感觉却又无比真实。

可与M小姐的这种非常规偶遇让杰夫有点坐卧不宁，尤其是她对自己身份的遮遮掩掩更让人产生怀疑，杰夫决定想想办法，于是拨通了原来报社一名同事的电话。

223

"嘿，兄弟，我是杰夫。"

"哈，杰夫啊，我正想给你打电话呢，怎么样，身体恢复得挺好？"

"还可以吧，一时半会儿死不了了。"

"那太好了，可喜可贺。"

"你刚说要给我打电话？有什么事吗？"杰夫没着急进入正题。

"哦，是这样，最近有点儿忙，新开了一个专栏，我一个人忙不过来，想问你有没有时间帮忙写写稿子，兼职就行。"

"写什么类型的东西？"

"就是写一些过去发生过的刑事案件，有点意思的、刺激的那种，你懂的，报纸嘛，总要吸引眼球。我负责提供背景材料，你来还原案件和评论。"

"我觉得可以写。"

"那太好了，我这就把手头的几个案子发你邮箱，你先看看。你瞧我这人，一上来就只顾说工作上的事，还没问你找我有啥事。"

"嗯，是这样的，我最近遇到了一个姑娘，你别误会，还不是那种关系。嗯，就是这个姑娘有点奇怪，我现在搞不清她的来历和意图，想侧面了解一下。"

"哦，明白了，就是调查调查呗，没问题，这种事兄弟拿手。她叫什么名字？"

"她自称M小姐，长得不错，年龄在二十二三岁，不高不矮，不胖不瘦的。"

"哈哈，大哥，这样的基础信息你让我怎么查啊？好歹也得有个家庭住址、社会保险号，哪怕有个电话号码也行啊。"

"这些都没有，她不愿意透露，所以我才感觉有点奇怪。"

"那真不好办，这等于一点线索也没有啊，半个城的姑娘都符合您这样的标准。哦，对了，照片有没有？"

"照片也没有，但我觉得我可以想想办法。"

"嗯，行，你看看能不能搞到照片，我再帮你查。"

"好！"

周末，杰夫把车停在了公园门口，M小姐如约而至，穿了一件V领T恤和一条牛仔短裤，露出白皙的长腿。她一路都很兴奋，一直眉飞色舞地讲她曾经在游乐场的各种经历，杰夫一边开车一边笑眯眯地听着，居然也有了些蠢蠢欲动的感觉。

游乐场里热闹非凡，通往各个游乐项目的甬道上来来回回地挤着好多人。M小姐紧紧挨着杰夫，还用两只手拉着杰夫的胳膊，这样走着，穿过人流，也不会被对面来的人撞开。杰夫很久都没有被这样挽着胳膊走路了，感觉身体有点僵硬，不知道该挨得更近还是保持一个绅士距离。M小姐好像根本不在意这些，眼睛在四处寻找最令人感兴趣的那些游戏，一会儿要玩儿丢沙包，一会儿又是砸大锤，像一只兴奋的小猎犬。

杰夫看着M小姐欢快的样子有点失神。是不是每一个到了游乐场的年轻女孩都会这样呢？她的兴奋让杰夫感到紧张，就像一个人如果不停地说话或者神经质地重复做某一件事情，都会让人感到不安。

杰夫确实不是游乐场的王者。在丢沙包砸罐头盒的游戏中，杰夫的沙包说什么也没办法把罐头盒子全部砸倒，连最低等的奖品也没有赢到；砸大锤这种考验力量的游戏，杰夫更是望而却步。虽然M小姐一个劲儿地鼓动杰夫上去试试，但被杰夫果断拒绝了，主要是杰夫怕自己砸出的高度还不如一个十一二岁的孩子，在众人面前出丑。M小姐看上去也不像个游乐场高手，用水炮打鸭子的游戏她一只鸭子也没有打中，反而哈哈哈大笑说鸭子们太狡猾了，今天一定要找个餐馆好好地吃上一顿烤鸭子，以解心头之恨。杰夫立刻表示赞同，说这可能是今天他能做的最擅长的一件事了。

"过山车！"M小姐大喊一声，拽着杰夫的胳膊奔了过去。

"我最爱过山车了，有一次，我整整一天都待在游乐场，不为别的，就是一遍一遍地坐过山车，我太喜欢那个感觉了，感觉自己会飞，像自由的鸟儿一样。你喜欢坐过山车吗？"

"我……我没坐过。"杰夫吞吞吐吐地说。

"不会吧？怎么可能啊？你是地球人吗？"M小姐夸张的语气好像杰夫真的是一个来自外星的怪物。杰夫想自己要是外星人倒好了，至少坐过宇宙飞船。

两人此时已经来到了排队的地方，人不少，都是兴奋的小孩子。

"要不我在下面给你拍照吧。"杰夫说。

"拍照？我最讨厌拍照了，拍照能把人的魂魄摄去，你不知道吗？"这个提议被M小姐断然拒绝了。杰夫也没法再坚持，只是觉得接下来自己的魂魄还能不能保住很难说。

"你怎么会没坐过过山车？你是紧张、害怕还是恐高？"

"我小的时候身体不大好，所以没有坐过。说实话，我连游乐场都很少来。"杰夫还是没有勇气告诉M小姐自己的真实情况。

"那你该多遗憾啊，一辈子连过山车都没坐过，多亏你遇到了我，圆了你儿时的梦，你得好好感谢我。"M小姐自豪地说。

杰夫看着在空中飞转的过山车呼啸着掠过人们的头顶，惊声尖叫不绝于耳："是的，我应该感谢你。"

M小姐笑着点点头，然后目光追随着正在飞驰的车厢。

"我觉得你在骗我。"杰夫说。

M小姐的眼神立刻回到了杰夫的脸上，她没有说话，只是紧紧地盯着他看。

"你看你，整个人都在发抖，你没发现吗？还说你不害怕，你肯定比我更害怕坐这个玩意儿，是不是？"

M小姐深深地吸了一口气，整个胸脯都抬高了几厘米。

"谁说我这是害怕的，你是不是傻！"

"好吧好吧，你不怕。"杰夫觉得M小姐的反应过于激烈了，甚至有点恼羞成怒的意思。

M小姐转过脸去不再说话，但身体的微微颤抖并没有停止。

过山车的队伍开始向前移动，杰夫跟在M小姐的后面朝前走，看见临近入口的地方立着一块游玩须知的牌子，上面写着有心脏病的游客禁止游玩。

"你确定要玩儿？"就在马上要进入入口的地方，杰夫拽住了M小姐问道。

M小姐再一次死死盯着杰夫的脸，嘴里蹦出一个字："要。"

杰夫还想再说什么，但后面排队的人不耐烦起来，催促他们赶紧进去，两人几乎是被推进了上车的平台。

在过山车的座椅上坐下，杰夫觉得M小姐真的不太对劲，身体僵硬，脸色苍白。

"你没事吧，还没开始呢你就已经吓成这样了，完全不像你之前的表现啊。"

她没有回答，紧闭着嘴唇。

过山车启动了，吱吱嘎嘎地向高处驶去，M小姐的嘴唇变得青紫，两只手紧紧抓住套在身体前面的U形安全框。

"我没事，"她突然开口，"我只是想起了我爸爸带我来坐过山车，你不用管我。"

听到是关于M小姐已故父亲的缘故，杰夫没有再继续追问下去，只是心里琢磨：既然坐过山车会勾起那么不愉快的回忆，何必一定要来坐呢？随即他苦笑了一下，还是先管好自己吧，自己从来没坐过过山车，还不知道将要面对的是什么呢。

过山车向下飞驰起来的时候，M小姐松开了双手，挥舞着双臂，仿佛用尽全身的力气在尖叫。坐在她身边的杰夫也想喊叫一番，但无论怎么努力都没有办法叫出声来，只能紧紧地抓住硬硬的安全框，任由自己如狂风中的落叶一般飞舞。

有好几次身体里的某样东西飞了出去，杰夫怀疑那就是自己的魂魄，也许是那些积压在心里好多年的东西。在那一刻身体空荡荡的，世界仿佛都不存在了。

过山车转着圈俯冲的时候，杰夫觉得自己马上就要死了，那颗别人的心脏已经化成了粉末，五脏六腑也变成了石头，硬邦邦的，脑袋里则一片空白，什么都没有。

紧接着到来的急速翻转，又让人浑身止不住地摇晃和颤抖，最后杰夫放弃了所有的抵抗，任凭自己在车轮和轨道的摩擦声中魂飞天外。

听天由命吧，杰夫想。

他慢慢闭上眼睛，无尽的黑暗随之袭来，刺耳的嗓声和M小姐的尖叫声都听不到了，犹如回到了母亲的子宫里，身体在温暖的羊水里漂荡，伴随着母亲有节奏的心脏跳动之声。

杰夫醒过来的时候，过山车已经停下，U形安全框高高抬起，恍惚看见自己眼前站着一个人。杰夫努力把眼神聚焦在那人的脸上，分辨出是M小姐正在看着自己。

"你醒了。"

可能是刚才昏厥过去的缘故，杰夫觉得M小姐的声音是从很远的地方传来的，而且这个声音很冰冷。

杰夫眨了眨眼睛算是回答。

"我以为你死了。"杰夫感觉M小姐的声音依旧冰冷。

杰夫勉强从过山车上下来，一屁股坐在了地上，眼前一阵阵发黑。其他游客从他们身边走过，都回头看着坐在地上的杰夫。

"你怎么样？需要找医生吗？"M小姐的表情很淡定，好像刚才坐的不是过山车，而是一辆机场的摆渡车。杰夫脸色惨白，摆了摆手，还是说不出话来。

"那好吧，没事就好。"

杰夫点了点头，紧闭着嘴，强忍着不让胃里的东西涌出来。

"你能走路吗？"M小姐又问。

这时有一名游乐场的工作人员正在朝这边张望，想看清坐在地上的人发生了什么事。

"能走。"杰夫抿着嘴含糊不清地说道，挣扎着站起身向出口走去。

杰夫找了一处台阶坐下，刚才已经僵硬的五脏六腑现在却在翻腾跳跃，反而是手脚变得像木头一样，行动艰难，现在勉强支撑着身体才没有就地躺下。

"你在这儿等我啊，我去买冰激凌！"说完，M小姐转身走了。

坐了一会儿，杰夫感觉好些了，身体已经恢复了一点，不再那么难受了，环顾四周都是来来往往的游客，看不到M小姐的影子。杰夫挣扎着站了起来，试着来回走了几步。

此时杰夫有点为自己的鲁莽行为感到后悔，刚才如果死在了过山车上真的一点儿都不意外。稳了稳心神，杰夫又朝周围看了看，还没见M小姐回来，便从口袋里掏出了一个便携式的照相机。在做记者的时候他一直都是用这个相机拍照，很小巧，操作也很简单。

杰夫拿着相机朝叮当作响的冰激凌车方向走去，透过穿梭的人流看见举着两支冰激凌的M小姐正在往回走，赶紧按下快门抓拍了两张照片，然后把相机放回了口袋里，走回台阶坐下。

没过一会儿，M小姐举着冰激凌回来了，她在杰夫身边坐下，把一支冰激凌递给杰夫，然后继续舔着另一支已经吃掉一半的冰激凌。

"快吃啊，一会儿化了。"M小姐看着杰夫手里举着的冰激凌说。但没等杰夫说话，她就把冰激凌夺了回去，专心致志左右开弓一刻不停轮流狂舔着两支冰激凌。

"冰激凌都不吃，你是不是傻？"

杰夫心想自己是真傻，从来没听说过哪个移植心脏的人去坐过山车。看着M小姐吃得那么认真，他实在没办法说出关于自己心脏的真相，只能偷偷用手抹去额头不断渗出的汗水，一口一口地深呼吸。

"你还敢再去坐一回吗？"M小姐把冰激凌最后一块蛋筒塞进了嘴巴里。

"嗯，不坐了，我有点头晕。"杰夫有一种气没上来的感觉。

"那好吧，那明天我们再来。"

"明天，明天还来？亲爱的小姐，明天再来的话我就直接从上面跳下来算了。"杰夫心想：你是不知道，我刚从鬼门关前回来。

"你啊，我问你，这回有没有心电感应的突突突了？"

"那倒是真突突了，快突突出来了。"杰夫摸了摸自己的胸口。

"你啊，虽然不年轻，但也不老啊，怎么那么忧郁？好像还有一点点虚弱。这样吧，不坐过山车也行，但你得答应我一件事。"

"又是什么事啊？"

"回头告诉你，现在我们去买东西。"M小姐拉着杰夫站了起来。

在游乐场的玩具商店里，M小姐给自己买了一个玩具小熊。

"过去每次我爸爸带我来游乐场，都会给我买一个玩具小熊。"M小姐拿着小熊对杰夫说。杰夫觉得应该买个更大的熊，毕竟今天所有的游乐项目都没有赚到任何玩具。

"这个给你。"M小姐塞给杰夫一个圆圆的小盒。杰夫打开小盒，里面是一盒亮闪闪的东西，杰夫拿出一片看了一下，是那种粘在女孩子包包上的金属亮片。

"这个太适合我了，你真会挑礼物，我要把这些粘在我的公文包上，再加上几条彩色的丝带。"杰夫笑着说。

M小姐没有搭理杰夫的揶揄，拿了一片亮片，撕掉背后的胶纸，然后把亮片按在了杰夫的胸口上。

"看，现在你也有心电感应了！"M小姐欢快地说。

开车回去的时候，杰夫觉得自己彻底恢复过来了，这多少有点出乎意料，因为此时已经感觉不到心脏在跳动，说明它工作得很正常。但即便如此，杰夫还是有点后怕，如果把今天的事情告诉自己的主治医生，恐怕医生会立刻把杰夫的心重新挖出来。

M小姐一反常态，不像来时那样兴奋得一直不停地说话，眼睛茫然看着车窗外，两只手抓着那个玩具熊，有点心事重重的样子。

"你是不是忘了什么事？"M小姐突然问杰夫。

"哦？什么事？"杰夫侧过头看着M小姐，这时看见M小姐手里拿着他的药盒，又像沙锤一样在手里摇晃。

"你忘了吃药！"M小姐胜利地叫道。杰夫确实忘了，也不知道什么时候药盒到了M小姐手里。M小姐从药盒里拿出一粒药，又扔进了自己嘴里。

"哎，你怎么又乱吃，这个真不能乱吃，快吐出来。"杰夫叫道。

但M小姐没有把药片吐出来，她忽然起身从副驾驶的位置一个跨步骑到了杰夫的身上。杰夫大吃一惊，他的视线完全被挡住了，前面马上就要进入一段弯路，杰夫猛踩了一脚刹车，又赶紧松开，死死地把住方向盘。这样的刹车急停让后面的主车愤怒地鸣起笛来。

"你干什么！"杰夫刚喊了一声嘴就被堵住了，M小姐把自己嘴里的药片吐到了杰夫的嘴里。杰夫觉得舌尖湿湿的，还有点甜。他刚刚想推开M小姐的，可现在却像被电击了一般无法动弹。杰夫再次踩住刹车，车速明显慢了下来，其他车的鸣笛声此起彼伏地响起，能听到轮胎摩擦地面那尖厉刺耳的声音，然后从身边呼啸而过。最后车猛地震动了一下，才完全停住。M小姐翻身回到了副驾驶的位置，而车已经顶在了路中间的隔离带上。

"多危险啊！我真是服了！"杰夫嘴里还含着药片，心脏再一次狂跳，完全不亚于刚才坐过山车的时候。

"以后我每天都喂你吃药。"M小姐目视前方若无其事地说，好像刚才什么都没有发生过，好像这是世界上最正常的吃药方式。

杰夫按了一下双闪，然后把头趴在了方向盘上。

"小姐，我求求你了，别这样了行吗，这样会把咱们两个人都害死的。"

"你是不是嫌弃我的口水？"

"我……哎……"杰夫把车开回到主路上，沿着最右侧车道，尽可能缓慢地向前开着，"答应我，以后真的不要再做这么危险的事了，可以吗？"

"可以可以，答应你还不行嘛。"M小姐说完，打开车窗，让风吹进车里。

"你刚才说还让我答应你一件事，是什么？"杰夫还有点心有余悸地问。

"我让你答应我，以后要快乐起来，所以，不许你上午去公园，假装读书然后虚度光阴睡大觉。你晚上和我一起夜跑！跑步能让人快乐！"

"哎。"

杰夫叹了一口气，知道这姑娘准不会轻易放过自己。

"好吧，我这条命是你的了。"

"嗯，可以。"

后面的路程，M小姐没再有危险的举动，两人都陷入了沉默。杰夫说要把M小姐送回家，但M小姐还是坚持让杰夫把她送回到公园门口。M小姐下车以后一蹦一跳地走了，没有回头。杰夫发现那只玩具熊被落在了座椅下面，他探着身子把玩具熊捡了起来。小熊的脑袋朝一边垂了下去，只连着一点线头，小熊的脖子是被用力撕开的。

杰夫没有马上开车走，而是坐在车里摇晃着小熊。他低头看见自己的胸口上还贴着那个金属亮片，伸手抠下来贴到断了脖子的小熊身上。

回到家里，杰夫把相机里的照片导入电脑，盯着照片中M小姐举着冰激凌的样子端详了很久。由于拍摄距离比较远，M小姐的身前被人遮挡住了一部分，所以照片拍得不是很理想，只能大概看见M小姐的半张脸。

杰夫发出了一封简短的电子邮件。

兄弟，我是杰夫，照片在附件里，麻烦你了。

电子邮箱里同事发来了资料，是从警局搞来的近几年来一些刑事案件的部分卷宗，杰夫由衷佩服同事的能力，连这样的保密资料都能弄出来。

没一会儿，同事发来了回复。

照片收到，不是特别完美，但也算有了线索，请耐心等待。

天黑以后，公园里变得愈加凉爽，还有阵阵的微风，灯光虽没有那么明亮，但也不至于看不清路，树影婆娑下别有一番景致。

杰夫认真准备了一身运动服、慢跑鞋，这么多年来郑重其事地参加一项体育运动这还是第一次。之前医生建议他最佳的运动项目是游泳，杰夫很听话，泳游得不错，只是不敢游得太快，大部分时间只能算是戏水。而这一次，在 M 小姐的要求下，杰夫的跑步生涯正式开始了。

"还真像是那么回事嘛！不错不错。" M 小姐一路小跑到了杰夫身边，上下打量一番。

"咱先说好了，跑是跑，但不能跑太快，咱们慢跑，好不好？"杰夫看着 M 小姐跃跃欲试的样子说道。

"想得美！" M 小姐笑嘻嘻地从随身小包里拿出一个发卡戴在头上，发卡上有一对儿粉红色的长耳朵。

"好看吗？"M小姐用手捋着长耳朵问。

"好看是好看，不过……"杰夫好像明白了什么。

"不过什么，好看就是好看！让我先来给你讲个故事。从前啊，有一只好看的小兔子和一只小乌龟赛跑……"M小姐一脸的不怀好意。

"停，这个故事我知道！我明白了，你要当小兔子，那我岂不成了乌龟！"

"你要是追上我，就让你当小兔子！"M小姐说完就朝前跑，杰夫只得追了上去。

很快杰夫就被迫停下，大口喘气，腰都直不起来了。

"怎么样，小乌龟？"M小姐假惺惺地抚摸着杰夫的后背。

杰夫摇头，表示不能再跑了。

"心甘情愿当小乌龟啦？"M小姐不依不饶，"好吧，看在你这么老实的分儿上，我要奖励你一下。"说完，她从小包里掏出一个东西递给了杰夫。

杰夫甩了甩头上的汗，站直身子接过那个东西，一看是一只运动手表。

"用这个测测你的运动成绩，它还能测你的心率。"M小姐帮杰夫把手表戴上，然后在上面点点戳戳地设置。她挨近杰夫，头发扫到了他的脸上，杰夫的心跳得更快了。

"弄好啦！"M小姐抬起头看着杰夫，杰夫的脸红得像个苹果。

"今天就到这儿吧。"杰夫气喘吁吁地说。

"好吧，明天继续。"

杰夫点点头,感觉心还在狂跳,他自己知道可能不完全是因为跑步。

M小姐在自己的小包里掏了掏,又取出一个东西,在杰夫的眼前晃了晃,发出了哗啦啦的响声。

杰夫一看,是自己的药盒。

"那天我就忘了问你,我的药盒什么时候跑到你那儿去了?"杰夫这才想起自己已经好几天忘记吃药了。

"我说过啊,以后都由我给你喂药,张嘴!"

杰夫顺从地张开了嘴,M小姐取出一粒药片扔了进去。虽然这一次不是用嘴给杰夫喂药,但杰夫也觉得这个药的味道变甜了。

"明天见!"M小姐说完就跑走了,头上的兔子耳朵一颤一颤的。

过了没多久,杰夫的跑步成绩有了显著的提高,能跟上M小姐的距离越来越长,有时候甚至能并驾齐驱一段。杰夫觉得自己的精力体力都愈发充沛,感觉这是有生以来自己最有活力的一段日子,他几乎完全恢复了工作,每天白天都在给报纸的专栏写稿子,隔三岔五晚上和M小姐来一次夜跑。

M小姐好像也发现了杰夫的变化,之前跑跑停停地等着杰夫跟上来,现在几乎是全神贯注地在跑,杰夫也在尽自己最大努力追赶,毕竟谁也不愿意当慢吞吞的小乌龟。但今天M小姐好像跑得格外快,杰夫在M小姐身后几步的地方紧追了一段时间以后,不得不放慢脚步停了下来。

"小乌龟,怎么了小乌龟,追不上啦?"M小姐转回头看着杰夫,两人虽然都在大口喘气,但明显杰夫略逊一筹,因为他面对M

小姐的讽刺没办法还嘴。

"小乌龟，来，看这里！"M小姐突然冲着杰夫撩起了自己的运动背心，杰夫的眼前一下子冒出来两团白花花的东西，他瞬间觉得全身的血都一股脑地奔向脑门，眼睛直勾勾地盯着那两只活泼的小兔子，喘气都差点忘了，再一次体会到了什么叫突突突的心电感应。

M小姐身上响起了嘀嘀嘀的声音，她放下衣服，从口袋里掏出了一个小仪器，上面有个电子显示屏。杰夫慢慢地走过去，看见屏幕上是他们跑步的位置，而那个嘀嘀嘀的声音是杰夫的心率报警。

"你的心率很高。"M小姐说。杰夫抬起手腕看了一眼运动手表，上面显示的心率刚刚到达了一个危险的峰值。

"这个……是……连在一起的？"杰夫指指M小姐手上的显示屏，M小姐点点头，把仪器放回了口袋里。

"刚才……你……"杰夫又指指M小姐还在微微起伏的胸脯。

"你没有听说过奶头解放运动吗？凭什么我们就要受到束缚。"M小姐慷慨陈词，杰夫则用尽力气让自己的表情正常一点。

"你不知道，其实每个女人都有把衣服撩起来的冲动，只是要撩给那个对的人，而且必须得搞突然袭击，那样才有意想不到的效果。是不是，有没有效果？"M小姐笑嘻嘻地说。

"我的意思是，你的胸口那里，真的有个亮晶晶的东西？"

"当然啦，我不是告诉过你好多次了，那个就是心电感应啊。"

"我不信，你让我仔细看看。"

"来啊，追上我就再给你看一次。"M小姐笑着又往前跑。

“回来，回来，我不追了。”杰夫实在是跑不动了。

“嗯，那好吧。”M小姐走了回来，“那就不跑了。可是总不能这么白白放过你啊，你也得撩起衣服给我看看吧，这样才公平。”

“我一个大男人的胸脯有什么好看的。”见到M小姐已经把手伸过来去拽自己的上衣，杰夫赶紧拼命躲闪，他知道M小姐什么事都干得出来。

“你怎么这么小气？连个胸脯都不给看，那以后我也不给你看了。”M小姐噘起了嘴。杰夫知道M小姐这是在假装生气，但同样也知道，自己做心脏移植手术的时候，胸口处留下了一道长长的伤疤，现在要不要把这件事告诉M小姐，他还在举棋不定。

“不是小气，只是不好看而已。这样吧，我答应你随便一件事，只要不是看我的身体就行。”

M小姐没有说话，只是把手轻轻放在了杰夫的胸口，杰夫仿佛能感觉到自己的心跳通过M小姐的手掌传导了出去。

眼前的M小姐好像一下子变得很陌生，在昏黄的灯光下，斑驳的树影落在她的脸上，整个面孔突然变得晦暗不明。刚刚跑步时出的一身热汗现在开始凉下来，似乎有一团冷气蹿进了身体里，顺着脊椎骨一直飘到后脑，杰夫忍不住打了一个寒战。

“你还会什么别的运动吗？”M小姐好像从某个梦境中醒了过来，冷不丁冒出来这么一个问题。

“我会游泳。”但杰夫说完马上就后悔了，总不能穿着衣服游泳，到那时M小姐就肯定能看到伤疤了，这简直就是自己给自己挖了一个坑。

"我们去野餐吧！"M小姐在杰夫的肩膀上重重地拍了一下，好像做出了一个关乎命运的重大决定。

"好的，没问题，这个我可以答应你。"

杰夫心里一阵窃喜，还好没说去游泳，这姑娘的思维太跳跃，永远不会按常理出牌，谁也不知道她脑子里到底想了些什么。杰夫觉得他永远跟不上M小姐的逻辑，他遇上的是一个精灵，也许她根本就不是这个地球上的生物。

"嘿，杰夫，我有好消息告诉你。"杰夫的原同事打来电话。

"哦，太好了，怎么样？"

"我查到了，照片上的女孩儿叫美得。你知道，拿这样的照片去比对成千上万人，成功的概率其实非常低，而且我手里也没有那么全的照片资料库。我在网络上搜索这张照片的时候偶然发现了一个相似度极高的人。"

"是这个女孩吗？她叫美得，这么古怪的名字。"

"应该是，因为你说过她自称M小姐，我搜到的是一位网络国际象棋锦标赛的选手，这个女孩的昵称就是M小姐。"

"哦，对，那就应该是准确的。"

"于是我又查了一下这个人的来历，她是代表一所大学参赛的，并且取得了不错的成绩。"

"等会儿，国际象棋？是国际象棋的比赛吗？"

"是的，是国际象棋，现在这类棋赛不是特别多，所以不会搞错的。"

"那她是在校的一名大学生？"

"是的，我也打电话到大学去了，说因为象棋比赛的原因想采访这个女孩，但是……"

"怎么了？"

"学校说比赛过后不长时间，她就因病休学了。"

"休学？因病？"

"是的，而且奇怪的是，校方现在也联系不到人，她的联系方式都变了，家庭住址也变了，联系不到她。她本来是个学习成绩很好的学生，智商很高，一直拿的是全额奖学金。现在休学超过一年了，本该回校报到一次，但她没有来。如果再不来，按规定就要将她开除学籍了，学校说这样的学生如果没能完成学业有点儿可惜。"

"嗯嗯，好的，我知道了。还有什么关于她的信息吗？她因为什么病休的学？"

"这个就不知道了，校方不愿更多透露。"

"哦，好的，这已经很不错了，多谢了兄弟。"

"别客气，有什么需要我帮忙的尽管说。"挂掉电话，杰夫觉得脑子有点乱，需要捋捋头绪。

M小姐看上去不像生病的样子，很正常，而且一直在一起跑步，如果有什么病肯定可以看得出来，除非是精神病。这姑娘倒是有点神经兮兮的，但无论如何也没严重到休学的地步。也不可能是经济上的原因，全额奖学金足够支付学习和生活的全部开支了，而且从她的衣着打扮和消费能力上看，也不会是到了上不起学的地步。

而且，M小姐不但会下棋，还下得很好，那为什么跟自己下棋

241

的时候要故意瞎走一气呢？

要先穿过一片树林，才是一处湖岸的平地，这里就是野餐的地方。

M小姐背了一个大包，鼓鼓囊囊的，不知道里面放了些什么东西。湖面挺大，湖水很平静，只有微微的波澜，有一座小栈桥延伸到湖水里。杰夫没想到离城市不远处的郊区居然还有这么幽静的地方，之前竟完全不知道，也不知道M小姐是怎么发现这里的。在杰夫欣赏风景的时候，M小姐已经把大包打开，把一块塑料布铺在地上，从包里掏出一盒一盒的食物：面包片、切好的火腿，还有一些葡萄和苹果。杰夫没有什么郊游野餐的经验，仿佛这些画面只会出现在电影里，自己则只是坐在黑暗中，静静地充当一名旁观者。

"看！"M小姐从包里拿出一瓶起泡酒，高高举起。

"我不能喝酒，我……我开车。"杰夫看着酒瓶说。当然杰夫知道，对于他这样有心脏问题的患者来说，是绝对禁止饮酒的。

"你可以喝一杯，法律允许你喝一杯。哎呀，我忘了带杯子！"M小姐在包里翻着，"快来，坐下，站在那里干什么？"M小姐一边说，一边撕开了瓶口的包装纸。

杰夫在M小姐身边坐下。

"砰"的一声，瓶塞飞了出去，泡沫溢出了酒瓶。M小姐两只手举起瓶子，对着瓶口"咕咚咕咚"喝了几口，然后把酒瓶递到了杰夫面前。

就算是被医生禁止，就算是会违法饮酒开车，但谁又能拒绝这样的共饮呢？自从认识这个姑娘以来，自己已经做了多少次以前从未做过的事，就算是穿肠的毒药今天也会把它一饮而尽。

杰夫猛地喝下一大口，酒味酸中有甜，像咬了一口没有完全成熟的李子，把沉睡的味蕾全叫醒了，这味道让人难以拒绝，杰夫忍不住又喝了几口才把瓶子放下。

"我们游泳吧！"M小姐大喊一声。

"游泳？"杰夫拿着香肠的手停在了嘴边。到这时杰夫才发现自己想错了，本来以为能避开游泳的事，但又被M小姐算计了。天气说不上炎热，风中已经有了些许凉意，水面虽好，但真的要在这野湖中游泳吗？

"裸泳吗？"杰夫又问了一句。

"想得美。"M小姐一把拽过身边的大包，从里面抻出一件泳衣来。"我带了泳衣。"

"我可没带游泳裤。"

"我帮你带了。"M小姐手里又多了一条黑色的男士泳裤，她把它扔到了杰夫身上。

"不许偷看啊！"M小姐拿着泳衣跑进了湖边的小树林里。

杰夫看看泳裤，解开了上衣的纽扣。刚才的那几口酒不但唤醒了味蕾，让浑身的血液加速流动，好像也在催促杰夫赶紧下水。杰夫伸手摸了一下胸口的伤疤，自己该如何解释呢？

"算了，你不要下水了。"没过一会儿，M小姐披着一条大浴巾回来了，杰夫慌忙把上衣拽紧。

"怎么？你不是帮我带了泳裤，怎么又不想让我游泳了？"杰夫有点意外。

"你别问了，就是，我改主意了呗。"M小姐的眼神有点闪烁。

"我还真有事情想问你。"杰夫说。

"你想问我的事情多了，但我不会告诉你的。"M小姐的语气一点儿都不亲切。

"嗯……我怎么感觉你今天怪怪的，是不是因为喝了酒的缘故？或者，是你想告诉我些什么？"

"如果我死了，你会不会心碎？"M小姐说道。

"告诉我，你是不是生了什么严重的病？"

"对，随时会死掉。"M小姐把浴巾裹得紧紧的。

"我没开玩笑，你真的生病了？"

"可以这么说吧，不过，现在已经不重要了。我想好了，不说这个了，我要去游泳了。"

"你等等，你想好什么了？"

"我要是死了，你就把我的心挖出来，放到你的胸口里，这样就好了。"M小姐一边说，一边扔掉浴巾跳进了湖里。

"你别瞎说！"

杰夫站起来跑到湖边，M小姐已经往湖中间游去了。她像一条鱼一样在水面上游弋，仰面朝天游泳，雪白的手臂划出水面，很快就游到了湖心。M小姐踩着水朝杰夫挥挥手，好像在喊着"快来啊"，又好像是在一列远去的火车上与送行的人道别，随后便沉入水中，消失不见了。

等了一会儿，M小姐没有出现在湖面上，杰夫望着湖水仔细寻找了一遍也没有看见她。"这鬼丫头又在搞什么恶作剧不成？八成是潜到水里想骗我下水。"杰夫心里想。又过了一会儿，还是没有M小姐的动静，杰夫起身走到了小栈桥上，在湖面上搜寻她的影子。突然他看见湖面上有道白影晃动了一下，能看出是一条腿伸出了水面，然后又消失了。

杰夫一把扯掉自己的上衣跃入水中，奋力朝湖心游去。他没想到湖水会如此冰冷，杰夫觉得浑身上下像有无数尖刺在扎自己的皮肤，肌肉一下子绷得紧紧的，所有毛孔都瞬间闭合上了。难怪M小姐会抽筋，水太凉了。杰夫顾不上控制划水的节奏，尽可能用最快的速度朝前游，不时地有水灌进嘴里。等游到湖中央的时候，水面上哪里还有M小姐的影子。杰夫深吸一口气，潜入湖水中。湖水虽算不上清澈见底，但能见度还可以，杰夫努力睁开眼睛，在自己的周围寻找着M小姐的踪迹，一直到胸口发闷，无法继续憋气才不得不浮上水面换气。突然，他觉得心里一阵绞痛，好像被人捅了一刀，一下子就没了力气。

杰夫心里喊了一句"完了"，用尽全身的力气划水，脑袋将将露出水面，但还没来得及换气就又沉了下去。就这么一沉一浮好几次，只觉得全身的肌肉都缩到了一起，整个人团成了团，开始慢慢下沉。

这时，一只手抓住了杰夫的胳膊，把他往上拽，杰夫顺势蹬了几下水，终于把头露出了水面。

"你为什么要来？"是M小姐。

"我……以为你，抽……筋了，看不见……你了。"杰夫的视线有点模糊，牙齿在不住地打战。

"你就游过来救我了？"

但杰夫没有回答，因为嘴里刚刚灌进一大口湖水，M小姐把杰夫的手放在她肩膀上，以便让他的头保持在水面之上。

"你为什么要来？为什么？"M小姐一边恨恨地说，一边带着杰夫往湖边游。

"我……没事，就是，刚才……游得猛了。"杰夫觉得湖水冰冷刺骨，刺透了皮肤和肌肉，寒气一直往心里扎，每一次划水都觉得无比吃力，同时还异常困倦，很想就此睡下，不再醒来。

M小姐拽着杰夫游，时不时地说着什么，杰夫勉强保持住意识不溜走。杰夫知道，如果没有M小姐带着，自己肯定会淹死在湖里。

回到岸边，M小姐把大浴巾盖在杰夫身上，帮他擦抹着头上、身上的水。杰夫控制不住地打哆嗦，嘴唇青紫，脸色煞白。

"淹死我多好，把我的心换给你。"M小姐一边说，一边用手指轻轻地抚摸那道竖在杰夫胸口的伤疤。

"小……小……小乌龟，会……会……会游泳，不会让你淹死的。"杰夫一边抖一边说。

M小姐一下子吻在了杰夫的嘴唇上，这一次，她的嘴里没有药片。

杰夫逐渐停止了颤抖，尽情享受着这期待已久的热烈亲吻。甜蜜湿润的吻打开了杰夫心里的一个开关，所有美好的感觉都奔涌而来，天空中仿佛洒下一片幸福祥和的光芒，把他整个人都笼罩在里面。这时候杰夫百分之百地相信，这个世界上真的有心电感应。

M小姐推开了杰夫，杰夫看着她，发现她的眼神有点茫然，完全没有了之前的灵动，仿佛瞬间换了一个人。刚才这一吻，却好像反倒关掉了M小姐心里负责快乐的那个开关，她的表情异常冷峻。

"你怎么了？"

M小姐轻轻摇摇头。

"是因为这个吗？"杰夫指指自己胸口的伤疤。"其实我一直都想告诉你，真的没想欺骗你，只是，一直……"

M小姐嘴唇抿得紧紧的，再次摇摇头，杰夫没有继续说下去。

"你休息一会儿，我们回去吧。"M小姐冷冷地说，拿起自己的衣服往小树林走去。杰夫如同掉进了云里雾里，不知道自己到底哪里做错了。

回去的路上，M小姐的眼睛直直地看着前方。杰夫刚一开口想说什么就被制止，杰夫数次想要解释一下胸口的伤疤，也都被制止了。车刚一开进城里，M小姐就让杰夫在路边停了车。

M小姐把手放在了杰夫的胸前，使劲儿按了一下。

"傻子，压根儿就没有什么心电感应，我骗你的。"M小姐的语气比刚才的湖水还冷。

她拉开了衣服，露出了大半个乳房，把胸口上的那个金属片摘了下来，杰夫看见，在金属片的下面是一个圆形的伤疤。

M小姐一抬手把金属片扔出了车窗外。

"现在，心电感应没有了，以后也没有了，不会再有了。"

"告诉我，你到底经历了什么？美得小姐。"

M小姐瞪大了眼睛看着杰夫，那眼神中满是惊恐。

"你怎么知道我的名字？调查我了？不！不要！"

"不要什么？"

"就到此为止，好吗？"M小姐几乎是在哀求，眼泪瞬间滑落。

"可是……"

"不，不要再问我了，都是我的错，我太坏了。你回到你的生活里去吧，就当我没有出现过，好吗？"

"你像天使一样降临到我的身边，然后，我的心就……"

"那不是你的真心！"M小姐一下子变得声色俱厉。杰夫觉得此刻M小姐的眼神异常凶狠。

"不是我的真心？这话是什么意思？我们之间肯定有什么误会，咱们好好谈谈行吗？我也算是死过一次的人了，没有什么不能接受的。"

"答应我，不要找我，我不是你的天使，不要逼我做魔鬼。我也不会和你再见面了，杰夫。"

没等杰夫再说什么，M小姐就拉开车门下了车，使劲儿地挥手让杰夫开走。

杰夫的心脏再次袭来一阵绞痛，甚至比心脏移植之前的时候都更猛烈些，杰夫捂着胸口趴在了方向盘上，感觉自己不是坐在车里，而是依旧沉没在冰冷的湖水里，黑暗、浑浊、令人窒息。杰夫拼命深呼吸，只能用这种办法把自己拉出那个看不见底的深渊。过了不知多久，杰夫才慢慢抬起头，M小姐早已消失不见。回到家，杰夫倒在床上昏睡了过去，直到第二天中午才被电话叫醒，感觉极度疲惫，脑袋昏昏沉沉的，浑身酸软无力。

"杰夫，稿子弄得怎么样了？什么时候能交稿啊？"电话是原同事打来的，杰夫这才想起今天是要交稿的日子。

"不好意思啊兄弟，昨天不大舒服，现在刚睡醒。"

"哦，好吧，那我先换一篇稿子顶上去。你怎么了，还是心脏的问题？"

"嗯，是，怪我自己。"

"之前你哪有过不按期交稿的时候啊？是不是因为你查的那个姑娘啊？怎么了，被姑娘伤了心了？"

"可能是吧，哎……对了，现在有一点新情况。"杰夫想起了一件事。

"哦，什么情况？"

"我刚发现，她的胸口上有一处伤疤，我看着像枪伤。"

"枪伤？"

"对，我过去报道一起案件的时候见过枪伤，跟她这个伤疤非常相似，我估计可能这就是她休学的原因。"

"那你的意思是让我帮你查一下她的这个枪伤？"

"是这个意思，我想知道这个枪伤是怎么来的。"

"嗯，我手头有近一两年内本市枪击案的材料，我去查一查。你好好休息，有消息我通知你。"

"好，多谢兄弟。"

休息了两天之后，杰夫恢复了晚上去公园跑步，还是按照之前的路线跑，只是跑得很慢。公园里没有了M小姐，除了杰夫以外，当然没有其他任何一个人觉察到这一点。M小姐说跑步能让人快乐，但杰夫觉得自己的快乐被人偷走了，并且永远都不会回来。现在的每一天，他都像一只失魂落魄的丧家之犬，拼命想在空气中嗅到短短几天前还飘荡在林荫小路上的幸福气味，但一切都是枉然，杰夫的整个世界都没有了M小姐的痕迹。

杰夫甚至有点怀疑所有的这一切都是自己幻想出来的，是自己心脏手术的副作用。但这又怎么可能呢？那些感觉如此真实，自己又如何能幻想出这样奇特的一个女子？但她为什么又会有这么多异乎寻常之处？怎么就又突然消失了呢？她到底在哪里？

在小公园里，杰夫突然发疯似的加速快跑，一直跑到五脏六腑都坍缩到一起，跑到心要从喉咙里跳出来，跑到大脑接近空白，跑到M小姐不再占有他整个灵魂的时候，才会稍微好受一点。就在这时，杰夫听到了嘀嘀嘀的声音，低头看了一下手腕上的运动手表，那个M小姐送给他的礼物，手表上正在显示他的心率报警。

杰夫猛地抬起头，他忽然意识到M小姐可能就在附近，因为那个嘀嘀声并不只是从自己的运动手表里发出的，就在离自己不远处，也有那个嘀嘀嘀的声音，而同时发出警报声的一定是那个关联了他心率的小仪器。

杰夫朝着那时断时续的声音跑去。

"不能慢，更不能停下，如果心率降下来了，那关联的仪器就不会发出声音。"杰夫心里想。

杰夫跑得更快了，一直跑出了公园，那嘀嘀声已经变成了持续不断的长音，杰夫的两条腿开始左右晃动，很难跑到一条直线上了，头也开始剧痛，胃里不断翻涌，喉咙里一股腥味。嘀嘀声戛然而止，好像是被人关掉了，杰夫踉跄几步站住了，此时他已经跑进了公园旁边的墓地。

墓地比公园更加阴冷些，杰夫打了一个寒战，一身热汗瞬间变得冰凉，身子好像又掉进了湖水里，虽然脸上的汗珠还在不停地往下滴落，但却感觉不到一丝暖意。浑身的肌肉抖个不停，心脏也改变了跳动的节奏，跟着身体一起颤抖，每一次加速跳动都让心变得更坚硬一些，好像逐渐变成了一块冰。

杰夫觉得眼睛前面蒙了一层雾，视线变得非常不清晰，但依稀看到一个人影从墓碑后面闪了出来。

是 M 小姐！杰夫努力朝前走去，但"啪"的一声摔倒在地上。

二

一颗雨滴从空中落下，砸起一股小小的尘烟，青草和树木尽力伸展枝条叶脉，迎接雨水的润泽。夜鸟惊飞，扶摇直上在空中优雅地盘旋，并不在意羽毛被淋湿，仿佛一切风吹雨打都早在意料之中。世界依旧以它独有的方式运行，生老病死悲欢离合也都没有任何特别之处。斗转星移，旭日东升，湿漉漉的林间小径上晨跑的人已经在享受略显清冷的空气。冬天来临之前，青草的颜色变得更加浓烈，淡黄色的野花挺直腰身，不肯错过那转瞬即逝的短暂晨光。

"早上好，杰夫先生，今天感觉怎么样？"

杰夫的目光从病房窗外的雨景那里转回来，看着眼前的医生。

"嗯，挺好的。"

251

"你知道你现在在哪里吗？"医生问。

"知道，我现在在医院里。"

"你记得发生了什么吗？"

"记得，我摔倒在公园里，跑步的时候，嗯，确切地说，应该是在那个墓地。"杰夫回答道。

"嗯，很好，前几天你的意识有点模糊，看来今天恢复得不错。"医生的脸上露出了满意的微笑。

"你被送来的时候很危险，按我们惯常的话来说就是，要是再晚来一会儿，恐怕就……嗯，对。当然，能把你救回来呢也是有原因的。其一就是个人意志，是那种强烈的求生意志；另外一点就是在救护车到达之前，你的朋友一直在给你做心肺复苏，就是心脏按压，这一点也很关键。"

"我的朋友？"杰夫的眼睛里闪过一丝光。

"对，当时的急救医生跟我说了一下，墓地管理员叫的救护车，救你的是个女孩子，我们到达以前她一直在对你进行急救，多亏了她，要不你可能真的没希望了。不过，即便如此，你的情况还是非常严重。"

"我的心脏是移植的。"杰夫说。

"是的，这个我知道。你听我说，即便是普通患者，如果心脏骤停这么长时间，生还的概率都很小，何况是你这种情况。而且经过检查发现，你这颗移植心脏的排异反应很糟糕，按说早就该出问题了，但奇怪的是，之前好像都没有出现特别严重的症状，这不太符合常理。"

"我一直在跑步。"

"那就更奇怪了，医生绝对不会建议一位心脏移植患者去参加剧烈的、高强度的体育运动，但运动好像使你的排异反应变得没那么明显，反而让你的心脏变得更强壮了。很明显，大概几个月以前，抗排异的药物变得不起作用，结果正是因为一直跑步才让你没有很快倒下。"

"我有点不大理解，排异药物不起作用？我一直都在吃药的。"

"对，我们也是不理解。你知道，医生并不是全知全能的，人的身体非常奇妙，很多时候的很多现象我们也无法解释，比如你这种情况就是，抗排异药物在你身上就失效了，这一点，我们不清楚原因。"

"哦，那，我现在的心脏……"

"移植的那颗心脏已经不能再继续用了，你心脏骤停的原因就是在剧烈运动之后它衰竭了。"

"我的脑子现在可能还不是很清楚，如果这样的话，那我岂不是应该……死了？"

"我只能说你非常幸运，因为现在已经有了可移植的人工心脏，在你移植的那颗捐献心脏停搏以后，我们立刻手术，给您换上了一颗人工心脏，现在就是这颗人工心脏在你体内工作，而且术后恢复得很好，完全没有生命危险了。"

"人工心脏？"

"是的。"医生指了指杰夫的前胸。杰夫拉开自己的上衣，在心脏的位置有一枚金属片。杰夫用手指轻轻按了一下那个金属片，没

253

有任何感觉。

"这个是人工心脏体外充电的触点，每隔半年充一次电就可以了。"医生解释道。

杰夫低头看着这个金属片，圆圆的，亮亮的。

"医生，我问您一个问题：有没有这样一种设备，也是贴一个这样的金属片，它能让人产生心电感应，就是当你遇到一个……比如说，你爱的人的时候，那个装置就能让你感受到心动的感觉。"

"据我所知还没有你说的这样的设备，我不知道哪位科学家会去发明这样的一种设备，产生爱一个人的感觉还需要外力的帮助吗？你刚刚经历了一场大手术，身心完全恢复还需要时间，别心急，也别胡思乱想，多休息。"医生说完，转身要离开。

"医生，请问救我的那个女孩子呢？您知道她在哪儿吗？"

"急救以后就再没见到过她，抱歉。哦，对了，还有一件事，那颗替换下来的移植心脏现在在我们医院冷冻保存，你可以委托我们销毁，如果希望带走，提供一下当时的捐赠文件就行。"医生说完，走出了病房。

人工心脏？杰夫把手按在胸口那个金属片上想，在这短短的不到一年的时间里，人工心脏就能给患者用上了，科技进步实在是太快了，怎么就没有可能真的发明出心电感应的装置呢？要是没有心电感应，M小姐为什么会出现在自己的生活里？杰夫的脑海里又浮现出M小姐第一次坐在公园长椅上的样子。

"杰夫！"病房的门被推开了，进来的是自己的那个前同事。

"嘿，兄弟，你来了。"

"这几天一直想来，刚把手头的稿子交了。你怎么样？看上去气色不错啊。"

"又死一回，老天爷待我不薄。"

"哈哈，别这么说，你也真是命大。对了，上次你让我查的那个枪击案我找到了。"

"啊，真的？你可真厉害！快说说，是个什么案子？"

"是一起抢劫案。一个劫匪抢了一对父女，在地下停车场。那个父亲车里也有枪，和劫匪对射，但不幸被打死了。劫匪也打中了他的女儿，万幸的是，她的女儿抢救回来了，据说子弹离心脏只有一厘米，再偏一点就没命了。"

"那个女儿就是 M 小姐？我是说，是美得小姐？"

"没错，就是她，名字没错，还有她的一些身份信息，年龄啊什么的也都对得上。"

"嗯，应该是的，我听她说过她父亲是因意外去世的，她父亲去世以后就没有其他亲人了，但是不清楚为什么伤好以后没有回去上学。"杰夫好像是在自言自语。

"你是怎么和这姑娘扯上关系的？看材料也没什么不对劲的地方，这些情况也没必要保密。"

"我不知道，反正一切都很奇怪。"

"好吧，回头我把案件材料发给你，有空你可以看看。"

"好嘞，多谢多谢。另外，那个劫匪后来抓住了没有？"

"当时就抓住了，因为这家伙也挨了老头一枪，没跑几步就倒下了，几天后死在了医院里。"

255

"哦，是这样啊。"

出院以后，杰夫又恢复了每天上午去公园的习惯，还会坐在之前的那张长椅上，只是杰夫不再带着一本书，不再假装看书。现在，杰夫想做的只有一件事，就是虚度光阴，什么都不做，什么都不想。

天气已经转凉了，公园里晨跑的人少了许多，来这里散步的老人已经穿上了大衣。杰夫也是，找出一件短呢大衣，把两只手揣进口袋里慢悠悠地踱着步子，最后在长椅上坐下，俨然一副苍老的状态。而那颗人工心脏并不知道杰夫的心思，默默地跳动着，既不快，也不慢。

但杰夫无法忘掉胸口上那个圆圆的金属片，总爱把手伸到衣服里面去摸一下它，好像只要那个金属片在，那颗心就还在，心电感应也还在。心电感应，杰夫无法忘掉，已经有太多次杰夫想抹掉所有记忆，但都失败了，他无法忘掉那种心电感应的感觉，也无法忘记 M 小姐。当然，杰夫也完全不再奢望能在公园里遇到 M 小姐，她消失了，彻底消失了。

今天有点风，公园里几乎没有人，杰夫在长椅上坐了一会儿，迷迷糊糊地好像又睡着了，忽然感觉身边有人，猛地惊醒。在他的旁边坐着一个人，一个姑娘。杰夫觉得有人把一根长竹签扎进了自己的耳朵，脑袋瞬间麻木了。他稍微缓了一下，又侧过身子仔细看，原来那姑娘是一个晨跑者，可能是跑累了坐在这里休息一下，她礼貌地对杰夫点了点头，微笑致意。

杰夫觉得身上冷得不得了，浑身僵硬，站起身来离开了那里，沿着小路朝前走。

杰夫的脑子里闪现出M小姐的种种行为。

公园中央的喷水池已经不再喷水，也没有孩子在那里嬉戏玩耍，只有风无声无息地刮过，一切都静悄悄的。杰夫走到了棋桌前坐下，恍惚觉得M小姐又坐到了对面。

"咱俩下棋吧！"

杰夫仿佛听见了M小姐的声音。杰夫拿起了控制棋子的磁性手柄，手柄吸住了棋子。

"为什么会说有心电感应，那种产生爱情的磁力？为什么会骗我说有这样一种东西？"杰夫在心里念叨着。

M小姐的棋子移动到了会被吃掉的位置，杰夫的兵把她的棋子吃掉了。

"虽然没有这样的东西，但那种心动的感觉却是如此真实，比如坐过山车，那是有生以来我第一次坐过山车，那种经历和感受一辈子都不会忘掉的。我不应该答应她去坐过山车，去做那么危险的事情，可是……是我自己也在骗她呀，一直都没有告诉她心脏移植的事情，她不知道我的这颗心脏是移植的，她不知道。"

"但是，如果她知道呢？"杰夫被自己的想法吓了一跳。

M小姐的又一枚棋子杀了过来，杰夫的棋子躲开了。

"如果她知道，那拉我去坐过山车就等于是在要我的命。"

这个想法一旦冒了出来就很难再压下去。

"她难道是为了害死我？没有理由啊？我和她没有交集，完全的陌生人，她为什么要害死我？而且她是那么可爱，那玩具商店里

257

的小熊，那些亮亮的贴片，回去的车上往我的嘴里喂药。"想到这里，杰夫的心又动了一下。

"药片，药片。在咖啡馆的时候，她把药片放进了自己嘴里。如果她知道我的心脏是移植的，那就肯定能想得到是抗排异的药物？"杰夫下意识地摸了一下口袋，在那个旧短呢大衣的口袋里，还有过去剩下的药片。

虽然现在安装了人工心脏，不需要吃抗排异药了，但杰夫还是掏出一片药放进了嘴里，苦涩的感觉慢慢充斥在整个口腔。

"可是，M小姐喂的药却带有一丝丝的甜味。难道，她把药换掉了？所以从那个时候起，抗排异的药物就失效了！"

M小姐的又一枚棋子移动过来，对杰夫的王造成严重威胁。

"但是不可能，她还拉着我一起跑步。她说跑步能让人快乐。"杰夫的眼前好像又跳出了那两团白花花的东西，还有那上面亮亮的金属片。

"跑步也有可能会害死人的。"杰夫的耳边好像又响起了嘀嘀的声音，那个与运动手表关联的、关联心率的小仪器。

"她在监测我的心率，她知道我的心脏什么时候会有危险，也就是说，她知道我什么时候有可能会猝死。"

冷风不停地从杰夫的脸上刮过，但杰夫的额头却渗出汗来。

"不对，这不可能，如果她想害死我，在野湖里游泳的时候她完全可以不管我，我肯定会淹死在那个湖里。"

杰夫的棋子挪动到了一个暂时安全的位置，M小姐的棋子没有追杀上来。

天使杀手，她说她是天使杀手。

"我叫夺命天使，专门夺你的命来的，害怕不害怕？"M小姐的声音又在杰夫的脑袋里响起。

杰夫猛然从凳子上蹦了起来，但周围除了他以外一个人也没有。

"但，为什么在湖边的那个吻之后，M小姐像变了一个人，然后就消失不见了呢？"杰夫回答不了自己提出的问题。

M小姐的棋子在棋盘上胡乱地走。

"到底是天使还是杀手，抑或两者都是？可是，动机是什么？从未谋面的两个陌生人，她做这一切的目的是什么？就这么突然地出现，又突然地消失。消失，但没有完全消失，在墓地，我跑到了墓地，我的心跳已经到了极限的时候，我倒下的时候，她出现了。她达到目的了，她杀死了我，她用消失的办法杀死了我。"

杰夫把自己的王放到了送吃的位置上。

"跳进湖里是我自己送死去的，狂奔导致心脏衰竭也是我自己送死。而她再一次，救了我！"

杰夫站在棋桌旁，眼睛看了看桌上的残局，两只手在脸上狠狠搓了几下，好让自己抖得没那么厉害，然后离开棋桌朝前走去，从背后看就像一个已经行将就木的老人。

杰夫吓坏了，一遍一遍地回忆与M小姐在一起的那些时刻，一会儿很笃定地认为M小姐就是要害死自己，一会儿又马上被自己推翻，被混乱和矛盾完全吞噬掉。走着走着，他已经穿过公园，走到了公园旁边的墓地。

墓地很安静，一个人都没有，杰夫沿着墓碑中间的小路往前走。

墓碑上的每一个名字都曾经是这个世界上鲜活的生命，而如今皆长眠于此。M小姐最后出现的地方是一处普通得不能再普通的墓碑，可能是整个墓地里最便宜的那种，墓碑上面没有任何装饰，那些夏季疯狂生长的杂草几乎已经遮住了墓碑上的名字。杰夫左右看了看，应该能确定这里就是那个夜晚自己倒下的地方，这里也是M小姐最后出现的地方。

杰夫拨开杂草，看了一下墓碑上的名字，这是一个叫凯乐的人。这个刻在石头墓碑上的名字被人用利器狠狠地画上了一个大大的×。

凯乐，杰夫张开嘴，瞪大了眼睛，因为他不会忘记，当初他移植心脏的提供者就叫凯乐。再仔细看墓碑上的生卒年月也刚好就是那个时间。自己曾经来过这个墓地不知道有多少次，从来没有想过自己的心脏提供者就葬在这里，而那颗移植到自己身体里的心脏，也是在这里完成了它的使命。

杰夫看着墓碑上的名字，心想这个世界上可能真的有心电感应，把自己领到了这里。可是M小姐为什么也会出现在这里，难道是巧合？

三

当杰夫打开电脑，收到同事发来的一封邮件以后，终于明白这不是什么巧合。同事发来的是当时那起抢劫枪击案的材料，材料中详细记录了案发的全过程以及受害人的姓名，当然也有那个抢劫杀人犯的名字，凯乐。

"原来我移植的是一个杀人犯的心脏，而这个杀人犯杀害的正是M小姐的父亲。"杰夫看着这个名字僵住了，感觉呼吸都停止了。

"M小姐无法容忍这个凶手的一部分还活在世上，于是才接近我，她想要杀掉的不是我，而是这颗心脏。她所做的一切都是这个目的，过山车、抗排异药物、跑步、游泳，都是为了杀掉这颗心脏。但是，也许是在湖边，她在小树林里看见了我胸口疤痕的时候，她放弃了，放弃了杀掉这颗心脏的计划，她无法做到在杀掉那颗心脏的同时也杀掉我。她无法面对这两难的局面，所以选择了远离我，永远不再见面。但是她没有想到，这样的远离反倒让她的计划成功了，那颗心，死了。"

杰夫回到了医院，在这里还有件事情没有办完。

"您好，我叫杰夫，曾经在这里做过人工心脏移植手术。当时医生告诉我，我之前换下来的移植心脏保存在这里，我可以把它领走。"

"好的，请稍等，麻烦您提供一下当时的捐赠资料。"

杰夫把一份资料递给那名医院的工作人员。

"核对完了，没问题，您在这里签字，一会儿会给您送来。"

"谢谢。"

杰夫怀里抱着一个小箱子，按响了一处公寓的门铃。门开了，开门的正是M小姐。

"杰夫？"M小姐惊呼一声。

"你真不好找，我几乎动用了所有的关系才找到你。今天我来，是带给你一份礼物。你曾经说过，不接受我的任何礼物，除非是这颗心。"说完，杰夫打开了冷藏箱，里面是一颗冷冻着冒着白气的干瘪的心脏。

"杰夫！"

杰夫拉开了自己的上衣，露出那个人工心脏圆圆的金属片说："现在，我也有心电感应了，它正在突突突地跳个不停。"

救　赎

只有一件事是清楚的，那就是自己没有被释放，没有过上自由的生活，他还在这里，无论牢门是否被锁上，他都永远无法逃离这里。那个被他咬了一口的苹果好像张开了的大嘴，正在狂笑，笑话他痴心妄想。

杰夫睁开眼睛，花了将近一分钟的时间搞清楚自己在哪儿。

他曾经在数不清的地方醒来，公共汽车站的长椅上，人家的苹果树下，小旅馆的房间里，画材商店的屋檐下……这一次，他坐起身，环顾了一圈以后才最终确定，自己还是在那间牢房里。

杰夫感觉自己只睡了一秒钟，甚至连一秒钟都不到，可能只有零点一秒。牢房里没有钟表，也没有窗户，无法知道现在是清晨还是傍晚，更无法知道确切的时间。

时间是个奇妙的东西，很多时候你根本感觉不到它的存在，但它又无时无刻不在。在这间牢房里，时间好像滞涩住了，冰冷且僵硬，弥漫着一股沉沉的死气。

杰夫坐起身，用手指拢了拢头发，算是完成了今天的洗漱。这是一间非常普通的牢房，有一张窄床，床上有一个薄得不能再薄的床垫，铺着粗布床单。一张跟蒸汽火车硬座车厢里差不多大小的桌子连着一个小圆凳，桌子凳子都是黑铁做的。墙边有一个洗手池和一个坐便器，是不锈钢的。所有这些器具都用特制的螺丝固定在了地面上。牢房的墙上凹进去一个大概五十厘米见方的格子，里面整齐地叠放着一套灰色条纹囚服。牢房里的光线很暗，视力再好的人在这里也无法看清东西，因为这里唯一的光源来自牢门上的一个小栅栏窗，透过这个小窗户，外面走廊里的灯光散射进来，让不锈钢制品反射出一种幽暗的银灰色。

杰夫确信自己已经无数次从这个牢房里醒来，可每次还是要重新审视一遍眼前的所有物品。

他总有一种感觉：自己第一次来这里，来到这间没有任何能让人记住特征的牢房。虽然之前也被关起来过，但都是被关在那种肮脏的、散发着尿臊和呕吐物气味的大房间里，靠墙有一道混凝土做的台子，上面永远蜷缩着某个装睡的人，角落里也一定有人蹲坐在地上，把脑袋尽可能深地埋进胳膊里。每当有警棍敲击铁栏杆的声音响起，所有人都会抬起头来，看看有没有可能是自己被释放，当然更有可能的是换进一间只有一两名狱友的普通牢房。

而这里不一样，这间屋子里没有其他人，这里只有一张小床，说明过去和以后他都不可能拥有一名狱友。杰夫伸手摸了摸黑铁小桌子的边缘，想让冰冷的金属感刺激一下神经。但并没有什么清醒的效果，反倒让神经更加错乱地搭在一起，因为看上去刚才摸过的地方比其他地方更亮些，杰夫怀疑自己每一次醒来都会先摸一下这个地方。

就在杰夫坐在床边胡思乱想的时候，牢门"咔嗒"一声响，门的最下面靠近地面的地方推进来一个长方形的盒子，杰夫起身两步走到门边蹲下身子，盒子里有一盘和地面颜色差不多的汤和一个苹果。杰夫把汤和苹果放到桌子上。这可能是世界上最小的苹果，大约只有婴儿的拳头大小，吃起来没什么滋味，甚至可以说完全没有滋味，既不酸也不甜，汁水也没有。把它放进嘴里，会觉得是在吃一团已经糟朽了的干抹布，之所以还能知道它是个苹果，是因为脑

266

子里有个声音告诉他这是一个苹果，应该把它吃掉，否则他根本不知道自己吃的是什么东西。

杰夫一边啃着苹果，一边用指甲在墙上划出一条道道。墙面也是黑色的，不是很坚硬，指甲在上面能留下一道清晰的凹槽。但明天要换一面墙划了，因为这面墙已经没有了划道道的地方。

吃完苹果，杰夫开始了可能是一天中最重要的一件事：用手指蘸着那盘汤，在桌子上画出一个苹果的形状来。杰夫从来没有想过要尝尝那盘汤的味道，它的功能就是用来画苹果。杰夫喜欢画苹果，当初开始学画画的时候，老师拿来一个苹果放在了桌子上，学生们第一堂课就是画那个苹果。杰夫是画得最好的，老师表扬了他，并且把那个作为参照物的苹果也奖励给了他。杰夫当着全班同学的面吃完了苹果，可能因为当时太紧张，现在怎么也想不起来那个苹果的味道如何。黑铁小桌子上杰夫画的苹果依然很出色，丰腴饱满，唯一美中不足的是缺少了一点苹果该有的颜色。

杰夫把吃剩的苹果核扔进了马桶里，把汤也倒进了马桶里，然后把餐盘放回了牢门下面的盒子里。

杰夫趴在地上，想透过盒子的缝隙看看外面送餐人的脚，但盒子挡得很严实，什么都看不见。他"咣当"一声把盒子推了出去，牢门又恢复了平整。杰夫看着平整的牢门，总感觉丢失了一部分记忆，只记得自己好像犯了某种重罪被抓了起来，至于自己是怎么被关到这里来的却想不起来。他曾一度怀疑有人在那盘灰色的汤里面下了某种让人丧失记忆的毒药，于是只敢吃那个貌似无害的苹果，但过了一段时间以后依旧什么都想不起来。杰夫每天也要在那个马桶上坐一下，但仅此而已，从来没有拉出过屎来，那只是每天的例行功课之一，那卷洁白的手纸一直立在那里从没见它瘦过。杰夫在小床上坐下，眼睛盯着脚下的地面，灰黑色的地面仿佛是一块幕布，每次都能把脑子中的画面投射到这块幕布上。但是脑子里有什么画面呢？脑子里漆黑一片，什么都没有。而那幕布上就出现了一个黑洞，黑洞的范围越来越大，直到把杰夫连同牢房里的一切全部吞没。

杰夫再次醒来，照例又花了一分钟搞清楚了自己是待在这间牢房里。

一切都一样，都一样，与之前或者之后的无数日子没有任何区别。

这些日子不是一天接着一天依次到来的，而是平铺在那里，等着你来抽取。其实随便抽出哪一天来过都无所谓，因为每天都是一模一样的。虽然略显无聊，但也有一个好处，那就是过这样的日子好像永远都不会死，能一直活着，一直活在同一天里。

杰夫曾经大声朗诵过自己记得的所有诗词，也曾经把会唱不会唱的所有歌曲都唱了一个遍，甚至一人分饰多个角色，把曾经看过的电影自己都表演了一遍。但无论怎么折腾，在醒来的时候，还是会不知道自己在哪里，而且无论怎么折腾，也没有人来打扰他，没有人来阻止他，当然也没有人为他的精彩表演鼓掌叫好。牢房里没有纸笔，没有汤的时候杰夫也蘸着洗手池里的水在小桌子上画苹果，只可惜这些水蒸发得太快，画作无法留下，每次都会以肉眼可见的速度消失殆尽。

能留下的只有墙上那些指甲划出的道道。

杰夫的眼睛在四处搜索，需要找到一面新墙来划道道。放衣服的格子上面有一块地方不错，就是稍微高了点，需要扒着格子的凸起部分才能够得到。

"咔嗒"一声响，门下的盒子被推了进来，杰夫两步走到门边，却没有趴下身子，而是两眼直勾勾地看着推进来的餐盘。餐盘里有和地面颜色差不多的汤，但是没有苹果。

杰夫愣了片刻才又行动起来，迅速趴下，把汤盘从盒子里拿出来，怀疑苹果是滚落在了盒子最里面，他伸手在盒子里左右来回扒拉，可还是没有苹果。就连牢门四周的地面都摸了一遍，也没有苹果的影子。

杰夫爬起来，在牢房里来回走动，嘴里念叨着：没有苹果，没有苹果，没有苹果我怎么划道道，没有苹果我吃什么，为什么今天没有苹果。就这么来回走了几圈，又跑回到牢门口。他们准是忘了，忘了给他放在盒子里。于是他猛地把盒子推了回去，但等了半天也不再有动静，盒子没有再被推回来，苹果当然也没有来。杰夫想把盒子拉回来，但那缝隙太小了，手指根本抠不进去，盒子拉不回来了。杰夫把汤盘摔在了牢门上，汤盘立刻碎了，汤洒落一地。杰夫的两只拳头拼命地捶着牢门，发出"咚咚"的响声，不知道敲了多久才停下。周围一片寂静，连一丁点儿回声都没有。

"咔嗒"一声，牢门再次发出了声响，杰夫低头看，但什么都看不见，因为眼前一片漆黑。牢门下的盒子没有被推进来，那"咔嗒"声是从牢门上的小栅栏传来的，那个小栅栏从外面被关上了，牢房里顿时没有了光线。

杰夫花了一点时间来思考这个问题，这可能是他的举动唯一一次得到了回应，虽然这个回应不是太美好。杰夫再次轻轻地敲牢门，然后重些，再重些，但不再有回应，小栅栏没有再被打开。杰夫把手指伸出栅栏，什么都没有碰到。他抓住栅栏疯狂地摇晃，牢门也跟着晃了起来，此时杰夫突然看见了光亮，那光亮从牢门的缝隙透了进来——牢门被他拉开了。

谁又能想得到呢？

牢房的门在里面是没有拉手的，光秃秃的一片，再说，牢房的门如果没有被锁住，那还能叫牢房吗？

杰夫试探着把牢门拉开得大一些，这回确定无疑了，门整个被拉开了，能看见牢房面对的是一条甬道。难道从被关进来的那一天起，牢房的门就没有锁？

杰夫来不及多想，探身走了出来。甬道很长，一侧是墙壁，另一侧是一间一间紧挨着的牢房。在甬道的中间，立着一个黑色圆柱体的东西，那个东西正在缓慢地向前移动。杰夫紧走几步，靠近了那个圆柱体。这东西像一个加大号的汽油桶，涂满了亚光黑漆，用扫地机器人一般的速度在前进。杰夫超过了它，站在它的前面。它肯定装有某种传感器，感知到了杰夫的存在，停了下来。然后，从它的底部居然吐出了一个餐盘，餐盘里有一盘汤，但是依然没有苹果。杰夫对着这个移动垃圾桶看了几秒钟，转身朝甬道的尽头跑去。他一边跑，一边看一侧的牢房，那些牢房的门都关得死死的，看不出里面是不是还有其他囚犯。

等跑到甬道尽头，那里也有一扇门，杰夫尝试了一下，结果门毫不费力地就被拉开了。

穿过这道门，依旧是甬道，只是这条甬道的一侧没有牢房，像是一条连接两个不同区域的通道，这个通道黑暗得多，更像是一条没有尽头的隧道。杰夫狂奔起来，用最快的速度向前跑，感觉跑了很久，终于依稀看见通道尽头的另一扇门。杰夫毫不犹豫地去拉门，那扇门果然也没有上锁，门一打开，杰夫立刻闭上了眼睛。

刺眼的阳光，没错，是阳光。

出了那扇门，面前是一片旷野，强烈的阳光照在脸上，照在手臂上，照遍了全身。杰夫回头看了一眼身后，门已经在背后自动关上，那是一扇漆黑的小门，门背后的整个建筑也是漆黑的，跟那个移动垃圾桶一样的黑色。

片刻之后，杰夫觉得眼睛适应了些，他看见眼前是一条公路，路边停着一辆公共汽车，除此之外再没有其他别的东西了，没有一棵树，甚至连一株小草都没有。杰夫朝公共汽车走去，公共汽车的门是开着的，杰夫想都没想就上了车，好像这是一个既定的程序，如同打开一本书，里面一定会有字这么正常。

杰夫刚在前排坐下，车就开动了，杰夫恍然觉得自己好像根本没看见有司机。身边座位上的一个信封吸引了他的注意，打开信封，按照既定的程序，里面应该有一封信，但里面只有一张很小的纸条，纸条上没有文字，只有几个数字："2084"。

公共汽车不急不缓地向前开着，窗外的阳光还是非常刺眼，杰夫眯起眼睛朝窗外望去，只觉得惨白一片。这辆车会驶向哪里？自己为什么会上车？好像所有的事情都不是自己决定的，但又都是自己做出的行为，自己被什么无形的东西牵扯着、裹挟着往前走，这一刻杰夫觉得自己应该直接从车窗跳出去，但却一动也没动。

不知道什么时候，车窗外出现了建筑物，小镇模样，杰夫感觉这里很像自己的家乡，没有什么特别高的楼，房子也都破败老旧，所有的一切都在烈日的照射下焦灼不安，白茫茫一片。杰夫的思绪回到了童年时代自己生活过的那座小城镇，那个时候他放学就游荡在大街小巷之间，好像从来没有回过家，也不会被什么东西束缚，尽情享受那无边无际的自由。这时候，车停了。

车停在了看上去像一家小旅馆的门口。公共汽车的门自动打开，作为唯一的乘客，杰夫知道自己应该下车了。

走到了小旅馆的门口，门是关着的，杰夫尝试拉了一下没有拉开，看见门边有一个密码锁，杰夫想起了公共汽车上的那个信封和信封里的数字，按下了 2084。门果然开了，从密码锁里还吐出了一张塑料卡片，卡片上还是写着 2084。杰夫拿着卡片走了进去。旅馆里面没有人，杰夫知道，这是那种无人服务的自助旅馆，在他的印象里，自己只住过这种最便宜的旅馆。旅馆的前厅不大，地板是白色的塑胶地板，踩上去就发出一种奇怪的吱呀声。看看手里的卡片，应该是二楼，084 号房。走过长长的走廊，084 号房不难找，杰夫用手里的那张塑料卡片刷开了房门。这可能是世界上最小的旅馆房间，房间里只有一张小窄床，铺着白色的床单，还有一张小桌子，也盖着白色的桌布。

这是一个没有窗户的房间，但房间里很亮。在杰夫开门的时候，房顶上的一盏灯同时亮了起来。杰夫快步走到小桌旁，因为他看见桌子上有一个东西，那是一个苹果，和他在牢房里等待的那个苹果一模一样。杰夫拿起苹果就咬了一口，没错，还是那种抹布的口感。

除了苹果以外，小桌上还放着一本三折页的广告册，打开一看，是一家工厂的宣传介绍，上面有招工联系人的地址以及"开启你崭新人生"之类的话。

这是被放出来了吗？能像小时候一样，像一个自由人一样生活了吗？

杰夫还是有点不敢相信现在发生的一切，他轻轻走到门口，拉开房门，喊了一声"你好"。泛着白光的走廊里静悄悄的，没有一点声响，就连本来该有的回声都没有，当然更没有什么人回应杰夫的呼喊。走廊的尽头好像应该有一扇窗，窗户太亮了看不清外面。杰夫回到房间里，桌子上除了那本招工广告和那个被他咬了一口的苹果以外，再没有其他东西。杰夫看着那个没有滋味的苹果，特别想叫一次客房服务，虽然他不知道现在的确切时间，但万一能给送一份早餐或者哪怕是一份沙拉也好，毕竟现在是白天。

但问题还是出在时间上。在这个白色的房间里，好像一直都是白天；而在那间黑色的牢房里，一直都是黑夜，只有甬道的灯光照进来，那盏灯从来没有熄灭过。

小桌子上没有惯常应该有的酒店服务指南和电话，看来无论现在是什么时间，想叫客房服务都是不可能的事了。杰夫又拿起招工小册子，躺倒在床上翻看着。照片上的工人穿着统一的工作服，在拍这张照片的时候都努力露出了笑容，有一个工人甚至露出了牙齿，好像那里压根不是什么工厂，而是人人都向往的天堂一般。杰夫努

273

力想象工厂里的人都在做什么工作，又都是什么样的人，但想来想去也没有概念。他从来没有在工厂里上过班，那种做工的日子他从未体会过。

杰夫就这样在床上躺着，觉得这张床比黑色牢房里的那张小床还要硬，还要冰冷，根本不是酒店里应该有的柔软的床，更像是太平间里的停尸床。一种从未有过的疲惫感涌上来，不知不觉睡着了。

杰夫醒了，睁开眼睛，这一次花了将近两分钟才搞清楚自己还在那间牢房里。

刚才脑子里还清晰可见的记忆正在如潮水般退去。杰夫坐起身拢了一下头发，想把那些记忆努力留住一点，可是记忆却很狡猾，扭动着身躯一点一点地溜走了，直到脑子里变得空空如也，才又重新看见眼前的牢房。

杰夫伸出手习惯性地去摸那个黑铁小桌子的边缘，但手指却越过了桌子边缘继续向前。他看见，小桌子上有一张塑料卡片，抓过卡片一看，上面写着"2084"。

杰夫的手微微有些颤抖，抬头看了看牢门，门关得好好的。杰夫把卡片拿在手里不停地摩挲着。这时"咔嗒"一声响，牢门下面的盒子被推了进来，隐约能看见，那餐盘里有个圆滚滚的东西。杰夫两步走到门边，没有管那个餐盘，只把那个圆滚滚的东西抓了起来，是一个苹果，但和往常送进来的苹果不大一样。

杰夫把苹果拿到小栅栏跟前，借着照射进来的光仔细看，他发现苹果上有一处咬痕。杰夫把咬痕正对着自己的嘴，然后沿着那个啃咬过的痕迹张开嘴，慢慢地咬下去，牙齿的运动轨迹与咬痕的弧

274

度完全一致。走回到小桌旁，杰夫放下苹果，重新拿起了卡片。他把卡片在手里拿了很久，再放回到小桌上，再拿起，摆到放囚服的格子里，又埋到衣服下面，没过一会儿又掏了出来，无处安放这小小的卡片。杰夫走到床边，把床上薄薄的床垫掀起，愣住了。

床垫下面已经满满地铺了一层卡片，每一张上面都印着2084。

只有一件事是清楚的，那就是自己没有被释放，没有过上自由的生活，他还在这里，无论牢门是否被锁上，他都永远无法逃离这里。那个被他咬了一口的苹果好像张开了的大嘴，正在狂笑，笑话他痴心妄想。

杰夫忽然想起今天还没有画苹果，可是今天送进来的盒子里没有汤，没有汤怎么画呢？杰夫拧了一下洗手池上的水龙头，水龙头里流出水来。

杰夫没有蘸着水龙头里流出来的水画苹果，而是把刚才那张卡片扔到床架上，放下床垫，眼睛盯着床单，好像床单上有什么复杂的谜题能让他一直目不转睛地盯着看。忽然，杰夫好像找到了谜题的答案。他慢慢起身，走到墙边，拿下格子里那套叠得整整齐齐的新囚服换上，然后把洗手池注满水，扯下床单，撕成布条，把几片布条绑在一起做成一个活扣儿，活扣儿的另一头一直拖到地面上。他又用床单把自己的头脸一圈一圈地缠起来，缠好以后，摸索到那个活扣儿，手背后套在自己的手腕上，脚下一踩，活扣儿收紧，双手被固定在了身后。完成这一系列动作以后，杰夫把裹紧床单的脸浸到了洗手池里，一直到床单浸满了水，逐渐感到窒息。

在失去意识的那一刻，他从洗手池里摔了出来，但窒息并没有停止。

杰夫倒在地上挣扎了一阵，不再动弹了。

杰夫睁开眼，花了几分钟才搞清楚自己身在何处。

还在牢房里，周围还是那些东西，那张桌子，小圆凳子，那个洗手池和那个马桶，那些不锈钢的表面依然反射着灰暗的光，像一张张阴沉的面孔，冰冷无比。

坐起身，杰夫只觉得头昏脑涨，浑身僵硬，好像生了一场大病，刚刚从昏迷中苏醒过来一样。此时他突然觉得身边的一切变得很陌生，好像自己是第一次来到这间牢房。这里充斥着一股生了霉变的味道，是那种很久都没有打开过的地下防空洞的味道。杰夫的脑海里闪过无数画面，全是关于这间牢房的记忆，囚服、苹果、洗手池、床垫下的卡片。还有那些自己曾经在这里做过的事，一个人的唱歌、跳舞、诗朗诵、电影角色的扮演，把这些全做一遍肯定需要很长的时间。

自己明明记得做过这些事情，可是这间牢房却在不停地说，不，你没有。

杰夫想拢一下头发，习惯性地，可是却发现自己的脑袋光秃秃的，没有一根头发。什么时候头发被剃光了？再摸，确实是没有头发，只在头顶的地方贴着一块东西。杰夫把那东西扯了下来，看出来是一块医用纱布，又摸了一下刚才被纱布覆盖的地方，微微有些疼。杰夫在自己的脸上摩挲着，已经忘记有多久没刮过胡子了，不明白为什么头发被剃光了但胡子却很长。杰夫深吸一口气，想努力记住那个发了霉的味道，因为他惊讶地意识到，已经有很长时间自己都没有闻到过任何气味了，即便是这种霉味也没有闻到过。而现在，好像所有的感觉都才回来，闻到了霉味。只是牢房里的光线依旧昏暗，杰夫感觉还有什么地方跟以前不一样了，抬头看去，猛然发现墙上什么痕迹也没有。他站起身，走到墙边，用手指仔细地触摸墙面——没有，确定没有，那墙是坚硬的混凝土，用指甲划不出痕迹。杰夫在每一寸墙壁上摸索着，想寻找到自己曾经留在这里的印记，然而墙面平滑，没有指甲划出的凹痕，一条都没有。

杰夫连铁门都没有放过，把最不容易触碰到的铁门上沿都摸了一遍。突然手指尖一阵刺痛，被铁门上某个锋利的毛刺划破了。疼痛，这种感觉也很陌生，自己没有感觉过疼，很久都没有了。杰夫用两根手指捻了一下那颗渗出来的血滴，手指被染成了红色。在那个黑色牢房里，从来没有出现过红色，没有出现过任何颜色。杰夫掀开床垫，床垫下面什么都没有，根本没有什么塑料卡片，别说铺了满满一床，就连一张也没有。没有任何东西能证明他曾经在这间牢房里待过，哪怕一天。

这里不一样，这是一间不一样的牢房！

这时好像传来了声音，隔着几道墙外，像是一个人的哭号声，时断时续，杰夫趴到门边听，但那声音又停止了，没了动静。这到底是哪里？杰夫努力回忆着，自己好像是犯了某种重罪，但没有经过审判，没有罪名，也不知道刑期，自己是被秘密警察逮捕到这里来的。

那是在一条街上，当时他睡在墙角的一堆报纸里，被一个孩子踢了一脚，杰夫骂了那孩子一句就接着睡了，没过多久就被两个人押上了一辆车，送到这栋建筑里。他只记得建筑是黑色的，方方正正，像一个巨大的骨灰盒。

杰夫环视着这间本来再熟悉不过的黑色牢房，现在却感觉无比陌生。抬头看向天花板的最高处，发现那里有个黑洞洞的东西正在盯着自己。杰夫定了定神，才看出那是一个黑色的摄像头。这个圆柱体的摄像头让杰夫想起了他拉开牢门，在甬道里看见的那个送餐的油桶机器人。难道这里的牢门也是没有锁上的？杰夫走到牢门前，抓住窗口的小栅栏，轻轻一拉，咔嗒一声响，门真的开了。

外面站着一个人。

"出来。"那人声音不大，但很威严，让人难以抗拒。杰夫觉得心好像被什么东西蜇了一下，走了出来。

那人个头不高，也算不上魁梧，穿了一身黑色的制服，戴着帽子，长着一双灰色的眼睛。杰夫没有被戴上镣铐，但被要求走在前面。杰夫低着头往前走，穿过长长的甬道，甬道里的一些痕迹引起了杰夫的注意。其实都是些极为不起眼的东西——一些未干的水渍和脚印，抑或是墩布留下的一根粗布条，要不就是因为潮湿而导致的墙面发黑和蜷缩在那里的一缕头发。这些都是人留下的痕迹，而在之前的黑色牢房里，在那个通向外面的甬道里，甚至在那个白色的旅馆房间里，都没有一丝一毫这样人的痕迹。

杰夫的眼睛在不停地搜索，每次看到这样的污渍或者碎屑都欣喜不已，好像到了一个新世界，又好像回到了一个旧世界。

穿过一条又一条陌生的甬道和一道道铁门，杰夫被带进了一间审讯室。审讯室里有一张桌子和两把椅子，桌椅同样是黑铁的，桌

278

上有个圆环，应该是用来穿手铐的，但杰夫也没有被戴上手铐。

穿黑色制服的人在杰夫对面坐下。

"就是你要自杀啊。"黑制服语气平静，甚至有点漫不经心。杰夫一时语塞，没有回答，他还没有从刚才的糊涂状态中恢复过来。对方显然也没真的在等待杰夫的答案，而是推过来一个东西，杰夫低头一看，是一面镜子。

"看看。"杰夫伸手拿起镜子，这就是一面最普通不过的镜子，没有任何特别之处。

"看出什么来了吗？"

杰夫茫然地摇摇头，望着对面的黑制服。黑制服的眼睛眯了一下，仿佛在笑，杰夫的回答可能正是他预期的效果。

"你坐了多长时间的牢了？"

"十年十一个月零六天。"

"记得挺清楚的，不会错吗？"

"不会错，天天数。"

"嗯，你就没有发现，十年了，你的样子一点儿都没变吗？"

杰夫一愣，自己确实没想到这一点，牢房里没有镜子，光线又很差，他也从来没想过要照镜子。杰夫再次拿起镜子，这次仔细端详了一下镜子中的自己。除了变成光头，胡茬挺长，镜子中的那张脸和记忆中的模样一般无二，没有皱纹，也没有苍老的痕迹。杰夫放下镜子，不知该说什么，他觉得自己的记忆总是有些模糊，不敢确定究竟发生过什么。

黑制服又推过来一张报纸，报纸是崭新的，还散发着淡淡的油墨香味。

"今天的报纸，看看，看看上面的出版日期。"

杰夫拿过报纸一看，报纸上的日期居然是十年前的，这是怎么回事？这人到底在耍什么花样？

"其实，时间只过去了十天，当然我说的十天是现实中的十天，不是你的十天。你确实经过了十年的服刑，但在我这里只过去了十天。"黑制服拿回了镜子和报纸，"你不相信也没关系。"

这时，黑制服背后的那面墙缓缓地打开了，墙后面是一扇大玻璃窗，透过玻璃窗可以看见，那里像是一间超大的病房，里面有很多张床，床上都躺着人。

"其实这十天你都躺在这里，并且你本应一直躺在这里，直到你服刑结束。但我们有一条规定，凡是在服刑期间选择了自杀的，就可以获得假释。你的自杀行为让你提前醒来，所以我们把你送回了普通牢房，并且今天就可以释放你。"

杰夫如做梦一般听着这番叙述，他看着躺在病房里的那些人，他们的头顶上都连接着管子和数据线，一旁的墙上有好多监视器一样的屏幕，虽然离得远看不清上面显示什么，但杰夫明白那都是一间一间自己待过的那种黑色牢房。

"在文件上签字，你就可以走了。"黑制服推过来几张纸和一支笔。

"等等，我没明白，这到底是怎么回事？我到底被判了什么刑？难道这些年我都在梦里？我……"杰夫没有说下去，他觉得说这些话的时候有点哽咽。更重要的是，他突然意识到自己说这些话的时候非常流利，没有一点停顿，而这肯定不是十年没有跟人说过话应有的样子，这不科学。

"是的，这是最新的科学服刑计划，犯人在自己的梦里服刑，在梦里可以无限延长你能感知的时间，但现实中却用不了那么长的时间。犯人这样服刑能节省大量的社会资源，而且等你服刑完毕，也还不至于老到无法劳动，真正给了你回归社会改过自新的机会。"

"可是……"杰夫还想再问，但被黑制服的眼神制止了。杰夫拿起笔，在黑制服手指的地方签上了自己的名字。

"走吧。"黑制服收拾好东西站了起来，走过来拽着杰夫的胳膊把他拉起来，带出了审讯室。又穿过几道走廊和几个铁门，黑制服在一间小屋里让杰夫换掉了囚服，然后来到了室外的院子里。阳光还是那么刺眼，杰夫跟着黑制服穿过院子，走到了一处大铁门前，黑制服递给杰夫一个信封，杰夫觉得跟他在公共汽车上看到的那个信封一模一样。

"我从这里出去过，坐上一辆公共汽车，到了一个旅馆，而且好像应该还不止一次。"

"嗯，那是每周一次的放风时间，你还真记住了不少，确实跟其他人不太一样。你还记得什么？"

"没有了，不记得了。"杰夫赶紧说。

"嗯，也不能全不记得，必须记住在这里过的是什么样的日子。"

"我能问一下我是以什么罪名被抓进来的吗？"

"这个你不记得了？"黑制服看着手里的文件问道。

"是贫穷罪？要不就是流浪罪？"

281

"那些罪名不会关你这么长时间，你犯的是煽动罪。"

"煽动罪？煽动？我煽动什么了？"

"好了，别问了，记住出去以后别再犯事，否则分分钟送你回到这儿来。"黑制服一边说，一边用手指点点杰夫的脑袋。

大铁门上的一个小门开了，黑制服推了一下杰夫的肩膀。

"我想知道，为什么不给我苹果了？"

"这个啊，系统嘛，有时候就是会出点小问题。"

"真的吗？"

黑制服没有回答，杰夫走了出去，小门在身后"咣当"一声关上了。

手里攥着信封，在炫目的阳光里站了一会儿，杰夫打开信封看了一眼，里面有一小沓钞票和一张打印的信纸，纸上印着一个地址，是一个旅馆的地址，另外还有一张公共汽车票。抬眼看去，不远处就有一个公共汽车站。没过多久，车来了，杰夫上了车，依旧坐在第一排的位置，看着车窗外。车开了很久才到达一个小镇，停在了一间旅馆门口。

旅馆看上去很脏，屋顶低矮，楼梯却很陡。一个肥胖的女人坐在一个窗口后面，不怀好意地盯着杰夫看了几眼，收了钱，把一张门禁卡扔了出来。旅馆房间与梦境中的那个房间差不多，只是感觉更小一些，也没有那么明亮，还是没有窗户，屋子里所有的东西都呈现出一种暗暗的牙黄色，最大限度地掩盖了每一拨住客留下的各种污渍。

杰夫在床上坐下，又打开信封看了一遍，也不知道自己想要在里面寻找到什么，可能是一份释放证明，但信封里面没有其他东西了。床倒是软的，但杰夫不敢躺下，因为现在还无法预测闭上眼睛以后可能会发生什么事情。床头桌上依旧没有电话，说明这里也不会提供什么客房服务，桌子上只有一份三折页的招工广告。杰夫打开一看，又看到了那个露出牙齿的笑脸，那牙齿的颜色跟这个房间的颜色出奇一致。

工厂里的工人很多，都穿着统一的蓝色工作服。每天早上，工人们从宿舍走到厂房，像一股股溪流注满车间，杰夫也在其中，与其他人没有任何差异。工作内容很简单，就是坐在流水线上，往一些金属板上拧螺丝，当然工人们并不怎么关心这些金属板到底是做什么用的，每个人都专心致志地拧好属于自己的那份细小的螺丝钉。只有挨着杰夫坐的那个工友有时候会跟杰夫小声聊天，杰夫一般情况下也只会用最简单的话回答他，所以更多的时候像是那个人在自言自语。那个人的右手大拇指、食指和中指的指甲很长，有时候还会不自觉地抖动，这样严重影响了他拧螺丝的速度，杰夫必须替他多拧几个螺丝，这样才不至于让流水线的运转在他们这里停滞。

"我花了好长的时间才想明白他们为什么要这么做，真的。这一招儿不知道是谁想出来的，实在是太高明了，绝对是颠覆性的，而且还让你觉得有道理，觉得人家做的是对你好的事情，让你自己醒悟，把你脑子里那些乌七八糟的东西统统丢掉，不会再妨碍你，不会再干扰你，让你成为一个本分的人，而且让你觉得本该如此。"指甲男絮絮叨叨地说着，电动螺丝刀总是对不准螺丝上的十字。

"你也被关过？那个黑房子？"杰夫小心翼翼地低声问。

283

"如果他们不让你受够了苦，怎么会感觉到甜？而且不需要任何人教育你、惩罚你，你只是自己在惩罚自己，你自己做的事情让你受苦，你自己的思想让你受苦，让你产生本能的反应，让你自己一旦想再犯，就立刻像被马蜂蜇了、被电击了、被淹死了一样，比起别人给你洗脑，自己给自己洗脑更彻底。你自己给你自己在脑袋里装了一个开关，你知道的，'咔嗒'一声，开关就打开了。"指甲男的手抖得更厉害了。

"你犯了什么罪？"

"我是犯了罪，我罪有应得。偷懒，他们说我偷懒，说我犯了懒惰罪，说我工作的时候开小差。有时候你知道吗？就是不由自主的，其实根本不受你自己控制。当那个美妙的东西来了的时候，你必须停下手上所有的事情，去把那段旋律记下来，要不然就会跑了的。它们不会一直都眷顾你，不会一直都给你，好容易来了，那样的节奏，那一段滑弦，是别人没有的，是从那一片大海中偶然冒出来的最漂亮的一朵浪花，你怎么舍得将它丢弃。"

不知不觉杰夫手上的螺丝也拧得慢了，更多的金属板堆积在了自己面前的传送带上。

"别说了，咱们必须加快点了。"杰夫有点儿抱怨地说。

"是的，是的，你是好人，我知道，要不是你，说不定他们又要把我送回去。"指甲男用他的长指甲点了点自己的脑袋。"我可不想再回去啃那倒霉的梨子。那你呢，你犯了什么罪？"

"贫穷罪，嗯不，流浪罪。"杰夫说。

"哦，那还好。你知道吗，曾经有一个人，他把整个城市都染成了红色的。哎哟，那个时候真快乐啊，每个人都开心死了，忘乎所以地开心。不知道那个家伙有没有被抓住，我估计他要是被抓住了，可能永远都不会被放出来。"

杰夫不太关心城市被什么人染成了红色的，他对梨子更有兴趣得多。要不是指甲男说，杰夫几乎都忘了世界上还有梨子这种东西，但他实在想不起来梨子到底是什么味道的，好像只剩下了一个标记，一个名字，已经没有什么实际意义。工厂里的饭食每个工人都一样，每天都是面包和汤，没有别的。似乎大家也都很习惯，默默吃完属于自己的那份就回到宿舍睡觉。宿舍是一个一个长方形的格子，有一张床、一个衣柜和一张小桌子，桌子上有信纸和铅笔。

一天收工的时候，指甲男往杰夫的手里塞了一个破布团，在他耳边低声说了一句："回去再看。"然后就神神秘秘地走了，脸上的表情好像完成了一件神圣的大事。杰夫小心地藏好布团，回到宿舍打开破布，里面居然是一个圆滚滚的苹果。苹果虽然不大，但鲜红鲜红的，杰夫把苹果放到鼻子前，一股浓郁的果香瞬间灌进鼻腔，直通脑髓。

这苹果的香气好像打开了脑袋里的另一个开关，也是"咔嗒"一声。这一刻，所有的感觉都回来了，他又变成了那个肆意奔跑的孩子，贪婪地呼吸着自由的空气。

杰夫一遍又一遍地把苹果放到鼻子下面闻着它的香气，也有好几次，已经把嘴巴张开，但还是没舍得把苹果吃掉。杰夫拿起了铅笔，在信纸上把苹果画了下来，画完一幅又画下一幅，就这么一直画，一幅接一幅地画，一直画到天亮，一直画到桌子上摞起了厚厚

285

一沓画稿。

指甲男没有来上班，他无声无息地消失了，现在在杰夫旁边坐着的换成了另外一个人，一个和杰夫一样默不作声的人。有人来找杰夫问过话，问指甲男有没有跟他说过什么，或者做过什么不好的事情，杰夫都一一否认了，甚至撒谎说从来没有跟他说过话。

杰夫知道指甲男肯定逃走了，离开了工厂，后来听说他已经不止一次地逃走过，之前被抓也是因为逃避劳动。过了挺长时间，杰夫忽然在上班的队伍中看见了指甲男，于是赶紧凑了过去，但指甲男好像根本不认识杰夫，惊恐万状的样子，一个劲儿地摇头，快速躲开了。杰夫看见，他右手上的指甲也剪短了。

不久以后，杰夫也从工厂里消失了，没有人知道他去了哪里。杰夫消失的那一天，工人们上班的时候，流水线上传送过来很多画稿，每一幅画都是一个铅笔画的苹果，每一个苹果上都有一抹红色，鲜红鲜红的，是用鲜血抹在上面的。

再后来，这幅血色苹果出现在了城市里，人们在那些本来最黑暗的角落里见到了它，在那些从未被人注意到的地方，在那些污秽的、肮脏的地方见到了它。而这些画，像暗夜里的一盏灯，虽然灯光微弱，可一旦把那些地方照亮，就映出了最鲜艳的颜色，那些地方就成了城市中最明亮的地方。

人们只要见到这幅画，都会露出心领神会的微笑，鲜红的颜色也出现在了人们的脸上。更多的画出现了，布满了城市的各个角落，这些画改变了城市的颜色，尤其在黄昏的时候，整个城市都被染成了血色，人们徜徉在这血色的城市中，偶尔还能听到隐约传来的吉他声。

逃　生

　　人类有着宇宙中最高级的东西，那就是情感，这种情感永远无法被超越。所以当那个星球上的科技体——请让我这么称呼它们——明白了人类的情感以后，就不会选择杀死人类，而是要与人类融合到一起。

我第一次见到杰夫的时候，他坐在一张皮质单人沙发上，显得神采奕奕。刚过午后，房间里的光线柔和静谧，当时我正在构思一些虚构的奇幻故事，无意间得知杰夫曾经有过一次在异星的神奇经历，就迫不及待地找到他，想知道当时到底发生了什么，好作为我的故事素材。他在得知我要询问这件事时，似乎还显露出了些许兴奋，可能上了点年纪的人都会这样，每当有人问起往事，就会滔滔不绝，如数家珍。

但杰夫没有立刻开始他的故事，而是起身走到书架前，从上面拿下来一个密封的玻璃罐子。罐子很普通，手掌大小，大概每个家庭都会有那么几个用来存放胡椒或者其他香料。其实我对书架上摆放着的那些奇形怪状的东西更有兴趣，有一只三根脚趾的爪子，一块白色的石头，一缕不知什么动物的毛发，还有一座刻有簪花图案的金属三角锥体。看得出来，这些东西都不像是地球上的产物，一定是杰夫多年的宇航员经历给他带来的战利品。

杰夫把罐子举到胸前，我稍微往前欠欠身，看清楚里面是一些黑灰色的沙粒，大概占了罐子的三分之一左右。沙粒没有什么光泽，像经过磨砂处理的火山玻璃。正当我还在想这些沙粒有什么特别之处时，杰夫轻轻摇晃了几下罐子，沙粒中间慢慢托起一颗钻石。钻石看上去不小，至少有一克拉以上，在那些黑灰色沙粒的衬托下熠熠生辉。

杰夫喝了一口威士忌，开始了他的故事。

"NFY0714呼叫母舰指挥塔，目前尚未发现合适的降落地点。NFY0714。"

"请尝试下降飞行高度继续巡航。母舰指挥塔。"

"收到。NFY0714。"

"母舰遇到大量太空垃圾，怀疑是一些损毁的卫星或者飞船的残骸，母舰正在调整姿势尽力躲避，希望尽快听到你们的好消息。母舰指挥塔。"

"卫星或者飞船的残骸？那是否说明这座星球上有智慧生命？NFY0714。"

"这个不能确定，也有可能是破碎的金属陨石或者小行星。母舰指挥塔。"

"明白了。NFY0714。"

一艘名为NFY0714的登陆飞船此时已经远离母舰，飞临了一座星球的上空。那座星球的表面被不断翻滚的黑色浓雾笼罩着，星球到底是个什么状态，表面是陆地还是海洋、火山口还是环形山现在还都不得而知。

虽然在此之前，人类已经不止一次登上过外星，但都是经过无人探测器传回了基本的环境信息以后才会派出载人飞行器抵达登陆。而这一次不同，母舰是一艘由地球飞往月球的短距离穿梭机，搭载了十几名宇航员和将近一百名乘客，这艘地月穿梭机在飞行的途中，意外被吸入了一个宇宙虫洞之中，被带往了距离地球极为遥远的外太空，最终出现在了这座陌生星球的附近。母舰派出NFY0714登陆飞船，探索这座星球是否有可能成为母舰的临时庇护所。

"打开探照灯。"NFY0714下降了高度，紧贴着黑色浓雾飞行。飞船底部的探照灯亮起，照射在翻滚的黑色尘埃上。构成浓雾的尘埃表现出了某种感光性，在灯光的照射下开始加速滚动，随即又向周围散裂开。灯光像一把利刃，把黑色尘埃切开了一条长长的口子，尘埃在光的边缘聚集，像两条黑色的带子，随着探照灯灯光的移动又集结到一起。

"这是一颗黑星啊。"比利说道。

杰夫的眼睛也盯着探测器的监控屏幕，点了点头。没过多久，杰夫发现那被灯光撕开的口子里有忽明忽暗的闪光，一开始只有一点，渐渐多了起来，好像风吹过即将燃尽的篝火堆时冒出的那星星点点的火光。

"这黑色的浓雾好像会反光？"杰夫发出了疑问。

但没有等到谁回答他的问题，答案就出现了。

杰夫看到那黑暗中的萤光是从这座星球表面发出来的，这样就肯定不会是反光。而且，在这个巡航高度能看到地面上的光，一定说明这光的亮度足够强，也说明那仿佛能吞噬一切的黑色浓雾下面没有其他遮挡物了。

"降低飞行高度至一万两千米。"杰夫命令道。

NFY0714登陆飞船下降得很平稳，闯过了浓雾，周围已经看不到任何的尘埃了，在他们的下方，那些光亮时而闪耀时而消失。虽然全体船员都有过在黑暗宇宙中飞行的经历，但与这星球上的黑暗还是有所不同，这里黑暗的背后仿佛隐藏着什么，好像有什么东西在窥探着你，黑暗中的眼睛远比张开的血盆大口更令人恐惧。

"队长，好像有什么东西不对。"艾利亚说，她检测到各种辐射信号开始跳动，说明近地辐射非常不稳定，辐射的来源也无法确定在空中还是在地下。不光是辐射信号在跳动，就连重力系统也检测到问题，仪表显示这座星球表面的重力值居然在变化。

飞船开始颠簸，几名宇航员时而飘浮，时而又落下。

"这不科学。"小 E 嘀咕了一句。确实，这里的环境状态完全不符合地球人早已习惯的基本物理定律。

"NFY0714 呼叫母舰指挥塔，现在遇到不明力量，飞船飞行状态不稳，请指示。NFY0714。"

登陆飞船连续不断地呼叫，但都没有收到母舰的回应。

"队长，是否尝试拉高高度？"小 E 问道。

"等等，我们再试试。"

杰夫接手控制着飞船，看来是要跟这不明力量好好搏斗一番。飞船上的所有仪表都失灵了，仪器指针在各个数值之间来回跳动，通信探测器接收到了来自四面八方的信号，好像整个星球是一个大的信号发射器，各个波段都有信号在向外传输，无线电接收器里传来了各种噪音，难怪听不到母舰塔台的应答。

而这些信号在还没来得及提取分析的时候，又忽然全部改变了传输方式，就如同一个人说着英语的时候突然变成了德语，然后又是西班牙语、法语、希伯来语，仿佛生怕对面的人听不懂，所以在不停地变换表达方式。

"能分析出有用的信息吗？"杰夫问艾利亚。

"现在还不能，变换得太快了，而且这些传输的信息并不是针对我们的，应该是发射向整个宇宙空间的，发射给不特定对象的。"艾利亚解释道。

"我们就是不特定对象。"杰夫说。

飞船上的各种仪表还在不停地闪烁，但如果仔细看你会发现，那些指针和数值好像是在按照某种规律跳动，这个规律让人感觉非常熟悉。

"这是在跳舞吗？在欢迎我们？"比利开了句玩笑。

没错，就是在跳舞。当然不是真的跳舞，只是那些仪表变化的节奏就像是在共同完成一种具有强烈仪式感的舞蹈，甚至让人有一种跟随它一起摇摆的冲动。

突然，一下子平静了下来，所有的指针都回到了该有的位置，好像有人关掉了音乐，狂欢结束了。

"NFY0714 呼叫母舰指挥塔，目前飞行平稳，准备寻找合适地点完成降落。NFY0714。"

"收到。母舰指挥塔。"

听到母舰的回音，大家的心里平稳了许多。杰夫、比利、艾利亚和小 E 都朝舷窗外望去，登陆飞船向一翼倾斜，正在下降高度。而地面上，那骇人的浓雾已经不见了，取而代之的是一片广袤无垠的黑灰色沙漠。

NFY0714 登陆飞船降落得异常平稳，简直跟垂直降落在宇航局的飞机跑道上没什么区别。飞船接近地面的时候，地面上那些细沙都慌乱地向四面八方逃窜，但一会儿工夫它们又重新回来了，好像有什么东西把它们重新排列组合了一遍，整个降落区域变得非常平整，甚至连最小的坑洼处也被填平了，如混凝土浇筑的一般。

飞船内杰夫一行人已经在隔离舱里换好了宇航服，准备好了物资车，最外层飞船舱门打开，四个人站在舱门板落下的平台上。

与在空中看到的一片黑色荒漠不同，等他们一出舱，眼前的景象令人惊诧不已。这里是一个万花筒般的世界，眼前没有哪个景物是稳定的，起伏的沙丘、块状的岩石、一段段的沙痕，这些本来在沙漠中很常见的景象在这里都像是三维投射的全息影像，它们的形状在不停变化，甚至表面的质感光泽和颜色也在变。杰夫四人如同站在一幅电影画面中，除了他们以外，其他都在光影交错中变幻。

"艾利亚，检测一下环境数据。"杰夫一边看着眼前的景象一边开始分配任务。

"比利，把物资车弄下来。小 E，你尝试联系一下母舰指挥塔。"

"空气中充满了各种未知气体，氧气含量为零。重力与地球几乎一样，温度 185 摄氏度，未发现固态或液态水。"艾利亚读取着头盔面罩上显示的各种数据，比利已经把物资车降到了平台上，小 E 呼叫母舰指挥塔，但没有回音。

"这还是个暖和的星球啊，没有氧气也不可能有液态水，连水蒸气都留不住，全蒸发了，除了重力不同之外跟月球差不多。"杰夫说。

几人周围的景象还在不停地变幻着，跟地球上的极光有点相似，只是比极光要复杂得多，好像空气中有无数层层叠加的幕布，在放映着一部永不停歇的电影。

"本来也没指望这里能提供热水澡服务。"比利说。

"我怎么觉得这里不那么陌生，感觉面对的是一位久别重逢的老朋友，只是模样变化有点大，一时间……呃，难以辨认。"杰夫说。

"我可没有这样的朋友。"比利答道。

有人估算过，想要在浩瀚的宇宙中找到一颗和地球类似的星球，概率可能远远小于每天中头奖，并且连续中十万年。更何况是误打误撞到达的这座星球。这里不是充斥着上千度的高温熔岩或者零下几百度的极寒大陆就已经是万幸了。虽然谁都不知道将要面对的是什么，杰夫还是率先迈出了第一步，走下了飞船平台。

当杰夫的脚一落下，地面上的细沙就像含羞草一样迅速攒动，但好像又没有找到一个明确的方向，感觉每一颗沙粒都在奔走相告。甚至感觉沙粒有点浮动起来，如同细沙下面有暗河一般。

眼前的景物也随之发生了变化，不再像刚才那样慢吞吞变幻，而是一下子加速了起来，沙粒显示出各种各样绚丽的颜色，像飞舞的彩绸一样在空中掠过；地面上的岩石一下子变得如宝石一般晶莹剔透，然后又像是被浇上了各种颜色的墨水；再接着就是"聚拢—膨胀—坍缩"一系列过程，仿佛在几分钟之内完成了宇宙数亿年的星际变迁。

随着几个人全部踏上地面，细沙逐渐平静了下来，当然还有一些不安分的在蠢蠢欲动，可能是在好奇这几个向前移动的物体到底是什么东西。

让人惊叹的是，一开始所有人走过的地方都会在细沙上留下足迹，跟在沙漠中行走别无二致，但慢慢地，在小队的脚下细沙开始变硬，踩过之后几乎没有留下足迹，而在小队的前面，在他们行进的方向上，给人感觉出现了一条道路，是一条专门为这几名宇航员铺就的道路。但这道路也并未提供通向某处的指引，道路在随着行路人的意志不断转移，当领头的杰夫随意改变行进方向时道路也会随之改变方向，像一名忠实的奴仆随时按照主人的眼色行事。

没有人说话，就像接触任何一种陌生事物时一样，大家的探索过程小心谨慎。在围绕登陆飞船走了一圈以后，没有发生任何事，确切地说是没有发生任何让人觉察到危险的事，甚至有一种感觉，这座星球在欢迎这支来自地球的宇航员队伍。

随后的三天里，几名宇航员一直在登陆飞船附近小心翼翼地探索，但除了周围景象在不停变幻以外，并没有什么新的情况发生。

"我们不能一直这么兜圈子吧，再这么走下去恐怕也没什么意义。"小E在停下来休息的时候表达了一下自己的看法。

"这可能是我见过的最荒谬的星球了，比月球还不如，除了这千篇一律的沙子跳舞以外什么都没有，真不知道它们是怎么做到的。"比利说。

"它们？它们是谁？"杰夫问道。

"上帝吧，我估计只有他老人家有这个本事，否则呢？外星人？这个星球上的高级智慧生物？它们每天的工作就是用水平尺量一下沙子是不是平整，哪里不平了就抹一下哪里，然后再凭空消失掉。"

比利说。

"我倒是有点喜欢这个地方。"艾利亚也参加到谈话中来。

"这么走确实有点无聊，主要是无法完成我们的任务。现在的问题是，只要我们一离开登陆飞船，就会与母舰失去联系，肯定是在看不见的空间内，有什么东西屏蔽了我们与母舰的通信信号。"杰夫说道。

"我们本来预计停留一周的时间，现在已经过去了三天，如果现在要去更远的地方探索，那么在未来的 72 小时内将会与母舰失去联系。就算我们发现了什么，也只能等到那个时候才能发出消息。当然如果我们没有回来，那也等同于发出了消息，说明母舰不应该降落在这里，我们也算完成了使命。"大家知道杰夫这么说并不是在开玩笑。

转圈圈的事情不能一直继续，小队一致决定开始往更远的地方走去。这次小 E 走在最前面，后面跟着艾利亚，然后是杰夫，以防万一，杰夫带上了一把电磁枪，比利牵引着物资车跟在最后面。一切依旧很平静，各种指标也相对正常。

大约走了两小时以后，小 E 停住了脚步。

"怎么了，小 E？"杰夫走到小 E 身边，"你发现了什么吗？"

小 E 指指远处一股灰色的烟尘，走了这么久以后它还是之前的样子，好像烟尘在和小队一起移动，永远无法靠近。

"小 E，把拍摄设备架起来，我觉得很快就会用到了。"杰夫说道。

小 E 从物资车上把拍摄设备取下来，朝着几个人前进的方向架好镜头，按了一下录制按钮，然后从取景器中看过去。镜头在动态识别自动对焦，逐一捕捉画面里的人物——杰夫、比利、艾利亚，但镜头的捕捉过程并没有结束，而是拍到了更远的地方。

"队长，快来看。"小E叫道，另外三个人都凑了过来。

摄像机镜头捕捉到近距离主体的同时也在不停地辨识更远地方的景物，在远处有四个直立的物体，虽然很模糊，但隐约可见是四个人形的物体。

"那是什么？"小E问道，当然这也是每个人都想问的问题。

"嗯，我刚才就感觉有什么不对，但没有办法确定到底是什么。"杰夫回答道。

"它们好像在移动。"小E指着取景器里的动态识别画面说。

"这里所有的东西都在动。"艾利亚说，"就在这不到一小时的时间，地表温度已经上升了六七摄氏度，可是却探测不到热源在哪里。"

"我怎么感觉……"杰夫的眼睛盯着取景器说，"那会不会是，是我们自己，是我们自己的映像。"

取景器画面里模糊显示出来的物体和这四人的宇航员小队很相似。唯一不同的是，这四个物体并不是以地球人的方式在移动，它们更像是四团流动的液体，像四股向上喷射的水柱，从下往上不停地流动，却又没有溅射出来，仿佛每一滴水珠都能找到自己应该在的位置。

"我觉得毛病就出在这沙子上。"杰夫一边说，一边蹲下身子，从地上抓了一把细沙在手上。灰黑色的沙粒立刻呈现出诱人的金色，紧接着其中一部分又变成银色。杰夫慢慢把手中的金沙银沙洒落回地面，又重新抓起一把，而这一次，沙粒不再变化，只是呈现出雾蒙蒙的黯淡黑色。杰夫掏出一个标本袋，把手上的沙子倒进袋子，放进了宇航服外侧的储物口袋里。

远处的人形物体还在缓慢靠近，而在它们周围，沙粒在不断堆积，形成了高矮不一的沙柱。这些沙柱和那几个人形物体一样，也好像喷涌的泉水，在不停地流动。

"你们有没有这样一种感觉，我是说感觉，就是我们刚刚进入了另一个时空之中。"杰夫说。

"好像进了一个陌生的房间。"小 E 回答道。

"嗯，我觉得小 E 说得更准确，我也有这种感觉。我甚至能感觉到在我们身边、在我们周围有看不见的东西。"艾利亚环顾了一下四周，而他们周围空荡荡的，什么都没有。

"你觉得是什么东西？"杰夫问艾利亚。

"环境数据在不停变化，好像在一直进行着某种测试。"

"测试，你是说有人在对环境进行测试？"

"不不，我的意思是，环境在测试我们！这个环境，嗯……"

"说下去。"

"嗯，就是，好像这里的环境一直在改变，然后在判断我们对哪种环境更敏感，反正我是这么觉得的。这里，这个星球，这些沙子，我觉得它们是在观察和分析我们。"

"你的意思是这些沙子有智慧？"比利插嘴问道。

"这我还不能确定，只是它们变化的方式给我这样的感觉。甚至是在我们还没有降落的时候，它们就已经在观察我们了，而且很可能是它们指引我们到达了一个合适的降落地点。"

"你这么一说，我也觉得这不是不可能。"杰夫说。

就在杰夫考虑要不要继续向前走时，看见之前还在很远地方的沙柱已经飘到了距离比较近的位置，而且在那些沙柱内部，好像还飘浮着一个什么东西，那东西的形状像一个纺锤，在慢慢地旋转。

"你们都看见了吗？"杰夫问道。

"是的，看见了。"另外几人答道，"是个椎体，很尖，指向地面。"

"那到底是个什么东西？"小 E 问道。

"像个倒吊着的蓝鳍金枪鱼。"比利说。

"我看像个信标，用于标明位置的。"杰夫说。

"杰夫，我们周围的辐射值有变化，我把数据传给你。"艾利亚说。

杰夫在头盔屏幕上看见，艾利亚传过来的数据显示，他们周围的辐射值正在快速上升。

"是这个吊着的家伙有辐射？"杰夫问艾利亚。

"我估计不是，如果这个东西是辐射源，那么离它越近辐射值就会越高，但是……"

艾利亚向前走了几步又退了回来。

"但是，辐射上升的速度跟刚才保持一致，靠近它时没有上升得更快，辐射不是来自它，而是更高更远的地方。"说着，艾利亚抬头向天上看，黑色的天空中一颗恒星正在发出淡蓝色的光。

"是这颗恒星正在爆发辐射？"杰夫的声音变得有些不太自然。

"嗯，应该是的，类似于我们的太阳风。只是辐射强度要大出许多倍，而且还在不停地增强，按照这个速度，用不了多久，我们

300

都会笼罩在超强辐射之下。"艾利亚解释道。

一阵短暂的静默。所有人都知道这种超强辐射意味着什么，如果能瞬间死去反倒是最幸福的事，如若不然，有可能全身溃烂，所有的皮肤都会慢慢剥落，最后变成一个没有皮肤的血人，那种惨状可想而知。

"我们有机会回到登陆飞船上吗？"小E问。

"恐怕不可能，超强辐射来得速度太快，不会在我们往回走几小时之后才到达，按现在这个速度，大概再有几分钟就能感觉到了。"艾利亚说。

"好吧各位，"杰夫的声音变得很严肃，"既然这样，我想和你们拥抱在一起。"

"好。"艾利亚首先回答道，接着是小E，三人围拢在一起。

"我才不呢，几个老爷们抱着一个姑娘不尴尬吗？"比利说，"你们看！"

几人朝比利手指的方向看去，就在刚才纺锤标记的地方，一团沙粒正在缓慢隆起，逐渐形成了一个半球形，像一个迷你版的因纽特人雪屋。

"这个吊着的东西真是个信标！它们知道辐射要来，它在给我们标记位置！可以在那里躲避辐射，我们不用抱在一起死了！"比利叫嚷着。

"快来吧，还等什么！"小E朝着半球形沙包的一个豁口跑去，比利也跟了上去，杰夫拉了艾利亚一把，把她推到前面，自己最后爬进了沙包里。

301

杰夫刚刚爬进沙包，刚才的豁口就合上了，沙包里一片漆黑，几人打开了头盔面罩上的灯。

"都进来了吧。"沙包里很拥挤，杰夫没办法转身查看。

"现在这里是沙丁鱼罐头。"是比利的声音。

"我在。"小E回答道，他第一个进来的，被挤在了最里面。

"艾利亚，看看辐射数据。"杰夫说。

"辐射指标掉下来了，这个小屋子就像铅块一样把辐射全挡在外面了，我们安全了。"艾利亚说。

"安全？我看未必，说不定这个沙包是一个超级汉堡包，咱们就是中间那块肉饼。"

"行了比利。不过，确实也谈不到安全，我们只是暂时躲过了眼前的灾难。"杰夫说。

"暂时？"艾利亚问。

"让我想想，该怎么说呢。我们躲在这里，当然只是暂时的，不可能永远待在这里面，但辐射会持续多久谁都不知道，也许一小时，也许一百年，这在宇宙时间里都是一刹那。"

"一百年？好吧，那我就在临死之前爬出去，好让后来的人能看见我的尸体，知道这里的险恶，我可不想死在这个多人坟墓里。"比利说。

"这还不是最可怕的。"杰夫接着说。

"这还不是最可怕的？"小E问道。

"嗯，不是，最可怕的事情已经发生，或者说正在发生。你们想，我们刚到这座星球没几天就遇到了超强辐射的爆发，这不会是巧合，只能说明这种辐射风暴发生得异常频繁，也就证明这座星球所在的星系，它们赖以生存的能量来源，就是我们头顶上的这颗恒星，正在进入衰退期。这颗恒星已经很老了，无法维持稳定的能量输出状态，它就像一个垂死挣扎的老人，现在是最后的疯狂。"

"那我们怎么会被传送到这里来？"艾利亚问道。

"可能虫洞的开启也是这个原因，感觉这座星球用某种方式让时间和空间发生了弯折扭曲，我们才被传送到这里。但它是如何开启的，何时能再次开启把我们送回去，现在完全不得而知。"杰夫说。

"这里明显不是一颗地球人宜居的星球，如果母舰降落在这里，万一没足够大的沙包保护，那母舰上的所有人都有可能丧命，更别提找什么液态水和氧气了。"艾利亚说。

"如果虫洞没有再次开启，那就算我们能回到母舰上，也注定在宇宙空间中飘浮，最后……"小 E 没有说下去。

"对，重新开启虫洞是我们唯一的希望。"杰夫说。

没有人说话，所有人都沉默了。

杰夫感觉自己睡着了，做了一大堆奇奇怪怪的梦，梦见自己回到了地球上的家，坐在皮质沙发上，喝着一杯威士忌，身上洒满了午后的阳光。忽然他觉得身子一空，猛然醒了，看见有光从沙包外面透射进来。

"你们还好吗？"杰夫推了推身边的艾利亚。

"啊，我睡着了。"艾利亚说。

杰夫用手推了一下沙包的墙，那面沙墙哗地一下塌了下去，重

303

新露出一个豁口。杰夫匍匐着爬了出来，周围没什么异样，沙地也还和之前一样平整，好像什么都没发生过一样。艾利亚跟着从洞口爬出来。

"艾利亚，等等，先检测一下环境。"杰夫发现那个纺锤形的信标不见了，不远的地方再次浮现出那种黑色的烟尘。

"环境数据正常，辐射风暴过去了，只是……"艾利亚说。

"只是什么？"

"我们周围有非常复杂的信息流，但无法辨识到底是什么内容。"

"杰夫，我们遇到麻烦了。"是比利的声音，他也从沙包里爬了出来。

"我们遇到的麻烦还少吗？出什么事了？"

"咱们的物资车，物资车不见了。"比利沮丧地说。

"啊！"杰夫赶紧往四周看了一圈，确实没有看见物资车，"这下麻烦了，其他还好办，但氧气压缩包和电池都在车上，没有这些我们肯定挺不过 72 小时。"

"那是什么？"艾利亚问。在他们前面出现了一条由沙粒组成的长长的细线，从沙地上升起，一直往天空延伸。接着在相隔不远处又出现了第二条细线，也是笔直笔直地向上延伸。渐渐地，能看出在两条细线之间出现了模糊的画面，是一些散落的无规则的光点在游动。更多的细线出现了，在各个方向上都连成了平面，形成了一个立体结构，那些光点则像幽灵一样在沙粒组成的忽明忽暗的结构中来回穿梭。

"这些光无始无终。"杰夫盯着光点说。

"它们是什么？"比利问道。

"应该是某种能量，很可能是那种我们地球人一直在寻找但始终没有找到的能量，也许就是我们称之为暗物质或者暗能量的东西。你看，那些黑暗的地方，能把光吞掉。"杰夫解释道。

细线还在增加，好像电子游戏里渲染出来的画面，一层一层地开始叠加，逐渐形成一个巨大的立方体，游动的光点速度慢了下来，最后都停下了，投影出一个奇异的光点空间。

"我怎么看着这个有点眼熟。"艾利亚说。

"看着像是某个星系，你看那里，像是某个星系的星云。"比利说。

"不，我觉得不是，"杰夫说，"它更像是……像是我们的大脑！那些光点是神经元，是我们的神经突触。"

光点开始坍缩，缩成一个足球大小，这下非常明显了，真的是一个人类大脑神经系统的立体透视图。

"小E，把这个拍下来，小E……"杰夫呼叫着，但没有人回应。

"小E呢？"这时大家才发现没有见到小E，沙包也不见了，甚至无法确切地判断沙包刚才的位置，谁都没有注意到小E是否从沙包里爬出来。

"该死！"比利忍不住骂了一句，"他能去哪儿？"

"不会走远吧。"艾利亚怯怯地说。

"他压根儿就不会走！"比利吼道，"他是不是被沙子吃了！"说着就趴在地上开始挖。

"比利！"杰夫喊道，"这里和地球完全不一样，我们无法按照地球上建立起来的经验来判断这里发生的事，我们看到的一切，我们对速度、时间、距离的判断以及一切物理定律在这里可能都不成立，说不定他根本没走，只是我们看不见他！"

比利停下不再继续挖，颓然瘫坐在地上，刚才被挖开的沙粒正在一点点地恢复如初。

"现在我们该怎么办？没了物资车，小E还不见了。"艾利亚小声问道。

"各自查一下你们的氧气存量，还够多长时间。"杰夫说。

"大约三个小时。"艾利亚回答道。

"我们不能都留在这里，万一找不到小E，大家都没有生存的可能了。比利，你跟我留在这里找小E，至少看看能有什么发现；艾利亚，你先回去，回到登陆飞船上去，把我们遇到的所有情况都通报给母舰，如果我们俩三个小时之后没有回去，你就……"

"行了，你别说了，"艾利亚打断了杰夫，"我才不会独自一人回去，不会的，绝不。"

没等杰夫再继续说服艾利亚先走，他们周围的景象又发生了变化，附近的黑色烟尘消散了些，阳光洒了下来。脚下的沙粒开始运动起来，逐渐变成了绿色，周围出现了沙堆，然后变成了一株一株的绿色植物，有的还伸展出藤条在空中摇动。

"这些都是地球植物！"杰夫大声说道，再往远看，模糊的烟尘也变成了植物，变成了树木，然后扩展开来，呈现出一片树林的样子，甚至还有飞鸟落在枝头。他们周围的整个环境都变成了绿油油的一片，那些绿色的表面好像涂抹上了一层油脂，被琥珀色的蜜糖包裹着。

"这个地方我认识。"艾利亚说,"这是我跟小E去过的一处山谷,小E非常喜欢这个地方! 小E说他将来要……"

"它们进入了小E的意识! "杰夫没有等艾利亚说完,"这些都是幻象! "

"这些都是幻象。"

杰夫又重复了一遍,伸手攥住了一片伸过来的枝条,然后用力一捻。枝条断掉了,化成了黑色的沙粒。沙粒好像是感染了某种毒素一般,其他的枝条也跟着化成粉末纷纷落地,空中都在落黑色的沙粒,像蒸汽一般在空中沸腾。

在他们眼前,光点构成的空间里,那个人类大脑神经突触构成的模型还在,在那旁边悬浮着一些小颗粒,但不是地面上的沙粒,显然是不同种类的物质,接着出现了一大团流动的晶体。

"这是什么,看上去像是液态水? "比利盯着那团东西说道。

"这个温度和环境下,不可能有液态水存在。"艾利亚回答道。

但那团在流动的晶体看上去确实就是水,是放大了好多倍的水珠,像太空空间站里失重情况下颤动的水珠,在这大团水珠的旁边,还有一块凝固的晶体,光芒四射。

"那是一颗钻石原石吗? "艾利亚说。

"我想我知道这些是什么了。"杰夫说。

"是什么? 这些? "

"我想,这是小E。"

"你说什么? 这是小E? 怎么回事? 这怎么可能? "艾利亚的声音有些嘶哑。

307

"我们看到的这些，是构成小E的基础元素，有他的大脑，有他的意识，还有构成他的物质——水，还有一些微量的金属元素，而那颗钻石，是碳。"

"小E死了？被它们杀死了？被它们分解了？这些狗娘养的杂种！"比利的叫骂声中有了哭腔。

三个人站在那里一动不动，这时天色一下子暗了下来，仰望天空，刚才那早已消失不见的黑色尘埃不知道什么时候卷土重来出现在空中，立刻遮住了天空中恒星的光芒。

"这是真的吗？会不会只是某种幻象？"艾利亚的声音在颤抖。

"我想是真的。我们误闯到这里，它们肯定想知道我们到底是什么，是由什么构成的，是不是会对它们造成伤害，所以小E牺牲了。它们的行为方式极其简单粗暴，很可怕。"杰夫说着，他的面罩屏幕上已经开始提示剩余的氧气量。

"可是这说不通啊，辐射风暴来的时候这里出现了沙包，我们躲进沙包里才活下来的，是它们放置了信标、堆积了沙包，这分明就是在救我们，可是为什么又要把小E杀死？如果想要我们的命，何必还要救我们？"比利说。

"让我们不被辐射杀死有可能是为了更好地研究我们，当然，也许它们对生命的理解也与我们不一样，你没感觉到吗？在这里，虽然温度比地球高，但一切都是冰冷的，都秩序井然，很像我们的电脑程序，那些沙粒，跟我们认知里的像素一样，只不过这里的像素更高级，是立体的，甚至具有独立意识。"

"那小E怎么办？他就白死了吗？就把他留在这里？"比利望

着那还在不停变化的、构成小 E 身体的各种元素物质。

"我们不能就这么丢下他!"艾利亚哭喊着朝前走。

"艾利亚!回来,艾利亚!"杰夫喊道。但艾利亚没有停下,她一直走到那颗悬浮着的钻石前,把钻石抓在了手里。

"至少让我们把他带回家。"艾利亚把钻石贴在自己的胸口上说。

突然,艾利亚脚下的沙粒快速流动起来,艾利亚一下子就陷到沙粒中,瞬间被细沙淹没了。杰夫和比利谁都没有想到这突如其来的变故,在愣了大概一秒钟以后,杰夫才"啊"的一声叫出来。

"救她!"杰夫几步跑到艾利亚陷进去的地方,用两只手拼命地刨沙子。

比利赶忙跑到杰夫身边跪下,开始帮忙挖。

"是这个,我看到了,快。"比利喊着杰夫,此时两人的面罩显示器上再次提示他们的氧气存量,因为呼吸急促,氧气消耗的速度快了好多倍,如果一直这样消耗,等不到回到登陆飞船,两人就会窒息而死。

杰夫两只手支撑着双腿喘着粗气,比利没有停,还在不停地挖。

"艾利亚!"比利在叫,"艾利亚!"

"这儿!"比利大叫一声,杰夫往坑里一看,看见了艾利亚的白色宇航服手套!比利和杰夫一起抓住那只手,拼命往上拉,一下子就把艾利亚大半个身子拽了出来。奇怪的是,把她拽出来并没有花太大的力气,比想象的要容易得多——与其说她是被拉上来的,不如说是被沙子送出来的。

艾利亚被放平躺下，比利趴在她身边检查她的生命体征。

"它们没有杀死她，这该死的沙子。"比利咬着牙说。

艾利亚动弹了一下，两人趴上去查看，发现艾利亚睁开了眼睛，透过面罩也在看着他们。

"艾利亚，你没事吧，能动吗？"杰夫问。

艾利亚没有说话，举起一只手，手里还攥着那颗钻石。杰夫和比利扶着艾利亚坐起来，在他们周围黑色尘烟也慢慢笼罩过来，然而黑雾还不是最可怕的，他们每个人的面罩里都在显示剩余的氧气含量所剩无几。

"那就别怪我不客气了。"杰夫嘀咕了一声，拔出腰间的电磁枪，冲着黑雾来的方向扣动了扳机。

瞬时间，黑雾被一股强大的力量推开了，整个地面也开始翻涌，好像汹涌的海浪。

"快走！"杰夫一边喊一边和比利一起把艾利亚从地上拉了起来，架着她的胳膊往前走。可没走几步，沙粒形成的黑色波浪再次袭来，而且这一次，沙浪腾空而起遮蔽了天空，里面好像有一只凶猛的巨兽正在扑来。

"这些都是幻象！"杰夫大喊着，对着黑色沙浪又来了一记电磁冲击波。黑雾打了一个大大的旋涡，旋涡翻滚着向地面落下，把三人全卷倒了，在他们四周竖起了一道高高的沙墙。就这样僵持了片刻，突然，沙墙轰然倒塌，所有的沙粒全落了下来，把三人埋在了沙子里。杰夫拉住艾利亚拼命往外拽，两人的头露出了沙子堆，这时比利的头也露了出来。在他们眼前，整个大地恢复成最初的样子，一个巨大的物体出现在他们面前，三人呆住了，因为那个巨大的物体正是他们的登陆飞船。

"老天保佑，我们的飞船，妈的，我们根本没有走远，一直就在这周围打转。"杰夫说着，拉起两人跟跟跄跄地朝飞船跑去。

三人终于进入登陆飞船，隔离舱的外侧舱门关闭，舱里恢复到正常压力，杰夫摘下头盔长长地出了一口气，脱下自己的宇航服。

看见艾利亚呆呆地站在那里一动不动，杰夫赶忙过去帮艾利亚脱下宇航服。艾利亚面色惨白，目光呆滞，嘴唇是葡萄的紫黑色。

杰夫扶着艾利亚坐下，打开了隔离舱的内侧舱门对比利说："比利，你赶紧去启动飞船，联系母舰告知我们准备返航。"

比利看了杰夫和艾利亚一眼，出去了。杰夫盯着艾利亚看着，感觉艾利亚显得非常陌生。杰夫独自走出了隔离舱，猛拍了一下舱门的关门按钮，隔离舱的门关上了。

杰夫一回头看见比利站在隔离舱外，外衣扔在了地上。

"你怎么还在这里？"杰夫略显诧异地问道。

比利没有说话，眼睛先是直勾勾地看着杰夫，然后又看了一眼隔离舱的透视窗，艾利亚还在那里静静地坐着。比利伸手要去开启隔离舱的门，但被杰夫拉住了。

"比利，你听我说，你冷静一下，你看，你看艾利亚的衣服。"

比利的脸上没什么表情。

"她衣服上的名字不对！"杰夫说。

艾利亚缝在胸口上的姓名牌，那个牌子上写着"Jeff"，那居然是杰夫的名字。

311

"她怎么会穿着我的衣服？如果这不是我的衣服，她的衣服上怎么会有我的名字，她的名字呢？"杰夫说，"比利你想想，它们是不是变出了我们的样子，在辐射风暴来之前？"杰夫问道。

比利的喉咙里发出了一个奇怪的声音。

"虽然当时很模糊，但我们逐渐看到它们变化成了地球上的生物，也变成了我们的模样，那些幻象，它们一直都在观察、模仿和学习。这个艾利亚不是真的艾利亚，她是沙粒变的！所以她一直等到我们都脱完宇航服以后才脱掉，因为她不知道艾利亚宇航服里面穿的是什么，等到看清我们的衣服以后，她就变出了我们衣服的模样，但是她没有办法变出艾利亚的名字。"

比利盯着杰夫，什么都没说。

"你还不明白吗？比利，它们上了我们的飞船！"

比利听到杰夫这么说，非但没有惊讶，反而露出了一种奇怪的表情。

"你怎么了比利！傻了吗？好吧，我去启动飞船，你把外舱门打开，隔离舱里的压力会把这团可恶的沙子扔出去的。"杰夫说完，拍了拍比利的肩膀朝驾驶室跑去。

"NFY0714呼叫母舰指挥塔，登陆飞船准备升空返航，收到请回答。NFY0714。"

"母舰指挥塔收到，有什么发现吗？母舰指挥塔。"

"这是一座可怕的星球，我们已经损失了两名宇航员，现在只剩下比利和……等等！"

杰夫猛然想起，刚才和比利说话时，不经意间看见的他扔在地上的衣服，那个衣服上的名字，写的也是"Jeff"！

"天啊，比利！这个也不是真的比利！"

"母舰指挥塔呼叫登陆飞船 NFY0714，发生了什么事？母舰指挥塔。"

"登陆飞船进入起飞程序，通信中断。NFY0714。"这是自动应答机的声音，飞船已经点火，发出隆隆的巨响，飞船也颤动起来。

比利一定是在被沙浪拍倒时被替换了。杰夫在飞船升空的剧烈颤动中仔细回忆之前的过程。飞船喷射着蓝色的火焰，笔直地朝黑色的天空中飞去，而地面上，所有的沙粒全静止不动了，好像在对着飞船行注目礼。

十几分钟后，飞船进入失重状态，正在朝着母舰飞去。

"母舰呼叫登陆飞船 NFY0714，监测到虫洞已经再次打开，我们能回家了。母舰指挥塔。"

"NFY0714 呼叫母舰指挥塔，登陆飞船发生外来物种侵害，即将进入自毁模式，NFY0714。"杰夫发出这条信息以后，关掉了通信器，设置了飞船的爆炸时间，然后朝隔离舱滑去。

隔离舱内侧舱门已经打开，那所谓的艾利亚和比利早已不见了踪影。杰夫看见，隔离舱的地上扔着那颗亮晶晶的钻石。杰夫冲进了隔离舱，关上了内侧舱门，穿好了自己的宇航服。

就在这时，杰夫透过隔离舱的窗户，看见外面站着一个人，仔细一看，居然是小E！小E冷冷地看着杰夫，然后，小E的身体和容貌开始变化，变成了艾利亚的模样，紧接着，再次变换，这一次是比利。

"你们的星球要完蛋了，你们想要逃生，你们对着宇宙发出各种信息，就是想引诱其他星球上的智慧生命到你们这里来。现在你们留下我，是要利用我带你们走！对不对？虫洞也是你们开启的，就是为了把我们弄到这里来！对不对？"杰夫大声喊叫着。他对面的形象再次变化，这一次变成了杰夫自己的模样，杰夫一下子哽住，不再发出任何声音，看着窗户对面的自己，然后按下了隔离舱脱离按钮。

隔离舱像被甩出的陀螺一样离开了飞船，越飘越远。

几分钟以后，杰夫的脸被照亮了，黑色的太空中爆发出一片耀眼的光亮，登陆飞船的碎片向四面八方溅射出去，仿佛一枚世界上最美丽的烟花，绽放出无比绚丽的光芒。

"NFY0714登陆飞船逃生舱呼叫母舰指挥塔，NFY0714登陆飞船已经炸毁，幸存者一人，船员杰夫在逃生舱中等待救援。NFY0714。"

"母舰指挥塔收到，已侦测到NFY0714登陆飞船逃生舱位置，救援飞船即刻起飞，祝平安。母舰指挥塔。"

杰夫坐在逃生舱里，手里攥着那颗钻石。脱离飞船的逃生舱没有动力，悠然飘浮在宇宙空间中，但杰夫的身体颤动得越来越厉害，杰夫试图抱紧自己，忽然发现颤动并不是来自自己的身体，而是来自自己宇航服外侧的口袋。杰夫把口袋里的东西掏了出来，是那个装着沙粒的标本袋，标本袋里黑色的沙粒正在不停地跳跃。

杰夫讲完这个故事的时候，天色已近黄昏，阳光从窗口洒进来，是一天中最美的魔术光时刻。

我的目光再次回到了杰夫手里的玻璃罐子上，让我惊奇的是，在阳光的照射下，那罐子中的沙粒好像是在舞蹈，托着那枚钻石在舞蹈，我甚至觉得，它们舞蹈的节奏是跟着杰夫的故事进行的。

"那还真是幸运，这些外星的智慧沙粒被封存在这个罐子里了。那你现在知道这些沙粒到底是什么了吗？"

"按照我们的理解，它们可以被理解为一种硅基微型智能机器人。每一粒都是独立的智能机器人，它们能单独行动，也能团队合作。它们的表面其实是一种成像屏幕，所以能组成它们想成为的任何形象，并且它们善于学习，甚至能拥有被模仿者的思想和记忆，它们的科技水平远远高于地球人。"

"那它们会在地球上杀死，我是说会危害人类吗？"我有点担心。

"我可以很肯定地回答你，不会的。虽然它们有很高的科技水平，但是却只有科技没有文明。"

"这是什么意思？难道科技水平不代表文明程度吗？"

"并不能。人类有着宇宙中最高级的东西，那就是情感，这种情感永远无法被超越。所以当那个星球上的科技体——请让我这么称呼它们——明白了人类的情感以后，就不会选择杀死人类，而是要与人类融合到一起。"

"融合？"

"是的，它们会把自己写进人类的 DNA 里，我就是你眼前的例子。"

"你？被改写了？"

"所以我会变成各种各样的形象，去经历各种各样的故事。"

"那你还是那个人类的杰夫吗？"

杰夫喝了一口威士忌，哈哈大笑了起来，魔术光照在杰夫的身上，我看到他的整个身体都笼罩在阳光下，身上的衣服、每一寸肌肤都在发光。那一刻，仿佛光线已经穿透了他的身体，他不再是坐在皮质沙发上的杰夫，更像是悬浮在光晕里的一团沙粒。

图书在版编目（CIP）数据

千面凡夫：关于杰夫的十个奇幻故事 / 邱卓著. ——
北京：北京联合出版公司，2024.5
　ISBN 978-7-5596-7483-8

　Ⅰ．①千… Ⅱ．①邱… Ⅲ．①中篇小说 – 小说集 – 中
国 – 当代 ②短篇小说 – 小说集 – 中国 – 当代 Ⅳ．
① I247.7

中国国家版本馆 CIP 数据核字（2024）第 049369 号

千面凡夫：关于杰夫的十个奇幻故事

作　　者：邱　卓
出 品 人：赵红仕
责任编辑：李　伟
特约编辑：张兰坡
装帧设计：鹏飞艺术
绘　　画：贺鹏飞

北京联合出版公司出版
（北京市西城区德外大街 83 号楼 9 层　　100088）
三河市中晟雅豪印务有限公司印制　　新华书店经销
字数 216 千字　640 毫米 ×960 毫米　1/16　20.25 印张
2024 年 5 月第 1 版　　2024 年 5 月第 1 次印刷
ISBN 978-7-5596-7483-8
定价：39.80 元

版权所有，侵权必究
未经书面许可，不得以任何方式转载、复制、翻印本书部分或全部内容。
本书若有质量问题，请与本公司图书销售中心联系调换。电话：010-85376701